AF306848

Seit mehr als zwanzig Jahren ist **Nina Hayden**, die in Wirklichkeit Kerstin Kehl heißt, als Autorin aktiv. Sie ist Jahrgang 1967 und lebt im Hamburger Westen. Sie ist verheiratet und hat eine erwachsene Tochter. Zu ihren Hobbys zählen, neben dem Lesen, das Reiten sowie das Fotografieren. Sie hat inzwischen im Tierbuchverlag Irene Hohe diverse Romane für Jung und Alt veröffentlicht.

NINA HAYDEN

Unter der MITTELMEER SONNE

ITALIEN-
LIEBESROMAN

Überarbeitete Neuausgabe Juli 2024

Copyright © 2024 dp Verlag, ein Imprint der
dp DIGITAL PUBLISHERS GmbH
Made in Stuttgart with ♥
Alle Rechte vorbehalten

Unter der Mittelmeersonne

ISBN 978-3-98998-308-3
E-Book-ISBN 978-3-98998-198-0

Covergestaltung: Larissa Siepmann
Umschlaggestaltung: ARTC.ore Design
Unter Verwendung von Abbildungen von
shutterstock.com: © thaikrit, © Aleksandar Todorovic,
© Andrew Mayovskyy, © Gringoann.art
Lektorat: Regina Meißner
Satz: dp DIGITAL PUBLISHERS GmbH
Druck und Bindung: Books on Demand GmbH, Norderstedt

Für meine Tochter

Vorwort

Liebe Leserin, lieber Leser,
einfach einmal abschalten, eine Auszeit vom stressigen Alltag nehmen. Das kann ein entspannender Spaziergang sein, oder eine Tasse Kaffee und ein leckeres Stück Kuchen im Lieblingscafé.
Auch für mich gehören regelmäßige Auszeiten in einer stressigen Woche mit dazu. Im Winter, wenn es draußen ungemütlich und kühl ist, setze ich mich gern an ein Landschaftspuzzle und gehe gedanklich auf Reisen. Im Sommer sitze ich viel draußen und lasse den Blick durch meinen Garten schweifen.
Dieser Roman ist eine Einladung zum Entspannen, zum gedanklichen Verreisen. Haben Sie viel Freude beim Lesen und fiebern Sie mit Susan und Samuel mit.
Ihre
Nina Hayden

Kapitel 1

Susan

Der laute und herzhafte Fluch passte überhaupt nicht in die Idylle am Monte Bignone. Susan zuckte erschrocken zusammen und blickte sich suchend um. Bis eben hatte sie geglaubt, allein zu sein. Aufmerksam schweifte ihr Blick über das satte Grün, das von unzähligen bunten Blütentupfen unterbrochen wurde. Vor ihr flüchtete ein Hase in weiten Sprüngen und ein schwarzer Milan kreiste über ihr. Doch von einem menschlichen Wesen fehlte jede Spur.

„Hallo, ist da jemand?"

In New York, ihrer alten Heimat, hätte sie jetzt aus mehr als einer Kehle einen spöttischen Ruf vernommen, einen anzüglichen Spruch. Doch hier? Einzig der Wind antwortete ihr.

Sie erhob sich von ihrem gemütlichen Sitzplatz, schnappte sich Rucksack und Jacke und folgte dem Pfad, der zwischen Ginster und vereinzelt stehenden Pinien entlangführte.

„Hallo, ist hier jemand?", rief sie und wartete gespannt darauf, ob sie Antwort erhielt.

„Endlich hört mich jemand! Bitte helfen Sie mir."

Sie hatte sich nicht getäuscht, eine Person benötigte ihre Hilfe. Kurz entschlossen joggte Susan den Trampelpfad entlang, der vor ihr eine leichte Biegung machte. Rucksack und Jacke schlugen im Takt gegen ihren Rücken. Kaum war sie um die Kurve, erblickte sie eine Person, die auf dem Boden saß. Sie war mit einem leuchtend roten Shirt bekleidet und winkte hektisch mit beiden Armen.

Vom flotten Lauf außer Atem blieb Susan stehen, verfluchte ihre Unsportlichkeit und hielt sich die Seite. Deutlich langsamer ging sie weiter, während sie darauf wartete, dass sich ihr Herzschlag beruhigte.

Warum rief er um Hilfe? Lauerte er ihr womöglich auf? War es vielleicht eine Falle? Nein, äußerst unwahrscheinlich. Schließlich hatte sie heute Morgen niemandem außer Evelina verraten, wohin ihre Wanderung führte.

„Moment, ich komme." Wieder bei Atem legte sie die letzten Meter zurück. Blickte dabei mehrfach prüfend nach hinten, ob nicht vielleicht doch … Sie schüttelte ihren Kopf. Auch wenn ihr Ex-Mann Frederic sie täglich mit seinen Anrufen belästigte, passte es nicht zu ihm, ihr auf einem Wanderweg aufzulauern.

„Was für ein Glück. Danke, dass Sie kommen." Mit einem erleichterten Gesichtsausdruck sah der fremde Mann sie an. „Und ich hatte schon die Befürchtung, dass ich heute allein unterwegs bin. Seit gut einer Stunde warte ich hier und hoffe auf Hilfe." Mit schmerzverzerrtem Gesicht veränderte der Unbekannte seine sitzende Position.

Susan legte Jacke und Rucksack neben einem üppig wuchernden Lavendelbusch ab. Hier würde sich niemand an ihrem Eigentum vergehen. Obwohl ... Sie sah prüfend zum Himmel, beobachtete die Möwen misstrauisch, die über ihrem Kopf kreisten. Unbewachte Lebensmittel waren ein gefundenes Fressen für diese frechen Vögel. Doch ihr Sandwich ruhte sicher verpackt im Rucksack und an Bargeld oder ihrem Handy hatten die gefiederten Gesellen garantiert kein Interesse.

„Was ist passiert? Hatten Sie einen Unfall?" Unmittelbar vor dem Mann blieb sie stehen und musterte ihn neugierig. Der Unbekannte hatte ein sympathisches Gesicht mit markanten Zügen, sein Blick war offen und freundlich. Sie schätzte ihn auf Anfang dreißig. Er trug eine graue, eng sitzende Hose, ein neonrotes T-Shirt und Laufschuhe. Ohne Zweifel, es handelte sich um hochwertige Sportkleidung. Sein Gesicht und die Arme waren von der Sonne gebräunt. Unverkennbar saß da jemand vor ihr, der viel und gern an der frischen Luft war und sich sportlich betätigte.

„Ja, bitte. Ich benötige Ihre Hilfe!"

Susan schluckte, musterte verlegen ihre Wanderschuhe und wusste nicht weiter. Ihr Herz klopfte aufgeregt und es rührte nicht vom raschen Lauf, sondern von etwas völlig anderem. Liebend gern wäre sie einfach weitergewandert und hätte den Mann seinem Schicksal überlassen.

„Ich bin, so wie jedes Mal, hier entlanggejoggt. Doch heute bin ich gestolpert." Der Fremde holte sie mit seiner Erklärung unsanft aus ihren Gedanken und Susan hob den Kopf. Sie beobachtete interessiert, wie er seinen Knöchel betastete. Selbst aus der Entfernung erkannte sie sofort, dass der Fuß geschwollen war.

„Das sieht äußerst schmerzhaft aus", sagte sie mitfühlend und betrachtete den unebenen Pfad. „Garantiert sind Sie über eine der vielen Wurzeln, die hier überall wie Fußangeln verteilt sind, gestolpert. Wie kann man hier nur joggen?" Sie kam einen Schritt näher und kickte prüfend gegen das Wurzelgeflecht. Es zeigte sich von ihren Bemühungen völlig unbeeindruckt. „Können Sie aufstehen?"

Abwartend stand sie da, wusste nicht, was sie tun sollte. Alles in ihr sträubte sich dagegen, den Mann anzufassen, ihm aufzuhelfen.

„Moment. Ich versuche es noch einmal." Er zog das linke Bein näher heran, beugte sich vor und belastete den verletzten Fuß. Er seufzte verhalten und verzog vor Schmerzen das Gesicht. Dann sank er zurück auf den Boden.

„Ich würde gern. Aber ich habe mir den Knöchel verstaucht, jede Bewegung schmerzt. Mit ein bisschen Pech ist er sogar gebrochen. Bitte helfen Sie mir."

Abwehrend verschränkte Susan die Arme vor ihrem Oberkörper. Verflixt, warum musste dieser attraktive Jogger ausgerechnet hier stürzen? Suchend sah sie sich um. Doch so sehr sie sich umblickte, die Landschaft war weiterhin unverändert schön und völlig einsam. Außer den unzähligen Möwen, die über ihnen ihre Kreise zogen, gab es in der Nähe kein einziges Lebewesen.

Sie holte ihr Handy aus der Hosentasche, entsperrte es und steckte es umgehend wieder zurück. Ein leiser

Fluch schlüpfte über ihre Lippen. Das Schicksal hatte sich gegen sie verschworen – kein Netz!

Und da sie den Unbekannten hier nicht seinem Schicksal überlassen konnte ... Susan zuckte mit den Schultern und trat näher an ihn heran.

„Natürlich, es bleibt mir ja nichts anderes übrig." Verflixt, das klang schroffer, als sie eigentlich wollte. Ihre Lippen verzogen sich zu einem bemüht höflichen Lächeln. Sie reichte ihm die Hand und er packte zu. Seine Finger umschlossen die ihren. Ungewollt zuckte sie zusammen, musste sich beherrschen, den Griff nicht gleich wieder zu lösen.

Dieser Mann war umwerfend, aber bei seinem Gewicht hatte sie sich völlig verschätzt. Susan ging in die Knie und kämpfte mit dem Gleichgewicht. Das fehlte noch, dass sie stürzte! Sie musste alle ihre Kraft aufwenden, um dem Jogger den Halt zu geben, den er zum Aufstehen benötigte.

„Geschafft. Vielen Dank." Er ließ ihre Hand sofort los, wie Susan erleichtert feststellte.

„Können Sie gehen?" Während sie die Frage stellte, war ihr klar, dass er auf ihre Hilfe angewiesen war.

„Nein, machen Sie Witze? Es ist ausgeschlossen. Der Fuß schmerzt selbst, wenn ich ihn nicht belaste." Demonstrativ tat er zwei Hüpfer, die sehr kläglich ausfielen. „Ich bin weiterhin auf Ihre Hilfe angewiesen."

Er streckte ihr seine Hand entgegen. Abwehrend schüttelte Susan den Kopf. „Nein, ausgeschlossen! Fassen Sie mich nicht an!"

Über ihren eigenen heftigen Ausbruch erschrocken, schlug sie die Hand vor den Mund.

Der Jogger zeigte sich unbeeindruckt über ihre Weigerung. „Ich heiße Samuel. Und nein, das ist keine neuartige Masche, um Frauen abzuschleppen. Ich benötige Ihre Hilfe wirklich."

„Natürlich." Susan ballte ihre Hände zu Fäusten. Wie ein Blitzlichtgewitter tauchten vor ihrem inneren Auge die Erinnerungen an ihren ehemaligen Ehemann Frederic auf. Wie sie gemeinsam Ausflüge in die Berge unternahmen. Die romantischen Nächte in seinem New Yorker Appartement. Seine innigen Küsse, die das Feuer in ihr entfachten und ihre prickelnden Nächte. Jahre später die abgrundtiefe Enttäuschung, als sie herausfand, dass er sie seit Monaten mit einer anderen betrog. Der brennende Schmerz, der tief in ihrer Brust wütete und alles zerstörte, was ihr bisher wichtig gewesen war.

Ein dezentes Husten holte sie zurück in die Wirklichkeit. Die Erinnerungen schwanden, das Gesicht von Frederic löste sich in Wohlgefallen auf. Dafür lachte sie nun ein attraktiver Mann an. „Bei Ihnen alles in Ordnung?"

„Ja, danke. Es ist nur ...", zögernd trat sie näher an ihn heran. Sein Arm war einladend angehoben, er wartete nur darauf, sie zu umarmen. Umarmen! Körperliche Nähe, auch wenn mehrere Schichten Kleidung dazwischenlagen. Wie oft hatte Frederic sie in kalten Nächten warmgehalten, ihr liebevolle Worte ins Ohr geflüstert, aber gleichzeitig eine Beziehung mit einer anderen gehabt?

Nein, sie würde sich nie, nie wieder in einen Mann verlieben! Diese Umarmung würde die letzte in ihrem Leben sein! Kurz entschlossen trat sie näher an ihn heran, und biss die Zähne so fest zusammen, dass es schmerzte.

„Danke." Seine Hand lag schwer auf ihrer Schulter, sie nahm einen leichten Hauch nach Schweiß wahr. Sein Gesicht lag dicht neben ihrem, Susan erkannte unzählige Sommersprossen auf der Nase sowie eine kleine Narbe am Nasenflügel. Intime Details, die sie eigentlich nicht wissen wollte. Angestrengt starrte sie auf den Boden. Seine Berührung erinnerte sie unangenehm an eine Python, die auf ihrer Schulter ruhte.

„Wir müssen es langsam angehen lassen", sagte er und hüpfte, von ihr gehalten, los.

Susan kämpfte mit ihrem Gleichgewicht, kämpfte gegen die Angst an, den steilen Abhang hinunterzurutschen. „Wir haben ein gutes Stück Weg vor uns, bis wir den Parkplatz erreichen."

„Ja, leider. Aber das schaffen wir schon." Sie hörte es Samuels Stimme an, dass er sich um einen zuversichtlichen Tonfall bemühte. „Allerdings sollten sie Ihren Rucksack nicht in der Wildnis liegen lassen."

Wenigstens einer, der den Überblick behielt. Peinlich berührt bückte sie sich, um ihren Rucksack und die Jacke einzusammeln.

Das verfilzte Gestrüpp und der schmale Pfad machten es ihnen schwer voranzukommen. Eigentlich hätte hier eine Person locker und entspannt laufen können. Doch zwei Wanderer nebeneinander, das war mühsam. Bei jedem Meter, den sie zurücklegten, musste sie erst mit ihrem linken Fuß einen Halt im niedrigen Gestrüpp suchen. Dann hüpfte Samuel einen Schritt vor. Dabei kam er ihr jedes Mal nahe. Viel näher, als es ihr eigentlich lieb war. Susan hielt den Kopf gesenkt und hoffte inständig, dass sie bald den Parkplatz erreichten.

„Ist alles in Ordnung?" Samuel riss sie aus ihren Gedanken. „Haben Sie noch Kraft oder sollen wir eine kleine Pause machen?"

Eine kleine Pause. Warum nicht? Ihrem Gefühl nach waren sie schon stundenlang über das Gelände gewandert. Doch ein Blick auf ihr Handy belehrte sie eines Besseren. Sie seufzte und trank einen Schluck Wasser. Warm und abgestanden rann es ihre Kehle hinunter und doch erfrischte es sie angenehm.

„Möchten Sie auch etwas trinken?" Sie bot ihm ihre Flasche an und blickte dabei haarscharf an seinem Gesicht vorbei. Sie kam sich unhöflich vor, doch bei jeder etwas persönlicheren Geste wurde sie schmerzlich an die Zeit mit Frederic erinnert. Nein, das Thema Liebe war für sie abgehakt. Ein für alle Mal.

„Danke, nicht nötig, ich habe selbst etwas dabei", sagte Samuel und holte seine Trinkflasche hervor.

Susan förderte aus ihrem Rucksack zwei Äpfel zutage und bot ihm einen an. Einträchtig nebeneinanderstehend stärkten sie sich. Lag es an der salzigen Luft oder an der Aufregung? Jedenfalls schmeckte dieser Apfel so ungewohnt süß wie ein liebevoller Kuss.

„Wollen wir weiter?" Susan kreiste ihre Schultern, reckte sich einmal. Verdrängte die aufdringlichen Gedanken und stützte Samuel. Weiter ging es Schritt für Schritt.

Susan blickte die Küstenlinie entlang. Mit jedem Meter, den sie gingen, veränderte sich die zauberhafte Landschaft. Doch im Augenblick hatte sie nur ein Ziel – wohlbehalten den Parkplatz zu erreichen.

***

Endlich, endlich sahen sie die im Sonnenlicht glänzenden Fahrzeuge. Susan atmete tief durch. Geschafft. Nur noch wenige Meter, und sie würde Samuel nie wieder begegnen!

Seit ihrem Aufbruch am frühen Vormittag waren mehr Besucher unterwegs und das Gelände mit unzähligen Fahrzeugen zugeparkt. Suchend drehte sie den Kopf einmal von links nach rechts.

„Wo steht Ihr Wagen?", erkundigte sich Susan und blieb unmittelbar vor der ersten Reihe der abgestellten Fahrzeuge stehen.

„Wir haben es gleich geschafft. Sehen Sie das kleine rote Etwas? Das ist meiner."

Schweigend hüpfte Samuel weiter. Susan war unendlich froh darüber, gleich die Verantwortung abgeben zu können. Ein kleiner bösartiger Gedanke stach wie ein Blitz in ihr Gehirn.

„Können Sie überhaupt fahren?"

„Wahrscheinlich nicht. Wenn Sie einverstanden sind, probiere ich es, sobald wir bei meinem Wagen sind. Ich bezweifle allerdings, dass ich meinen Fuß überhaupt bewegen kann."

Die letzten Meter kamen ihr wie eine Unendlichkeit vor. Ihr Mund war ausgetrocknet und die Schulter schmerzte von der ungewohnten einseitigen Belastung. Die Sonne schien mit aller Kraft vom Himmel, und Susan musste ständig blinzeln, weil sie sie blendete.

Wenn sie endlich wieder in ihrem Rustico war, würde sie duschen und sich ein Nickerchen gönnen.

„Da sind wir. Danke für die Hilfe." Samuel löste sich aus der Umarmung und suchte nach seinem Autoschlüssel.

Er schloss auf, öffnete die Tür und ließ sich auf den Sitz sinken. Kritisch beobachtete Susan ihn, wie er seinen verletzten Knöchel hin- und herbewegte. Oder es zumindest versuchte. Nach wenigen Augenblicken schüttelte er den Kopf.

„Das wird nichts. Jede Bewegung schmerzt, das Gelenk ist steif und geschwollen."

Dieser fragende Blick, diese Inbrunst, die sie in seinen dunklen Augen entdeckte. Susan lief ein weiterer Schauer über den Rücken. Verstärkte das unangenehme Gefühl.

„Könnten Sie mich noch zum Arzt fahren? Bitte."

***

Unzählige Nachrichten auf ihrem Smartphone. Susan schüttelte den Kopf und schimpfte leise vor sich hin. Sie wusste genau, wer sie da erreichen wollte.

Sie entsperrte ihr Handy und löschte kurz entschlossen alle nervigen Mitteilungen. Sollte Frederic doch bleiben, wo er war.

Vor ihrem inneren Auge tauchten unliebsame Erinnerungen auf. Ihr Herz klopfte ein paar Takte schneller. Ahnungslos war sie damals gewesen. Total ahnungslos, als sie an einem Nachmittag früher nach Hause kam und ihre gemeinsame Wohnung betrat. Die Jacke einer anderen Frau hing an der Garderobe. In der Küche zwei benutzte Sektgläser und eine Handtasche, die ihr bekannt vorkam.

„Frederic, ich bin zu Hause." Keine Antwort. Sie blickte ins Wohnzimmer, alles aufgeräumt und verlassen. Ebenso die winzige Terrasse mit den schmiedeeisernen Möbeln. Die Rosen, die in farblich passenden Blumenkübeln blühten, nickten sacht vor sich hin.

Wo steckte ihr Mann? Der Besuch? Sie stieg die steile Treppe zum Schlafzimmer hoch, eine ungewisse Ahnung in der Brust. Es passierte eigentlich nur in Romanen, dass die treusorgende Ehefrau ihren Mann in flagranti erwischte.

Fest umklammerte ihre Hand das Geländer, oben am Fuß der Treppe blieb sie stehen und lauschte. Flüstern, verstohlenes Lachen und das Gestöhne ihres Mannes, das ihr so vertraut war.

Nein! Nie und nimmer! Sie tat zwei Schritte, dann öffnete sie die Schlafzimmertür und erstarrte. Denn die Situation war mehr als eindeutig. Zwei nackte Menschen, innig umschlungen. Unzählige Kleidungsstücke nachlässig auf den Boden geworfen.

Die beiden hielten in ihrem Treiben inne. Blickten erschrocken auf. Und Susan? Sie stand da, fühlte sich verraten und verkauft. In ihr eine schmerzhafte Leere. Nie hätte sie gedacht, dass ihr charmanter und liebevoller Frederic ihr DAS antun würde!

Auf dem Absatz drehte sie um, murmelte etwas von: *Lasst euch nicht stören*, schloss die Zimmertür und stieg die Treppe hinunter.

Was sollte sie nur tun? Diese schmerzhafte Leere in ihrem Inneren, die zitternden Knie, die Wut, die sie verspürte.

Mit einem lauten Knall schloss sie die Wohnungstür und stieg in ihr Auto.

Und nun weilte sie seit Kurzem in Italien, an der zauberhaften Küste Liguriens, und leckte ihre Wunden. Eine gute Entscheidung, wie sie fand. In der ehemaligen Ferienwohnung ihrer Eltern konnte sie Abstand von den Ereignissen gewinnen und ihre nächsten Schritte planen. Ohne, dass Frederic ständig bei ihr auf der Matte stand und sie anflehte, zurückzukommen.

***

Müde ließ sich Susan in den Sessel sinken, legte den Roman *Oliven* von Simon Ceo beiseite und schloss für einen Moment die Augen.

Was für ein Tag. Sie hatte nicht gedacht, dass sie zur Sanitäterin taugte. Und nun das: die Rettung eines verletzten Joggers. Nicht nur ihre Füße schmerzten von der ungewohnten Belastung, sondern auch der Rücken. Vorsichtig tastete sie über ihre Wangen. Ihr Gesicht glühte vor Hitze. Offenbar war zu allem Übel auch noch ein Sonnenbrand im Anmarsch. Der lange Aufenthalt an der Frühlingssonne hatte seine Spuren hinterlassen. Nun rächte es sich, dass sie in New York viel zu wenig an die Luft gegangen war und noch seltener ein Sonnenbad genommen hatte.

Meistens saß sie in ihrem Büro und suchte für einsame Herzen den passenden Partner. In vielen Fällen mit Erfolg. Über ihrem New Yorker Schreibtisch hing eine große Pinnwand mit Fotos von den unzähligen glücklichen Kunden, die geheiratet hatten. Sogar ein paar Bilder von Babys in rosa oder hellblauen Strampelanzügen fand man, wenn man etwas genauer hinguckte.

Unerwartet und völlig überraschend tauchte vor Susans innerem Auge das Gesicht von Samuel auf, überlappte die Erinnerungen an erfolgreiche Tage.

Susan setzte sich auf, zog die Wanderschuhe aus und schleuderte sie von sich. Nein! Nie wieder würde sie sich in einen Mann verlieben!

Ob im Büro alles glattlief? Sie musste dringend Melli anrufen und sich nach dem Stand der Dinge erkundigen.

Doch bevor sie nach ihrem Handy greifen konnte, tauchte erneut der dankbare Blick von Samuel auf, seine dunklen Augen, die vollen Lippen, die zum Küssen einluden.

Müde erhob sich Susan, reckte und streckte die steifen Glieder. Verdrängte die Erlebnisse so gut es ging.

Die Fliesen unter ihren Füßen fühlten sich angenehm kühl an, eine Wohltat nach den vielen Stunden in den beengenden Wanderschuhen.

Gedankenverloren schweifte ihr Blick durch das Wohnzimmer, und ob sie es wollte oder nicht, die Erinnerungen überwältigten sie.

Ihre Eltern hatten das Haus in Poggio vor zehn Jahren gekauft. Es sollte ihr Altersruhesitz werden. Das Gebäude war ein Traum für alle, die es liebten, ein verlassenes, dem Verfall ausgeliefertes Haus zu retten. Für Menschen, die nichts lieber taten, als ununterbrochen zu werkeln und zu basteln. Bei Susans ersten Besuch war das Dach noch undicht gewesen, der angrenzende Garten verwildert. Von fließendem Wasser und Strom ganz zu schweigen.

Bei jedem ihrer folgenden Besuche hatten ihre Eltern ihr stolz die Baufortschritte gezeigt. Nachdem sie dem

Haus ein neues Dach spendiert hatten, kamen Küche und Wohnzimmer an die Reihe. Ihre Eltern hatten mit viel Liebe und Umsicht das Gebäude renoviert. Die alten Fliesen und Balken erhalten, wo immer es nur ging. Der Kamin, der die äußere Wohnzimmerwand dominierte, wurde neu gemauert und verputzt. Die blinden Fensterscheiben ausgetauscht und die Rahmen repariert.

Ebenso hatten sie sich voller Elan an das Schlafzimmer im Dachgeschoss und das Atelier gemacht. Der lichtdurchflutete Raum, in dem ihre Mutter in jeder freien Minute gemalt hatte.

Das ganze Haus glich inzwischen einem wohnlichen Schmuckstück. Ein Ort zum Wohlfühlen und Träumen. Nur – jeder Winkel erinnerte sie an ihre Eltern. Riss immer wieder die gerade erst verheilende Wunde namens Familie auf.

Unruhig wie ein gefangener Tiger wanderte Susan im Wohnzimmer umher. In ihr kämpften die widerstrebenden Gefühle. Was sollte sie nur tun?

Susan ging in die Küche. Sie musste auf andere Gedanken kommen. Wie im Wohnzimmer waren hier nur Kleinigkeiten wie Herd und Kühlschrank völlig neu und modern. Der alte Schüttstein dagegen war blank gescheuert, die Arbeitsplatte aus poliertem Marmor wartete auf den nächsten Einsatz.

Susan setzte Wasser auf und kochte sich einen Espresso. Den hatte sie mehr als nötig. Mit der Tasse in der Hand inspizierte sie den Kühlschrank. Viel im Angebot hatte sie nicht, wie sie aufseufzend feststellte. Nur eine Flasche Öl, Parmesan, ein paar Eier und eingelegte Oliven. Susan verdrehte die Augen und schloss die Kühlschranktür wieder. Morgen musste sie dringend einkaufen.

Lust, sich etwas zu kochen, hatte sie nicht, aber ihr Magen knurrte unüberhörbar. Und gemäß ihrer Freundin Melli war sie eh viel zu dünn. Bevor sie vor lauter Schwäche zusammenklappte, musste sie etwas essen. Entschlossen kippte sie den Espresso auf ex herunter, hustete kurz, weil er stärker war als gedacht und im Rachen brannte.

Sie stellte die Tasse in die Spüle und musterte die Anrichte, auf der die unterschiedlichsten Kräuter in einem Glas standen. Ihre Nachbarin hatte sie zusammen mit ein paar reifen Tomaten vorbeigebracht. Während Susan die Pflanzen mit dem abgestandenen Wasser aus ihrer Trinkflasche versorgte, entschied sie sich für einen erfrischenden Salat.

Aus der Keramikschale nahm sie ein paar Tomaten sowie eine Zwiebel und öffnete die Besteckschublade.

Die Erinnerungen trafen sie gänzlich unvorbereitet und mit aller Wucht. Sie glaubte, ihre Mutter lachen zu hören. Ihr Vater, ebenfalls glücklich grinsend, betrat mit erdverschmierten Händen, schmutziger Hose und sandigen Gartenschuhen das Haus. Er hinterließ eine Drecksspur von der Küche bis in den Flur, bis er endlich im Bad verschwand.

Susan schüttelte ihren Kopf, versuchte die Geister der Vergangenheit zu vertreiben.

In das Rustico war sie zwar nicht oft, aber regelmäßig gereist. Und nun, nach dem tödlichen Unfall ihrer Eltern, wohnte sie in dem Paradies auf Erden.

Schwindel überfiel sie. Für einen Augenblick wurde ihr schwarz vor Augen. Haltsuchend lehnte Susan sich an die Arbeitsfläche und presste die heiße Stirn an die kühle Schrankwand. Sie konzentrierte sich auf eine bewusste tiefe Ausatmung, bis sich ihr Puls beruhigt hatte.

Nun waren ihre Eltern seit gut einem Jahr tot, doch noch immer belasteten sie die Erinnerungen stärker als gedacht.

Als sie wieder zur Ruhe gekommen war, nahm sie das Messer und das Holzbrett und schnitt die Tomaten in Scheiben. Der süßliche Duft stieg in ihre Nase und sie versuchte sich ausschließlich auf die Zubereitung des Salats zu konzentrieren.

Ein energisches Klopfen holte sie aus ihren Gedanken. Die Geister der Vergangenheit schwanden und zurück blieb nur die Küche im hellen Licht des Nachmittags.

„Susa, bist du hier?", fragte Evelina. Die Terrassentür schwang auf und ihre Nachbarin kam herein. Susan schob die inzwischen geschnittenen Zwiebeln in die Schüssel und tupfte sich die Augen trocken.

„Hallo Evelina, schön, dich zu sehen."

„Mia cara!" Evelina legte mehrere große fleischige Zitronen auf die Arbeitsfläche, drehte sich zu Susan um und umarmte sie. Dabei drückte sie sie an ihren mächtigen Busen, strich ihr wie ein kleines Kind über den Kopf. Sah Evelina noch die Spuren der Tränen und dachte sich ihren Teil oder hatte sie einfach nur einen untrüglichen Instinkt?

„Das sind die Zwiebeln, ich habe nicht geweint."

„Schon klar, mia cara", antwortete sie. „Du warst heute Vormittag lange fort, dafür, dass du nur beim Monte Bignone wandern wolltest."

„Stimmt, es kam etwas dazwischen." Susan fasste ihre Erlebnisse kurz zusammen.

„Dann passt es ja perfekt, dass ich meine berühmte Minestrone fertig habe!" Evelinas rötliches Gesicht mit den unzähligen Falten wurde noch roter, ihre rehbraunen Augen blitzten vergnügt. Wie alt Evelina wohl war? Susan wusste es nicht, schon immer war ihr die Nachbarin mit dem großen Herzen als alt und runzelig erschienen. Auch ihre ausladende Figur, die sie in weite, wallende Kleider hüllte, war stets unverändert geblieben. „Moment, ich hole sie!"

Ohne auf eine Antwort zu warten, verschwand sie durch die Küchentür in den hinteren Teil des Grundstücks.

Der Garten! Seit Susans Ankunft vor drei Tagen hatte sie ihm noch keinen Blick gegönnt. Susan zuckte zusammen, als sie die Erkenntnis wie ein Blitz aus heiterem Himmel traf. Es half nichts, auch die Terrasse sowie das angrenzende Areal gehörten zu ihrem Erbe. Sie atmete einmal tief ein und tat ein paar zögerliche Schritte, bevor sie die Schwelle überquerte.

Bei der Grünanlage handelte es sich um das Heiligtum ihrer Eltern. Damals hatten sie versucht, die überbordende Pflanzenpracht in geordnete Bahnen zu lenken. Doch die früheren Jahre, in denen sich niemand um dieses Haus gekümmert hatte, hatten ihre Spuren hinterlassen. Bevor ihr Vater mit der Motorsäge und der Sense angerückt war, war das Gestrüpp undurchdringlich gewesen.

Und nun? Die ehemals gebändigte Wildnis hatte sich im vergangenen Jahr ihr Reich zurückerobert. Die Pflanzen wucherten ungehindert und Susan ahnte nur noch, wo ihre Eltern früher einmal die Wege und Beete angelegt hatten. Sie strich sich die Haare aus dem Gesicht. Es lagen noch unzählige Stunden Arbeit vor ihr.

Doch im Augenblick war es ihr völlig egal. Sie bewegte die Zehen, der Boden unter ihren Füßen strahlte eine angenehme Wärme ab. Sie fühlte sich frei und ungebunden, so wie die Schwalben, die über ihrem Kopf weite Kreise zogen.

Langsam drehte sie sich um ihre Achse und betrachtete die Passionsblume auf der anderen Seite.

Die Pflanze mit ihren unzähligen Trieben und lilafarbenen Blüten dominierte die Terrasse. Die geschmiedete Sitzecke, früher ein beliebter Treffpunkt ihrer Familie, verschwand unter Laub und Sand. Niemand hatte sie in den letzten Monaten gereinigt.

Ein paar kupferfarbene Echsen, die sich in ihrer Beschaulichkeit gestört fühlten, flüchteten in eine dunkle Ecke, als sie näherkam.

Ein angenehmes Plätzchen, wie Susan feststellte. Entschlossen ging sie in die Küche und kam wenig später mit einem Besen zurück.

Staub und Laub wirbelten durch die Luft, als sie anfing zu fegen. Immer energischer bewegte Susan den Besen, versuchte so nicht nur die trüben Erinnerungen, sondern auch den Dreck zu entfernen.

Als Evelina wenig später mit einer Schüssel voll mit dampfender Minestrone zurückkehrte, hatte Susan die Terrasse soweit hergerichtet, dass sie draußen essen konnte.

***

Wieder fand sie unzählige SMS und Anrufe auf ihrem Handy. Entschlossen löschte Susan alles, was von Frederic war. Sofort fühlte sie sich besser und gönnte ihrem Smartphone einen grimmigen Blick. So schnell ließ sie sich nicht mehr von ein paar billigen Liebesschwüren beeindrucken.

Nachdem sie alle seine Nachrichten gelöscht hatte, blieben zwei SMS übrig. Eine davon war von einer unbekannten Nummer. Neugierig, wenn auch ein wenig misstrauisch, tippte sie sie an.

Liebe Retterin, vielen Dank für Ihre unkomplizierte Hilfe. Darf ich Sie zum Dank auf ein Abendessen einladen?

Der verunglückte Jogger. Spontan schüttelte Susan den Kopf. Dabei meinte sie immer noch, seinen Duft wahrzunehmen und seinen Arm zu spüren, mit dem er sich bei ihr abstützte. Sie löschte die Nachricht umgehend. Jetzt bereute sie es, seinem Drängen nachgegeben und ihm ihre Nummer anvertraut zu haben. Erneut hatte sie sich von einem Mann überreden lassen, war ihrer Intuition gefolgt.

Sie lehnte sich in ihrem gemütlich gepolsterten Sessel zurück und blickte aus dem Fenster. Der Sonnenuntergang an der ligurischen Küste war umwerfend. Rote und goldene Lichter am Horizont, vereinzelt huschten Wolken über den Himmel. Das Mittelmeer spiegelte die Farben der versinkenden Sonne. Wie anders das Leben in Italien war. Viel ruhiger und entspannter. Fast war sie versucht zu sagen, langweiliger.

In New York hatte sie selten mitbekommen, wie das Wetter war. Ob überhaupt Wolken am Himmel standen oder ob die Sonne zu sehen war. Von romantischen Augenblicken wie einem Sonnenuntergang ganz zu schweigen. Wobei ... Sie belog sich selbst. Frederic hatte sie mehr als einmal nobel ausgeführt und dann hatten sie händchenhaltend dagesessen und das Himmelsspektakel bewundert. Doch diese Erinnerungen zählten nicht mehr!

Ihr Handy bimmelte leise und Susan blickte auf das Display. Melli meldete sich pünktlich auf die Minute, wie gestern verabredet.

„Hey Susan, wie geht's? Hattest du einen schönen Tag?" Die fröhliche Stimme ihrer Partnerin erklang an ihrem Ohr.

„Danke, inzwischen geht es mir wieder etwas besser. Die Wanderung am Morgen war äußerst anstrengend und deutlich mühsamer als geplant."

„Erzähl, was ist passiert? Haben Diebe deine Handtasche geklaut oder bist du einer giftigen Schlange begegnet?"

„Nein, zum Glück bin ich keiner Schlange begegnet, die sind alle abgehauen, bevor ich über sie stolpern konnte. Dafür traf ich auf unzählige freche Möwen und einen Jogger, der sich den Knöchel verstaucht hat."

Susan nahm einen Schluck vom Sciacchetra, dem regionalen Wein, und spürte, wie der Alkohol ihre Gedanken beruhigte.

„Na dann, es klingt total spannend, was du da erzählst. Den Typen hätte ich gern kennengelernt." Melli kicherte vielsagend. Susan sah sie vor sich, wie sie sich mit den Fingern durch die gefärbten Haare strich und musste ebenfalls lächeln.

„Und wie läuft es mit unserer Agentur *More Honey and Love*? Laufen die Vorbereitungen für die *Nacht der Schmetterlinge*? Stimmen die Buchungszahlen?“

„Mach dir keine Sorgen, alles läuft wie am Schnürchen.“ Susan hörte, wie ihre Freundin und Mitinhaberin ihrer Partneragentur Papier hin- und herschob. „Die Anfragen gehen durch die Decke. Das hätte ich nicht gedacht. Wahrscheinlich muss ich einen weiteren Termin im folgenden Monat anbieten.“ Die Stimme von Melli überschlug sich regelrecht. „Und auch auf der Homepage melden sich frisch verliebte Pärchen ohne Ende. Glücklich darüber, endlich den passenden Partner gefunden zu haben. Mit unseren Themen-Tagen haben wir offenbar den Nerv der Zeit getroffen. Allein gestern lagen zwei Einladungen zur Hochzeit in der Post. Wer weiß, vielleicht nehme ich sie an und gehe hin. Es gibt ja keine bessere Bestätigung für unsere Arbeit.“

Wieder kicherte sie und Susan vermutete stark, dass Melli an diesem Abend schon mehr als einen Schluck Sekt getrunken hatte. Vielleicht wartete ihr aktueller Lover nur darauf, dass sie endlich das Telefonat beendete, damit sie sich anderen Dingen widmen konnten.

„Das freut mich. Unter diesen Umständen muss ich also keinen Flug buchen, um dir zu helfen, oder?“

„Nein, bleib, wo du bist. Ich komme hier bestens zurecht. Nutze die Auszeit, erhole dich von deinem treulosen Mann und komm auf die Füße.“

Samuel

„Darf ich stören?" Ohne auf eine Antwort zu warten, kam Vittore ins Zimmer und setzte sich ungefragt auf einen Hocker. Samuel verdrehte die Augen und legte sein Handy beiseite. Gerade hatte er es sich auf dem Sofa bequem gemacht und seinen Fuß auf einem Stapel Kissen gelagert. Nun der Besuch seines Chefs. Mit einem spöttischen Lächeln deutete Vittore auf seinen Fuß. „Blöde Sache. Tut's sehr weh?"

Demonstrativ schüttelte Samuel den Kopf und biss die Zähne zusammen. Vorsichtig nahm er den Fuß vom Sofa und setzte sich auf. Warum musste Vittore gerade jetzt kommen und stören? Noch immer pochte der verletzte Knöchel schmerzhaft und sein Stolz hatte einen gewaltigen Knacks bekommen. Einmal nicht aufgepasst beim Laufen und dann das!

Ob er wollte oder nicht, die Erinnerungen an Susan ließen sich nicht verdrängen. Ihre samtweiche Haut, ihr sinnlicher Duft. Ständig kehrten seine Gedanken zu ihr zurück. Ihr wunderschönes Gesicht. Die Stupsnase und der nachdenkliche Blick hatten sich regelrecht auf seine Bindehaut eingebrannt. Schade nur, dass sie sich bis jetzt noch nicht auf seine Nachrichten gemeldet hatte.

„Hörst du mir überhaupt zu?" Der Hotelier ließ seine Fingergelenke knacken. Eine Unart, die Samuel hasste. Er kniff die Augen zu. Wollte Vittore ihn provozieren?

„Natürlich höre ich dir zu." Brav wiederholte er die letzten Worte seines Arbeitgebers. „Der Knöchel ist nur verstaucht. Zum Glück ist nichts gerissen oder gebrochen. Die Ärztin meinte zwei bis drei Tage Ruhe, dann bin ich wieder fit."

„Das wäre schön. Ich brauche einen gesunden und arbeitsfähigen Hausmeister. Keinen kranken. Die Fenster benötigen einen frischen Anstrich, bei zwei Badezimmern müssen die Fliesen erneuert werden. Abgesehen davon ist die Gartenanlage äußerst ungepflegt. Den Sträuchern fehlt der letzte Schliff und das, wo die Hauptsaison vor der Tür steht! Abgesehen davon, auf den Wegen wuchert das Unkraut."

„Nun übertreibe nicht! Ob die Fenster nun heute oder in drei Wochen ihren Anstrich erhalten oder der Garten einem Dschungel gleicht – das kann alles warten!"

Samuel belastete seinen Fuß vorsichtig und konnte es nicht lassen, eine kleine Spitze anzubringen. „Schließlich hat sich seit Monaten wenig getan. Weil dein vorheriger Hausmeister ein begnadeter Trinker, aber kein Handwerker war."

Er stand auf, stützte sich am Polster ab, bis er seinen Fuß voll belasten konnten. „Das Einzige, worauf du hoffen solltest, ist, dass es zu keinem Notfall kommt. Denn dann muss ein auswärtiger Handwerker ran. Und nun entschuldige mich."

Er hinkte zum Bad, den unwilligen Blick Vittores im Nacken.

***

Unruhig wälzte sich Samuel einige Stunden später in seinem Bett hin und her. Nicht so sehr, weil sein Fuß schmerzte, sondern weil die Erinnerung an Susan ihn wachhielt. Ihre hilfsbereite Art und das gleichzeitige Bemühen, ihm ja nicht zu nahzukommen.

Susan hatte auf ihn wie ein verletztes Reh gewirkt, stets darauf bedacht, Abstand zu halten. Bis jetzt hatte sie nicht auf seine SMS reagiert. Hatte er sie vielleicht mit seiner Frage nach der Nummer zu sehr bedrängt? Dabei hätte er sich gern noch einmal in aller Form bei ihr bedankt.

Er unterdrückte den Impuls, nach seinem Handy zu greifen und sie anzurufen. Eine solche Aktion führte meistens zur Verweigerung, besonders wenn sie mitten in der Nacht erfolgte.

Aber morgen Vormittag, da würde er sie anrufen.

Er warf die Decke beiseite und setzte sich auf. Er musste sich dringend um seinen Wagen kümmern, der noch immer auf dem Parkplatz stand. Sollte er Susan um den Gefallen bitten? Gedankenverloren schüttelte er seinen Kopf. Sie hatte die Wartezeit in der Notaufnahme mit ihm verbracht und ihn anschließend zum Hotel gefahren. Nein, sie wollte er nur ungern erneut belästigen.

Das fahle Mondlicht erhellte sein Zimmer nur schwach, doch reichte es völlig, um sich zu orientieren, und so tappte er Schritt für Schritt ans Fenster. Dabei kreisten seine Gedanken ununterbrochen um Susan.

Der Wind drückte das nachlässig geschlossene Fenster auf. Entschlossen riss Samuel die Flügel ganz auf. Ein kühler Lufthauch streifte seine erhitzten Wangen. Er starrte in die Dunkelheit und beobachtete einen Kauz, der mit klagenden Rufen vorbeiflog. Die Büsche und Bäume wurden vom Wind zerzaust. Hinter den rasch vorbeiziehenden Wolken verschwand der Mond für wenige Atemzüge und tauchte die Landschaft in Dunkelheit. Als das Wolkenband vorbeigezogen war, erschien der fahl leuchtende Trabant erneut, als ob nichts geschehen sei, und warf sein Licht auf die verlassene Landschaft.

Eigentlich eine äußerst romantische Stimmung. Doch war Samuel nicht danach. Er ballte seine Hand zur Faust, bohrte die Fingernägel in die weiche Haut. Der kurze Schmerz half ihm, zur Ruhe zu kommen.

Zum Garten hatte er mittlerweile eine Hassliebe entwickelt. Eigentlich kümmerte sich Luca um Hotel und Garten, doch sein Alkoholkonsum war inzwischen größer als sein Pflichtbewusstsein. Und so sorgte Samuel dafür, dass nicht nur im Hotel alles rundlief, sondern auch die Grünanlage nicht völlig verwahrloste.

Ein überraschender Regenschauer ging nieder. Samuel trat vom Fenster zurück und schloss es.

Dabei streifte sein Blick den Schreibtisch, auf dem ein Laptop sowie zwei Schreibblöcke lagen. Eine Woche Zeit hatte er noch. Eine Woche, um die perfekte Idee für seinen Roman abzuliefern.

Nicht heute! In seinen Gedanken fand der Druck, einen brauchbaren Text zu liefern, keinen Platz. Viel lieber dachte er an seine Retterin. Sobald sein Fuß mitspielte, würde er sie zum Essen einladen.

Kapitel 2

Samuel

„Bist du wach?“

Samuel blinzelte verschlafen, brummte etwas vor sich hin und sah, wie sich seine Zimmertür öffnete. Ein Tablett schwebte herein, gehalten von Vittore. Er blickte ihn freudestrahlend an, schien sich nicht daran zu stören, dass er noch im Bett lag.

„Ja, jetzt bin ich wach.“ Samuel warf die Decke beiseite, schwang die Beine aus dem Bett. Und war froh darüber, zumindest eine Boxershorts zu tragen. „Notgedrungen. Und wie du siehst, bin ich relativ fit.“ Er griff nach dem Shirt, das er nachlässig auf den Stuhl gehängt hatte und zog es über. So fühlte er sich nicht ganz so nackt.

„Also, welchen Hintergedanken hast du, wenn du mir das Frühstück bringst?“

„Keinen, überhaupt keinen. Ich wollte dir das Leben erleichtern. Schließlich ist das Treppensteigen heute nicht so dein Ding.“

„Wie wahr." Samuel griff nach einem Brötchen, musterte verwundert das Angebot an Köstlichkeiten. Von Pflaumen im Speckmantel, Feigenmarmelade über hauchdünn geschnittenen Schinken: Alles, was sein Herz begehrte, war dabei.

Nun gut. Samuel grinste still vor sich hin. Als Inhaber eines Nobelhotels fiel es Vittore nicht schwer, großzügig zu sein. Doch ihn als Angestellten so zu umsorgen? Sie kannten sich seit ein paar Jahren, der augenblickliche Job eine Gefälligkeit, ein Unterfangen, von dem beide profitierten.

Dennoch, wenn Vittore so plump daherkam, steckte etwas dahinter.

Samuel nahm sich ein paar Trauben, genoss die Süße der Früchte, trank anschließend einen Schluck heißen Kaffee. Ganz bewusst ließ er sich Zeit, sollte Vittore doch ruhig ein Weilchen schmoren.

Während er in eine der weichen Feigen biss, hob er sein Bein hoch und wackelte demonstrativ mit den Zehen. „Die Ärztin in der Notaufnahme sagte mir, mindestens zwei Tage Ruhe, kühlen und das Bein hochlagern. Von unter verstopften Duschen krabbeln oder auf wackeligen Leitern stehen, war nicht die Rede."

Diese Worte saßen. Bis eben hatte Vittore recht entspannt ausgesehen. Doch nun ... Die Falten auf seiner Stirn vertieften sich, die Lippen wurden ein Hauch schmaler. Erregt ließ er seine Fingergelenke knacken.

Samuel unterdrückte ein schadenfreudiges Grinsen.

Garantiert hatte der nächtliche Regen seine Spuren hinterlassen. Vielleicht waren ein paar Schindeln auf dem Dach verrutscht und Wasser war eingedrungen.

Prüfend sah er zur Decke. Zumindest in seinem Zimmer konnte er keine verdächtigen Flecken erkennen.

„Meinst du wirklich?" Vittore beugte sich vor, bediente sich ungefragt am Tablett und aß die letzte Feige.

Samuels Handy meldete sich mit einem dezenten Gebimmel. Und dennoch schoss ihm der Schreck in die Glieder. So früh am Morgen rief nur einer an! Schließlich war sein Agent dafür bekannt, ein Frühaufsteher zu sein. Und sein Bedürfnis mit ihm zu sprechen, tendierte gegen null.

Er schubste das Handy vom Nachttisch auf sein Bett, legte sein Kopfkissen darüber.

„Du willst nicht rangehen?" Es sollte wie eine Frage klingen, doch es war eher eine Feststellung.

„Nein, es ist nicht wichtig." Samuel wusste genau, dass Vittore ihn durchschaute und ihm nicht glaube. Es handelte sich um eines der wichtigsten Gespräche seiner beruflichen Laufbahn seit langem! „Meine Mutter, sie ruft jeden Tag an, sie möchte wissen, wie es mir geht."

Er spürte, wie sich in ihm alles verkrampfte und ihm das Atmen schwerfiel. Sein Handy verstummte, der Anrufer hatte aufgelegt.

„Kommen wir zurück zu deinem Anliegen: Du kennst die Antwort. Einen Tag Schonung brauche ich. Die Schwellung lässt nach, ebenso wie die Schmerzen."

„Bitte, es ist dringend." Vittore rieb sich die Hände, rutschte ein Stück auf dem Sitz vor. „Nur ein halbes Stündchen."

„Nein." Samuel wusste genau, wenn er nicht konsequent blieb, würde er den ganzen Tag treppauf, treppab laufen. Und das tat seinem verstauchten Knöchel garantiert nicht gut.

Diesmal erklang das Gebimmel gedämpft, dennoch äußerst eindringlich. Samuel seufzte und verfluchte das Schicksal. Warum wollten alle gleichzeitig etwas von ihm?

Vittores Blick wurde lauernd. „Nun komm schon, schließlich bist du mein Angestellter."

„Genau und damit offiziell krankgeschrieben." Treffer, versenkt. Samuel lehnte sich in seinem Bett zurück, schielte zum Kissen. Das Läuten nahm – scheinbar – an Dringlichkeit zu. Aufseufzend hob er das Kissen hoch. „Vittore, ich muss telefonieren. Meine Mutter."

Vittore nickte, griff nach dem Tablett und verließ das Zimmer. „Wir sehen uns!" Lautstark zog er die Tür hinter sich zu. Dass Samuel mit dem Frühstück noch nicht fertig gewesen war, interessierte ihn nicht.

War das eine Drohung? Samuel zuckte mit den Schultern und nahm das Gespräch an.

„Hallo, Samuel." Die Stimme seines Agenten Michael Töteberg klang freundlich und zuvorkommend. „Lange nichts von dir gehört."

„Hallo." Samuel stand vorsichtig auf, verlagerte probeweise das Gewicht auf seinen verletzten Fuß. Unbeholfen wankte er zum Fenster, ignorierte den PC und die dort liegenden Notizen. „Ich hatte einen Unfall."

Schweigen am anderen Ende der Leitung. Garantiert überschlug Michael die Möglichkeiten und deren Folgen. Samuel frohlockte. Gab ihm die Verletzung noch ein bisschen Spielraum? Ein paar Wochen mehr Luft und ein paar Freiheiten, bis er seinen Entwurf für den neuen Roman abliefern musste?

„Ist es schlimm? Bist du im Krankenhaus?" Das war typisch Michael. Er wollte immer bis ins Detail informiert sein. Um Samuels Lippen spielte ein Lächeln. Dennoch hielt er sich zurück. „Nein, zum Glück nicht. Ich habe mir den Knöchel verstaucht."

Das Aufatmen, die Erleichterung seines Agenten verspürte er fast körperlich. „Dann ist ja gut. Ein verstauchter Knöchel hält dich nicht vom Denken und Schreiben ab."

Schweigen. Samuel blickte aus dem Fenster, sah den Hotelgästen zu, die im Park flanierten und sich einen schönen Tag machten. „Nein, vom Denken hält es mich nicht ab."

Liebend gern hätte er alles hingeschmissen, seinen Agenten angebrüllt und den Vertrag aufgekündigt. Wenn es doch nur so einfach wäre.

„Ich bin fleißig dabei, die ersten Ideen zu sammeln. Ich denke ..." Er sah einem älteren Ehepaar zu, das Arm in Arm den Kiesweg entlangflanierte. „Ja, bis Freitag oder Samstag sollte ich einen ersten Entwurf fertig haben."

„Das klingt gut. Ich zähle auf dich!" Damit beendete Michael das Gespräch.

Susan

Miau! Das Miauen klang so fordernd, dass Susan in der Arbeit innehielt und aufblickte. Wieder maunzte es eindringlich und das Kratzen an der Tür zeigte ihr, dass sie sich nicht getäuscht hatte.

Da begehrte offenbar ein haariger Vierbeiner um Einlass. Neugierig darauf, den Störenfried kennenzulernen, rappelte Susan sich auf und lief auf Socken hinüber in die Küche. Tatsächlich, als sie die Terrassentür einen Spalt öffnete, schob sich ein kleiner grau getigerter Kopf dazwischen.

„Wer bist denn du?" Susan öffnete die Tür ganz und das Kätzchen huschte in die Küche.

Ohren und Schwanz hatte es neugierig gereckt und maunzte ununterbrochen vor sich hin. Dabei schnupperte es in jeder Ecke, gönnte besonders dem Besen einen zweiten, prüfenden Blick. Als es auf dem Boden nichts Interessantes fand, sprang es auf die Anrichte und schnupperte an den Resten ihres Frühstücks.

Eine kleine, rosafarbene Zunge fuhr über einen Klacks Butter und bevor Susan überhaupt begriff, was geschah, hatte die Katze den Teller sauber geleckt. Selbst der Knust vom Baguette verschwand ruckzuck im Bauch der Samtpfote.

Verwundert sah Susan dem Treiben zu. Sie hatte nie ein Tier besessen und wusste überhaupt nicht, wie sie reagieren sollte. Vielleicht konnte sie dem Unhold Herr werden, indem sie ein Küchentuch nahm und die Katze hinausscheuchte? Suchend drehte sie sich um, doch fand sie auf der Schnelle nichts Geeignetes.

Endlich sprang das graue Fellbündel wieder zurück auf den Boden und Susan lief zuversichtlich zur Tür. Vielleicht erledigte sich das Problem von allein.

„Komm Mietzi, komm."

Leider nicht, wie sie feststellte. Das graue Fellbündel wanderte stattdessen schnurstracks durch den Flur ins

Wohnzimmer und reagierte nicht auf ihre Rufe. Notgedrungen ließ Susan die Terrassentür offenstehen und eilte hinterher. Wehe, wenn der ungebetene Gast die Unterlagen und Fotos durcheinanderbrachte!

Sie schnappte sich auf dem Weg ins Wohnzimmer den Besen. Das perfekte Hilfsmittel, um den Kobold auf schnellstem Weg wieder an die Luft zu befördern!

Doch machte ihr der vierbeinige Eindringling einen Strich durch die Rechnung. Statt über die Dokumente zu tanzen und mit den Bildern Fangen zu spielen, machte es sich die Katze in Susans Lieblingssessel bequem. Inmitten der Lichtfülle lag sie da, schien jeden einzelnen Strahl mit ihrem Fell aufzusaugen. Mit großen grünen Augen musterte sie Susan, blinzelte ihr zu, so als ob sie jeden Tag dort ihren Schönheitsschlaf hielt.

Susan stellte den Besen in die Ecke und unterdrückte mit Mühe einen Lachanfall. Jetzt, da das Kätzchen so entspannt und glücklich aussah, konnte sie es nicht fortscheuchen. Und das schien der Vierbeiner zu wissen. Notgedrungen kehrte Susan in die Küche zurück und schloss die Tür. Hoffentlich würde die Katze später freiwillig wieder gehen!

Doch als sie zwei Stunden später die Stapel an Papieren durchgesehen und sortiert hatte, lag das Tier noch immer auf seinem Platz. Es schien tief und fest zu schlafen. Erst als Susan aufstand, blinzelte es kurz und schloss anschließend die Augen wieder.

Die Gesellschaft der Katze hatte ihr gutgetan. Zwischendurch war sie einmal bei ihr gewesen und hatte neugierig an den Dokumenten geschnuppert. Die Ruhe der Katze hatte sich auf sie übertragen. Und ihr die

Kraft gegeben, die Unterlagen zu sichten. Die unzähligen alten Briefe, Verträge und andere persönliche Dokumente ihrer Eltern hatten Erinnerungen an schöne Zeiten in ihr wachgerufen. Schmerzhafte Erinnerungen, die weiterhin in ihr nachhallten.

Doch nun musste sie einen Schlussstrich ziehen und nach vorn blicken! Susan nahm sich ein Taschentuch und putzte sich die Nase. Das zerknüllte Tempo landete neben den vielen anderen, die auf dem Boden lagen.

Entschlossen hob sie den größeren der beiden Stapel auf und trug ihn zum Müll. Einen Augenblick verharrte sie, bevor sie alles in der Tonne versenkte. Der Schmerz war kurz, aber heftig. Doch es half alles nichts. Auch in dieser Hinsicht musste sie konsequent sein.

Das graue Kätzchen hob interessiert den Kopf, als Susan wieder eintrat. Sie ging zu ihr und setzte sich zu ihr auf die Sesselkante. Dabei beobachtete sie jede Bewegung des Stubentigers misstrauisch. Sie hatte oft genug gelesen, dass Katzenbisse zu schwersten Verletzungen führen konnten. Und dennoch, sie wollte das Tier einmal streicheln.

Zumindest es versuchen. So, als ob die Katze ahnte, was Susan vorhatte, legte sie sich auf die Seite und blinzelte ihr zu. Ein Lächeln huschte über Susans Gesicht, sie betrachtete die Geste als Einladung. Vorsichtig strich sie mit dem Zeigefinger über das weiche Fell am Kopf. Ein leises Schnurren erklang, eindringlich und intensiv. Minutenlang fuhr sie über den Kopf der Katze und die schien es zu genießen. Etwas mutiger geworden, streichelte Susan ihr wenig später über den Rücken.

„Du hast gewonnen. Bis heute Abend darfst du bleiben, dann möchte ich dort sitzen, verstehen wir uns?"

Grüne Augen blickten sie an. Für Susan schien es, als ob die Katze jedes ihrer Worte verstand. Blinzelte sie ihr nicht zustimmend zu?

***

„Susa? Wo bist du?" Schwungvoll wie immer wirbelte Evelina in die Küche. Die wallenden Stoffe umschmeichelten ihren Körper, verwischten gekonnt die üppigen Rundungen. Diesmal hatte sie ein Kleid in knalligen Gelb- und Rottönen angezogen. In ihren Armen hielt sie wie jeden Tag eine großzügige Portion an Salat und Gemüse.

Susan nahm die Hände aus dem Spülwasser und trocknete sie ab. Das schmutzige Geschirr konnte sie später noch abwaschen. Es gab zu ihrer Erleichterung niemanden, der Wert auf eine aufgeräumte Küche legte. Nur kurz dachte sie an Frederic und seine ständigen Nörgeleien. Ihm hatte sie es nie recht machen können.

Der Duft nach Basilikum, Rucola und Minze erfüllte den Raum. Schon allein der Geruch sorgte dafür, dass sie sich besser fühlte. Das brummende Handy im Flur überhörte sie ganz bewusst. Bei ihrer Freundin Melli würde sie sich am Abend melden. Und Männer, egal ob ihr Ex oder ein verletzter Jogger, die durften ewig auf einen Rückruf warten.

„Hier, mein Kind." Evelina legte die Sachen auf die Anrichte, ihr rötliches Gesicht glänzte vor Freude. „Du weißt ja, in meinem Garten wächst alles wie Unkraut. Ich bin froh, wenn du mir etwas abnimmst."

41

„Danke, du weißt doch, ich freue mich immer." Wobei ... Susan schmunzelte vor sich hin. Vieles kam nicht aus dem Garten ihrer Nachbarin, sondern vom Markt. Evelina kaufte stets mehr, als sie benötigte. Eine indirekte Art der Unterstützung, damit Susan sich regelmäßig etwas kochte und gesund lebte. Abgesehen davon hatte ihre Nachbarin so eine perfekte Ausrede, um täglich vorbeizuschauen.

„Darf ich dir dafür zumindest ein kleines Dankeschön geben?"

„No, no. Das ist nicht nötig, Susa. Ich bin doch so froh, dass du meine Nachbarin bist. Und ich die Ehre habe, mich während deiner Abwesenheit um dein Haus kümmern zu dürfen." Evelina holte tief Luft, bevor sie weiterredete. „Außerdem vermisse ich deine Eltern, wahrscheinlich ebenso heftig wie du."

Spontan drückte Evelina sie an sich und es dauerte eine Weile, bis Susan sich aus der Umarmung befreien konnte. Verlegen ob dieser vertrauten Geste nahm sie ein Glas, füllte es mit Wasser und stellte die Kräuter hinein. Den größten Teil vom Gemüse räumte sie in den Kühlschrank, froh über die Ablenkung. Wann sollte sie das alles nur essen?

Susan blinzelte mehrfach heftig und wischte sich mit dem Handrücken über die Augen. Die Trauer um ihre Eltern überwältigte sie wieder. Ihre Mutter hätte mit Freude ein Kräuterrührei zubereitet und aus den Zucchini eine perfekte Pastasoße gezaubert.

„Schon gut, mia cara." Evelina kam näher, strich ihr liebkosend über den Rücken. Susan schloss die Kühlschranktür wieder, lehnte sich mit der Stirn dagegen. Sie fühlte sich ausgelaugt und kraftlos.

„Der Schmerz wird bleiben, aber du wirst es schaffen, damit zurechtzukommen." Weise Worte, doch im Augenblick fiel ihr es schwer, daran zu glauben.

„Madre dios!" Der laute Aufruf zerstörte die intime Atmosphäre. Susan drehte sich erschrocken um. War unbemerkt eine Schlange eingedrungen oder warum war Evelina so aufgebracht?

Nein, nur das kleine graue Kätzchen war in der Küche erschienen und untersuchte neugierig die Schuhe ihrer Nachbarin.

„Mein ungebetener Gast." Susan schmunzelte, rieb sich mit einem Taschentuch über die Augen. Was für einen Anblick sie mit ihrem verquollenen Gesicht bot? „Sie ist heute Vormittag einfach in die Küche marschiert und hat ihre Siesta in meinem Sessel gehalten. Hoffentlich hat sie keine Flöhe!"

„Wie nett, du hast Gesellschaft bekommen. Das ist eine schlaue Katze. Sie weiß, dass hier gut leben ist."

„Hast du eine Ahnung, von wo sie stammt? Nicht, dass sie einen Besitzer hat, der sie vermisst?"

Evelina schüttelte den Kopf. „Mit Sicherheit nicht. Hier in der Gegend gibt es viele halbwilde Katzen. Aber wenn du möchtest, höre ich mich in den nächsten Tagen einmal um."

Susan nickte dankbar.

„Katzen wissen, wer ihre Unterstützung und Kraft braucht. Sie suchen sich ihre Menschen aus, nicht die Menschen die Katze." Evelina bückte sich und streichelte der Grauen über den Rücken. Diese schien zu ahnen, dass sie von ihr sprachen. Maunzend strich sie ihnen um die Beine, mit ihrem Schwanz berührte sie abwechselnd Evelina und Susan.

„Lass sie bei dir. Du wirst es nicht bereuen. Sie wird dir helfen und dich unterstützen. Da bin ich mir sicher.“

Susan schluckte. Manchmal schien ihre Nachbarin zu ahnen, was in ihr vorging. Sie nickte. Ja, wenn die Katze hier einziehen sollte – warum nicht? Solange Susan hier wohnte, war es kein Problem. Nur wenn sie das Haus verkaufte, was dann?

Egal. Darüber machte sie sich Gedanken, sobald es nötig war.

„Dann kannst du mir sicher auch verraten, wo ich den nächsten Tierarzt finde. Denn garantiert hat die Kleine Flöhe. Und etwas Artgerechtes zu futtern braucht sie auch. Mäuse hin oder her!“ Susan nahm die Katze auf den Arm. „Inzwischen habe ich auch einen Namen für ihn gefunden – Saphir!“

Samuel

Der Cursor blinkte, schien ihn spöttisch anzulachen. Die ganze Computerseite noch leer, außer dem heutigen Datum stand da nichts.

Samuel trommelte mit seinen Fingerspitzen auf der Schreibtischoberfläche herum, ein flotter Galopp, der ihn sonst immer motivierte. Doch heute half es ihm nicht. Seine Gedanken stockten und die Idee, die seine schriftstellerische Zukunft retten sollte, blieb weiterhin in seinen Gehirnwindungen stecken.

Ihm musste endlich etwas einfallen. Er musste endlich produktiv sein.

Samuel nahm ein paar Weintrauben, legte damit gedankenverloren kleine Muster auf dem Teller und aß sie dann.

Nur Sekundenbruchteile später schob er den Stuhl zurück, erhob sich ungelenk und griff nach seinem Handy. Er scrollte sich durch die Nachrichten, informierte sich über die letzten Fußballergebnisse.

Anschließend studierte er die neuesten Rezensionen zu seinem Roman *Oliven*. Nicht nur die Fans überschlugen sich mit begeisterten Bewertungen, sondern auch die Zeitschriften-Redaktionen, die Töteberg mit Rezensionsexemplaren eingedeckt hatte, äußersten sich mehr als euphorisch.

Und nun musste die Fortsetzung her, auf die alle sehnsüchtig warteten.

Ein Seufzer schlüpfte über Samuels Lippen und frustriert warf er sein Handy auf das Bett.

Draußen im Flur hörte er hastige Schritte, kurze Anweisungen. Vermutlich waren es die Zimmermädchen, die sich zum Einsatz bereit machten.

Er ignorierte den schmerzenden Fuß und humpelte zur Tür. Er musste raus an die Luft, etwas anderes als dieses Zimmer sehen, das ihn im Augenblick mehr an eine Gefängniszelle erinnerte als an ein behagliches Quartier.

Ein prüfender Griff an die Hosentasche, seinen Zimmerschlüssel hatte er dabei. Und sein Handy? Nachdenklich betrachtete er es und entschied, dass er mal ein paar Stunden gut ohne den digitalen Aufpasser zurechtkam. Nur noch ein paar Euro einstecken, damit er sich zwischendurch eine Erfrischung gönnen konnte.

Samuels Laune stieg. Eine kleine Auszeit in der Altstadt von Sanremo würde ihm guttun. Er lächelte, öffnete die Tür und stieß mit Vittore zusammen.

Seine Mine erstarrte. Auf diese Begegnung hätte Samuel nur zu gern verzichtet. Zumindest in diesem Augenblick.

Vittores Aussehen war wie immer makellos, so wie er es sich auch tagtäglich von seinen Angestellten wünschte. Sein Anzug versteckte gekonnt den ausgeprägten Bauch und den Rundrücken. Sein bleiches Gesicht war grobporig und er hatte seine nachtschwarzen Haare in der Mitte gescheitelt. Samuel wusste, dass er Ende fünfzig war. Doch wirkte er auf ihn deutlich älter. Nur seine sonst ständig zur Schau gestellte Freundlichkeit war gerade auf Abwegen, was Samuel sofort an den zu Schlitzen verengten Augen und den unzähligen Falten auf der Stirn erkannte.

„Wie geht es dir?" Vittore trat einen Schritt zurück und musterte interessiert Samuels rechten Fuß.

Samuel unterdrückte ein Schmunzeln, erleichtert darüber, dass er den Verband noch trug. Und nicht dem Impuls nachgegeben hatte, ihn zu entfernen. Demonstrativ lehnte er sich gegen die Wand und schloss die Tür ab. „Nun ja, er schmerzt immer noch. Das Gelenk ist geschwollen und ich kann den Fuß nur mit Mühe bewegen. Die Salbe gegen Sportverletzungen hilft leider auch nur bedingt. Kurz gesagt, ich bin noch arbeitsunfähig."

„Sicher?" Der joviale Gesichtsausdruck schwand. Prüfend sah Vittore sich im Flur um, so als ob er sich vergewissern wollte, dass ihn niemand beobachtete. „Du sollst hier arbeiten und den Betrieb am Laufen halten. Und nicht krank auf dem Sofa liegen."

„Nun ja, wie du siehst, liege ich nicht auf der faulen Haut. Ich wollte ein bisschen frische Luft schnappen."

„Wie lange gedenkst du, krank zu spielen? Bist du der Meinung, dass das Romanschreiben wichtiger ist als der Job?"

„Bitte?" Samuel blickte den Hotelchef entsetzt an. „Was willst du mir damit sagen?"

Er schüttelte den Kopf und zwängte sich an Vittore vorbei. Mit seinem Rücken streifte er die hellgelb gestrichene Wand. Das ließ er sich nicht bieten. „Ich habe mir den Fuß verstaucht und soll mich schonen. Die Ärztin sagte etwas von zwei bis drei Tagen. Wenn ich mich morgen wieder einsatzbereit melde, dann kannst du dich freuen. Und nun entschuldige."

Bedächtig ging er den langgestreckten Flur entlang, der zum Aufzug führte.

„Warte!"

Unwillkürlich blieb Samuel stehen, drehte sich um, seine Stirn gekraust. Vittore kam mit steifen Bewegungen auf ihn zu, das Deckenlicht funkelte bei jedem Schritt auf seinen polierten Lederschuhen.

„Dein Auto, wo steht es noch einmal? Beim Monte Bignone? Richtig?"

Samuel nickte und überlegte, was für eine Überraschung Vittore nun aus dem Hut zaubern würde.

„Machen wir doch einen Deal. Du stehst morgen wieder auf der Matte und ich helfe dir dafür nach Feierabend, den Wagen zu holen. Einverstanden?"

Daher wehte also der Wind. Garantiert würde Samuel jemand anderen finden, der ihn zum Parkplatz fuhr.

Doch so war es für ihn deutlich leichter und unkomplizierter. Warum nicht.

„Okay, ich denke, morgen früh bin ich wieder einsatzbereit."

„Das hör ich gern. Die Arbeit läuft nicht davon, das solltest gerade du wissen." Vittore bewegte demonstrativ seine Finger so, als ob er etwas tippen würde. Samuel knirschte mit den Zähnen. In diesem Augenblick bereute er es, Vittore von seiner Schaffenskrise erzählt zu haben.

„In Zimmer Fünf ist die Dusche verstopft, bitte erledige das gleich nach Dienstantritt. Die neuen Gäste ziehen am späten Nachmittag ein und bis dahin muss alles perfekt sein!

Abgesehen davon habe ich im Pool unzählige Blätter schwimmen gesehen und das Wasser schimmert grünlich. Also stimmt der Chlorgehalt nicht mehr. Du siehst, als Hausmeister geht dir die Arbeit nicht aus. Falls du keine Lust mehr auf das Schreiben hast ..."

Bevor Vittore die Chance nutzen konnte und ihm weitere Aufgaben aufs Auge drückte, betätigte Samuel den Knopf des Aufzugs. „Du weißt ja, die Liste mit den dringenden Aufgaben hängt unten an meinem Spind. Da kannst du es gern eintragen. Und jetzt entschuldige mich."

***

Die Piazza lag im hellen Sonnenlicht, die Temperaturen waren am späten Vormittag schon ungewöhnlich hoch. Samuel krempelte die Ärmel seines Hemdes um und rieb sich mit dem Unterarm über die Stirn.

Langsam ging er über die gepflasterte Straße. Bei jedem seiner Schritte achtete er darauf, dass er seinen verstauchten Knöchel nicht mehr als nötig beanspruchte. Hier, in den engen Gassen von Sanremo, zu Füßen der Kathedrale San Siro, hatte sein erster Roman *Stein* gespielt. Ein Krimi, der anfangs wenig Beachtung fand. Dies änderte sich erst nach Erscheinen des Folgeromans *Sand*.

Beinahe über Nacht erreichten seine Bücher Kultstatus und die Auflage ging durch die Decke. Alle sechs Monate erhielt er inzwischen einen Scheck, der seine kühnsten Träume übertraf. Eigentlich hätte er von den Honoraren gut leben können, doch drängten nicht nur sein Agent Töteberg und der Verlag nach einem neuen Roman, sondern auch die Leser. Und dieser unerwartete Leistungsdruck lag ihm schwer im Magen. Bis nächste Woche sollte er den Entwurf für den vierten Roman vorlegen. Doch auf Befehl funktionierte er zu seinem Leidwesen nicht, er fand keine brauchbare Idee. Besonders nicht unter der Herausforderung, dass der vierte Band noch besser sein sollte als die vorherigen.

Ein ungeahnter Druck lastete auf ihm. In seinem Haus in Dublin, wo er sonst Tag und Nacht an seinen Romanen schrieb, war ihm die Decke auf den Kopf gefallen und er hatte spontan die Koffer gepackt. Er wollte zurück an den Ort reisen, an dem alles angefangen hatte.

Eines Abends, als er mal wieder in der Bar des Hotels *La Passony* saß, hatte er Vittore sein Leid geklagt. Und Vittore hatte ihm den Job im Hotel angeboten, da ihm gerade ein handwerklich geschickter Mann fehlte. Für

Samuel, ungewohnt weinselig an diesem Abend, war es perfekt gewesen. Die Arbeit mit den Händen und der direkte Kontakt zu den Gästen halfen ihm dabei, den Kopf freizubekommen.

***

Das Café lag etwas versteckt und abgelegen am Rande der Piazza. Die mehrstöckigen Häuser, in denen sich im Erdgeschoss Geschäfte und Restaurants befanden, umzingelten den Platz regelrecht. In der Mitte standen einige schön gewachsene Palmen und ein Brunnen, in dem das Wasser plätscherte.

Nicht nur die eierschalenfarbenen Sonnenschirme flatterten im Wind, sondern auch die Palmen bogen sich unter der Brise, die vom Meer kam. Im Außenbereich seines Lieblingscafés waren alle Sitzplätze belegt, wie Samuel auf den ersten Blick feststellte. Selbst im Inneren des Gastraums herrschte reger Betrieb. Die Kellner eilten hin und her, bemühten sich redlich, ihren Kunden die Wünsche von den Augen abzulesen. Manchmal verweilten sie auch einen Moment am Tisch und scherzten mit den Gästen.

Samuel war das Treiben nur recht. Er liebte es, wenn er in die Menschenmenge eintauchen und den Gesprächen lauschen konnte. An Tagen wie diesen war er froh darüber, dass es weder in seinen Büchern noch auf der Autorenseite ein Foto von ihm gab. So konnte er unerkannt die Plätze aufsuchen, die er beschrieben hatte.

Da sein Fuß schmerzte, lehnte er sich an die Hauswand und wartete geduldig, bis ein Platz frei wurde. Endlich sah er drei elegant gekleidete Signore, die ununterbrochen aufeinander einredeten, zahlten und aufstanden. Bevor ein anderer Tourist auf den Gedanken kam, ihm den Platz wegzuschnappen, hinkte er so schnell wie möglich hin. Das schmutzige Geschirr, die zerknüllten Papierservietten und der verschmierte Tisch störten ihn überhaupt nicht.

Er setzte sich mit dem Rücken zur Fensterfront, so dass er das Kommen und Gehen der Einheimischen und der Touristen beobachten konnte. Ob Susan heute Vormittag ebenfalls unterwegs war? Er betrachtete jede Person aufmerksam, die an ihm vorbeiging. Immer in der unsinnigen Hoffnung, sie vielleicht zu erblicken.

Nun bereute er es doch, sein Handy im Zimmer gelassen zu haben. Sonst hätte er sie jetzt angerufen. Ob sie sich inzwischen auf seine Nachricht gemeldet hatte?

Ein Tablett schwebte scheinbar schwerelos in sein Blickfeld, landete wenig später auf dem Tisch. Das Geschirr klapperte lautstark, während vom Kellner abgeräumt wurde.

„Prego, was darf ich Ihnen bringen?"

Samuel überlegte nicht lange. Eigentlich durfte er im Hotel etwas essen. Doch für heute Vormittag war ihm die Lust auf Gesellschaft vergangen. Ganz besonders auf die seiner Arbeitskollegen. Ob die wohl vermuteten, dass er blau machte?

Kurz entschlossen bestellte er sich einen Salat und ein großes Glas Wasser mit Zitrone.

Trotz des Andrangs musste er nicht lange warten. Nur wenige Augenblicke später stand das Gewünschte vor ihm.

***

War sie das? Wie elektrisiert hielt Samuel inne, beobachtete die Frau, die mit einem Einkaufskorb vor ihm vorbeilief. Diese schlanke, grazile Figur, die anmutige Haltung und das seidig glänzende Haar. Er sprang auf, sein Zitronenwasser schwappte gefährlich im Glas und seine Gabel fiel klirrend zu Boden. Mehrere Gespräche verstummten, verwundert blickte ein Gast auf und schüttelte mit dem Kopf.

In diesem Augenblick war es Samuel egal. So schnell wie möglich, den schmerzenden Fuß ignorierend, folgte er der Frau.

„Signora, bitte warten Sie!" Er beschleunigte seine Schritte, in der stillen Angst, sie aus den Augen zu verlieren. „Signora!"

Er streckte den Arm aus, berührte sie an der Schulter. Endlich blieb die Frau stehen und drehte sich um.

So eine Schande! Samuel stockte in der Bewegung, rang die Enttäuschung nieder. Nein, er hatte sich geirrt. Sich von dem hellen Shirt und der Frisur täuschen lassen und sich nun blamiert.

Eine ihm völlig unbekannte Frau sah ihn an, die Stirn wütend gekraust. Bevor sie ihn beschimpfte und womöglich noch mit dem Korb nach ihm schlug, hob er die Hände und entschuldigte sich wortreich. Sein Herz klopfte heftig und er spürte, wie ihm abwechselnd heiß und kalt wurde. Wie gut, dass zwar seine Romane weltberühmt waren, aber niemand die Person dahinter kannte. In diesem Augenblick wusste er die Anonymität sehr zu schätzen. Gab es doch für ihn nichts Schlimmeres, als über jeden seiner Schritte in der Zeitung zu lesen.

Geknickt und zu Boden starrend kehrte er zurück zum Tisch. Sehr zu seiner Erleichterung hatten die Gäste sich zwischenzeitlich wieder ihren Gesprächen zugewandt und kümmerten sich nicht um ihn. Nur der Kellner, der ihm den Salat gebracht hatte, musterte ihn misstrauisch. Samuel verzog sein Gesicht zu einer Grimasse, zuckte mit den Schultern und trank einen Schluck Zitronenwasser. Vermutlich hatte der Cameriere Angst vor Zechprellerei.

Vorbei an weiteren gut besuchten Restaurants und Souvenirläden mit Postkarten, mehr oder weniger hübschen Hüten und unzähligen Sonnenbrillen schlenderte Samuel wenig später zum Piazza San Siro. Die Kathedrale San Sari, erbaut aus hellem Sandstein, lud zum Gedenken und Gebet ein. Geschützt durch einen schmiedeeisernen Zaun, der mit Zacken bestückt war, befand sich das Portal mit seinem bogenförmigen Eingangsbereich. Samuel stellte sich direkt unter den spitz zulaufenden Bogen, starrte nach oben und betrachtete das Bauwerk, das unglaublich filigran und zierlich auf ihn wirkte.

Entschlossen öffnete er die Tür und schauderte, als er in das kühle Kirchenschiff trat. Wie außen so schlicht, zeigte sich auch das Innere der Kathedrale eher spartanisch. Die Ruhe und Würde des Gebäudes gingen auf ihn über, halfen ihm dabei, sich zu erden. Auf den Bänken, die links und rechts des Ganges standen, saßen zwei alte, gebeugt sitzende Frauen mit Kopftuch. Sie schienen ins Gebet versunken. Andächtig ging Samuel zum Marienaltar, auf dem viele kleine Kerzen brannten. Er warf ein paar Euros in die Kasse, nahm sich ein neues Licht und zündete es an. Nachdem er es in die

Halterung gesteckt hatte, verschränkte er die Hände und verharrte mehrere Augenblicke.

Kapitel 3

Samuel

Dieser Mistkerl! Laut fluchte Samuel und schmiss die Liste auf den Boden. Ein knappes Dutzend eng beschriebener Blätter lag kreuz und quer zu seinen Füßen.

Nun bekam er die Rechnung dafür, dass er seinen Fuß einen Tag geschont hatte. Dabei konnte er nichts für die Versäumnisse der vergangenen Jahre, wie für die überfällige Renovierung der Badezimmer, die Reparatur der wackeligen Treppe im Hinterhof und die schmutzige Fassade im hinteren Bereich des Hotels, die an manchen Stellen eher grün als weiß war.

Wenn Vittore nur nicht so von Geiz zerfressen wäre! Oder ob er es sich nicht leisten konnte, das Hotel in Schuss zu halten? Der Gedanke blitzte in Samuels Kopf auf. Dabei hatte er noch genug Gäste, die sicherstellten, dass er sorgenfrei leben konnte.

Samuel schüttelte den Kopf, bückte sich ungelenk und hob die Zettel auf. Unabhängig davon, was alles auf der Liste stand, als Erstes musste er nach dem Pool sehen.

Drei Tage hatte sich niemand um den Bereich gekümmert. Samuel schüttelte den Kopf, als er das grünliche Wasser sah. Unzählige Blätter und kleine Zweige gaben sich darin ein fröhliches Stelldichein. Dabei gehörte ein gepflegter Pool zum Aushängeschild eines jeden gut geführten Hotels!

Und einen Kescher zu bedienen und den pH-Wert zu überprüfen waren kein Hexenwerk! Samuel verstand Vittore nicht, dass er sich nicht einmal die Hände schmutzig machte.

Wie gut nur, dass das Schwimmbecken in der Vorsaison von den Gästen wenig genutzt wurde.

Samuel schloss den Technikraum auf, lauschte auf das beständige Brummen der Pumpe und nickte zufrieden. Anschließend schnappte er sich den Kescher und den Poolsauger. Kaum zog der seine Kreise, machte Samuel sich an das Geduldsspiel, all die Kleinigkeiten herauszufischen, die das Baden so unangenehm machten.

Eine knappe Stunde später klopfte er sich in Gedanken auf die Schulter. Der Pool lockte mit einladend leuchtend blauem Wasser und die Sonnenliegen standen in Reih und Glied.

Keine Minute zu früh, die ersten Gäste kamen mit Bademantel und Strandtuch bewaffnet, um in das kühle Nass zu springen.

Samuel dagegen genügte ein Abstecher ins Bad. Er wusch sich die Hände und spritzte sich eiskaltes Wasser ins Gesicht. Erfrischt stieg er kurz darauf mit tropfnassen Haaren und dem Werkzeugkoffer in der Hand die Treppe hinauf. Dabei achtete er darauf, dass ihm

Vittore nicht über den Weg lief. Eine Runde Ärger wäre sonst vorprogrammiert.

In Zimmer Nummer Fünfundvierzig gab es ein Problem mit der Dusche. Wie vorgeschrieben, klopfte Samuel erst an, zählte bis zehn und öffnete die Zimmertür. Der Raum mit seinen hohen Decken, dem verschnörkelten Kronleuchter und den bodentiefen Vorhängen wartete nur noch auf seinen Gast. Aber erst durfte Samuel hier verweilen und dringende Reparaturen ausführen. Dabei, er verkniff sich ein Grinsen, könnte er sich mühelos eine Nacht in diesem Zimmer leisten.

Aber er wollte die harte Arbeitswelt erleben. Deshalb kniete er wenig später seufzend vor der Duschwanne nieder und drehte die Armatur auf. Tatsächlich, das Wasser lief äußerst langsam ab. Ein Ärgernis für jeden Gast. Samuel ignorierte das Zwicken im Knöchel, verlagerte das Gewicht und machte sich daran, das Problem zu beheben. Dabei musste er unwillkürlich an seinen Vater denken, der ihn schon früh bei jeder handwerklichen Tätigkeit hatte mithelfen lassen.

***

Einen Tag mehr Schonung hätte ihm nicht geschadet. Samuel setzte sich seufzend auf den Stuhl in seinem Zimmer, blickte kurz auf den dunklen Bildschirm seines Laptops und anschließend aus dem Fenster. Noch immer fehlte ihm die zündende Idee und er fürchtete schon den Tag, an dem er seinen Agenten darüber informieren musste.

Immerhin hatte er für heute Feierabend. Er zog seine Arbeitsschuhe aus und wickelte ein kühles Tuch um den Knöchel. Tat das gut! Aufseufzend lehnte er sich zurück im Sessel und schloss die Augen. Nun bereute er es, dass er sich für heute mit Vittore verabredet hatte. Zu gern hätte er sich jetzt an den Pool gesetzt und einen kühlen Drink genossen.

Egal, sobald sein Auto wieder im Hof stand, konnte er sich auf die Suche nach Susan machen. Oder dem Strand am Yachthafen einen Besuch abstatten, unabhängig von Vittore und seinen Launen.

Susan. Er nahm sein Handy und blickte darauf. Hatte sie zwischenzeitlich bei ihm angerufen? Leider nein, wie er bedauernd feststellte. Seit Stunden keine einzige Nachricht, weder seine Schwester in Irland hatte sich gemeldet noch sein Agent.

Kurz entschlossen tippte Samuel auf Susans Namen und anschließend das Hörersignal. Er ließ es so lange klingeln, bis die Mailbox sich meldete. Er lauschte der standardisierten Ansage, doch sie nahm das Gespräch nicht an.

Es half alles nichts! Wenn er sich bei ihr persönlich bedanken wollte, musste er sich etwas einfallen lassen.

Das energische Klopfen an der Tür holte ihn unsanft aus seinen Gedanken. Vittore! Ohne auf eine Antwort zu warten, stürmte sein Chef ins Zimmer und blickte sich um.

„Nur keine Müdigkeit vorschützen. Wir können los!" Ungeduldig blickte Vittore auf die Uhr. „Und ich dachte, du stehst schon in den Startlöchern."

Samuel ersparte sich eine Antwort, stattdessen steckte er das Handy in die Hemdtasche und zog sich den Schuh wieder an. Anschließend holte er seinen Autoschlüssel aus der Schreibtischschublade und erhob sich. Den Lappen warf er beim Vorbeigehen nachlässig ins Bad. Aufräumen konnte er später.

Kapitel 4

Samuel

Samuel rief sich die Gesprächsfetzen in Erinnerung. Doch leider war alles in einem Nebel des Vergessens versunken. Dabei hatte sie ihm im Wartesaal erzählt, wo sie lebte.

Nun ja, er verzog die Lippen zu einem unwilligen Grinsen, zumindest hatte sie eine Andeutung gemacht. Sicher wusste er nur, dass es unweit von Sanremo war.

Eine Kreuzung, ein paar Wegweiser. Da sich hinter Samuel kein Auto befand, hielt er an, las jedes Schild aufmerksam, hoffte so auf eine Eingebung. Und tatsächlich, als er schon die Hoffnung verloren hatte, blitzte etwas in seinen Gedanken auf. Bussana Vecchia. Ihr Rustico lag an der Landstraße, die zu der zerstörten Stadt führte! Wohlgemut warf der den Blinker an und fuhr rechts herum.

Im zweiten Gang tuckerte der Wagen die Steigung hoch. Neben ihm auf dem Sitz lag ein üppiger Blumenstrauß. Das Plastik raschelte bei jeder Kurve und der schwere Blütenduft sorgte für Kopfweh. Samuel öffnete das Fenster auf der Fahrerseite einen Spalt und atmete tief durch. So ging es ihm gleich viel besser.

Eine Ortschaft kam in Sicht. Samuel fuhr noch etwas langsamer, ignorierte das Hupen verärgerter Autofahrer und hielt Ausschau nach einem Kleinwagen, von dem er zumindest das Nummernschild kannte.

Seinem aufgeregt klopfenden Herzen nach urteilend, befand er sich auf der richtigen Spur.

Susan

Bimm-bimm. Es klang äußerst rostig und unharmonisch. Susan rieb sich die Finger an der Hose ab, lauschte verwundert und überlegte, von woher das Geräusch kam.

Wieder *Bimm-bimm.* Diesmal etwas lauter und energischer.

Die kleine Türglocke, die am Eingang hing. Sie wurde so selten benutzt, dass Susan die Existenz der Klingel fast schon vergessen hatte.

Jemand betätigte sie mit äußerster Inbrunst. Nur wer war dieser Jemand? Evelina konnte es nicht sein, sie klopfte kurz und kam durch die Küche herein. Der Briefträger legte seine Post auf die Treppe.

Bimm-bimm. Von der Neugierde getrieben eilte Susan in den Flur, versuchte durch das blinde Fenster in der Haustür zu spähen.

Vergeblich, sie erkannte nur die Silhouette einer Person. Leicht außer Atem öffnete sie die Tür und erstarrte. Mit allem hatte sie gerechnet, nur nicht mit Samuel!

„Hallo." Ein üppiger Blumenstrauß flog ihr mehr oder weniger entgegen. Überrascht trat sie einen Schritt zurück. „Ich wollte mich bei Ihnen noch einmal bedanken."

Susan rieb sich erneut die Finger an der Hose ab, nicht weil sie schmutzig waren, sondern aus Verlegenheit. Was sollte sie sagen, was sollte sie tun?

„Deshalb diese Blumen für Sie." Samuel hielt ihr den Strauß entgegen, lächelte sie gewinnend an, seine Augen leuchteten vor Freude. Er war frisch rasiert und hatte sich bei der farblichen Abstimmung von Hemd und Hose viel Mühe gegeben. Trotz der lässigen Kleidung blieb ihr nicht verborgen, dass er sie um einen Kopf überragte. In ihrem Magen flatterten ein paar Schmetterlinge.

„Bitte, bitte nehmen Sie mein Dankeschön an."
Dennoch war es zu viel für sie. Das freudige Gefühl schwand schlagartig. Die ständigen Nachrichten auf ihrem Handy, dieser überfallartige Besuch. Susan knallte die Haustür zu. Zumindest wollte sie es. Der Strauß raschelte protestierend. Einzelne Blüten knickten, doch sie konnte den Besucher nicht aussperren. Hatte Samuel seinen Fuß in den Spalt gestellt? Erneut versuchte sie, die Tür zu schließen.

Sie wollte für sich sein, kein männliches Wesen vor oder gar in ihrem Haus sehen. Ihr Herz raste, am ganzen Körper brach ihr der Schweiß aus.

„Nein, gehen Sie! Bitte gehen Sie sofort. Sonst rufe ich die Polizei." Entschlossen warf Susan sich mit ihren Schultern gegen die Tür und diesmal klappte sie zu ihrer Verblüffung zu. Doch der Schatten auf der anderen Seite blieb. Ebenso der große Blumenstrauß, von dessen glitzernder Folie sich ein Streifen im Rahmen eingeklemmt hatte.

Mit weichen Knien und unsicher darüber, was sie tun sollte, lehnte sie sich an die Wand. Susan wusste genau, dass Samuel auf eine Antwort wartete. Was sollte er von ihr denken?

Die Sekunden verrannen, ihre Überraschung, Samuel zu begegnen, wich langsam einer gewissen Freude. Mit allen zehn Fingern strich sie sich durch ihre Haare, überprüfte den Sitz ihres T-Shirts und öffnete die Tür.

Sehr zu ihrer Erleichterung hielt sich seine Irritation in Grenzen. Er schien vielmehr erleichtert zu sein, dass sie ihn nicht abwies. Wie ein Schild hielt er die Blumen vor sich und lächelte, als ob er Werbung für Zahnpasta machte. Dabei sah er mit seinen dunklen, freudig blitzenden Augen und dem markanten Kinn äußerst sympathisch aus.

„Sorry. Ihr unangemeldeter Besuch hat mich völlig überrumpelt." Susan starrte eine knallgelbe Ranunkel an und vermied es peinlichst, seinem Blick zu begegnen.

„Es blieb mir ja leider nichts anderes übrig, als einen Überraschungsbesuch zu starten. Ich habe mehrfach versucht, Sie zu erreichen, doch leider immer ohne Erfolg."

„Sie wissen schon, dass Ihr Verhalten grenzwertig ist?" Susan blickte ihn finster an. Und er senkte den

Kopf und nickte beschämt. „Ich weiß, aber es war mir ein Anliegen, mich noch einmal persönlich bei Ihnen zu bedanken. Normalerweise bin ich nicht so aufdringlich.“

Er überreichte ihr den Strauß aus roten und gelben Ranunkeln, dunkelblauen Freesien und Margeriten. Diesmal nahm sie die Blumen entgegen. Die unzähligen Blüten und Zweige lagen schwer in ihren Armen.

„Danke, er ist wunderschön. Haben Sie den Blumenmarkt geplündert?“ Susan roch an einer Freesie, trat einen Schritt zurück und machte den Durchgang frei. „Mit Besuch habe ich nicht gerechnet. Es ist nicht aufgeräumt, aber wenn Sie einen Espresso oder eine Limonade möchten, dürfen Sie gern hereinkommen.“

„Gerne.“ Samuel trat ein und schloss die Tür hinter sich. Sorgfältig putzte er seine Schuhe auf der kleinen Matte ab. „Ich hätte gern noch mehr Blumen gekauft, doch leider hätte ich sie dann nicht mehr tragen können.“

„Das ist doch kein Problem. Ich habe schon jetzt das Gefühl, auf einer Blumenwiese zu sitzen.“ Susan trug das Bukett in die Küche, zog im Vorbeigehen die Wohnzimmertür ein Stück zu und hoffte, dass Samuel ihr folgte. Im Wohnzimmer lagen so viele Erinnerungsstücke auf dem Boden, die nicht für fremde Augen bestimmt waren. Abgesehen davon befanden sich dort ihr ungemachtes Bett und die flüchtig in die Ecke geschmissenen Kleidungsstücke. Beim nächsten Mal musste sie unbedingt vorher die Tür schließen, bevor sie einen Besucher einließ!

Sie legte die Blumen auf der Anrichte ab und überlegte kurz. Wo hatte ihre Mutter noch einmal die Vasen verräumt?

Unter der Spüle! Tatsächlich. Als Susan sich bückte, erblickte sie eine Sammlung an großen und kleinen Vasen. Ihre Erinnerung hatte sie nicht getäuscht. Sie nahm drei heraus und füllte sie mit Wasser.

Sie war froh darüber, die Blumen versorgen zu dürfen. Half es doch dabei, ihre Hände und Gedanken beschäftigt zu halten. Sie spürte genau, dass Samuel jeden ihrer Schritte beobachtete. Der süße Duft flutete die Küche und sie konzentrierte sich ausschließlich darauf, die Blumen zu arrangieren.

Gleichzeitig flatterten ihre Gedanken. Was sollte sie sagen? Sie war unverhofft zur Gastgeberin geworden und es fehlten ihr im wahrsten Sinne des Wortes die Worte. Immerhin hatte Samuel bei der Auswahl seiner Blumen darauf geachtet, ihr keine roten Rosen mitzubringen.

„Fertig." Susan verpasste der letzten Ranunkel einen kleinen Stups und sah zu, wie sie sich in die Reihe der anderen Blüten einsortierte. „Danke für diese Blütenpracht. Ich werde sie später in den Räumen verteilen."

„Gerne doch." Bis eben hatte Samuel geduldig wartend in der Küche gestanden. Nun kam er ein paar Schritte näher. Unbewusst trat Susan zurück und stieß gegen die Kante der Arbeitsplatte.

„Sicher sind Sie durstig. Was darf ich Ihnen anbieten?" Susan drehte sich zur Seite, froh, ihm ausweichen zu können. Sie öffnete die Kühlschranktür und schloss sie sogleich wieder. Wie peinlich! Außer ein paar Lebensmitteln und einer Flasche Mineralwasser gab es nichts, was sie ihrem Gast anbieten konnte. Die uralten alkoholischen Getränke von ihren Eltern hatte sie gerade erst in den Ausguss geschüttet. „Äh, ich habe zu viel versprochen. Sie können zwischen Mineralwasser mit Zitrone, Zitrone mit Mineralwasser oder einem Espresso wählen."

„Das ist eine schöne Auswahl." Er zwinkerte ihr vergnügt zu und setzte sich auf den Küchenstuhl. „Im Zweifelsfall wäre ich auch mit einem Schluck Wasser glücklich gewesen. Doch bei dem Angebot nehme ich gern einen Espresso."

„Kommt sofort!" Susan nahm den Kanister mit dem Trinkwasser und füllte die Maschine. Wenig später blubberte es leise und der Geruch nach Kaffee vermischte sich mit dem der Blüten. Was für ein Duft. Erleichtert darüber, dass ihre Hände nicht zitterten, holte sie das Geschirr aus dem Schrank und suchte nach ein bisschen Gebäck. Dank der stets fleißigen Evelina konnte sie Samuel ein paar frischgebackene Limonenkekse anbieten.

„Ist es Ihnen recht, wenn wir uns nach draußen setzen? Unter der Pergola ist es sehr angenehm und man hat einen umwerfenden Blick über das Land bis zum Meer." Susan biss sich auf die Unterlippe. Was redete sie da nur? Doch als sie verstohlen zu Samuel hinüberlinste, atmete sie erleichtert auf. Er schien sich nicht an ihrer Unbeholfenheit zu stören.

Susan bearbeitete ihre Unterlippe mit den Zähnen. Sie als erfahrene Kupplerin zwischen zwei einsamen Herzen hatte ein Problem damit, einen Mann zu bewirten? Das durfte Melli nie erfahren! Sonst wäre sie dem Spott von ganz New York ausgeliefert.

Sehr zu Susans Freude nickte Samuel begeistert.

„Gerne doch." Er ging voraus und öffnete die Terrassentür. Mit dem Geschirr in der Hand folgte sie ihm und drehte auf dem Absatz wieder um. Wie leichtfertig, einen Gast nach draußen einzuladen!

Sowohl Tisch als auch Stühle waren übersät mit verwelkten Blüten und den Spuren des nächtlichen Regens. Nun rächte es sich, dass sie gestern die Terrasse nicht benutzt hatte.

Bevor sich da jemand niederlassen konnte, musste sie erst putzen! Sie erstarrte vor Schreck und Schwindel überfiel sie.

„Wo haben Sie ein Tuch? Ich gehe schnell und wische es weg. Einverstanden?" Bevor Susan etwas erwidern konnte, kehrte Samuel um und sie schaffte es nur noch, ihm zuzurufen, wo er einen Lappen fand.

Wie umwerfend! Das hatte sie bisher nur selten erlebt. Susan nutzte die Zeit, um tief durchzuatmen und die zitternden Hände unter Kontrolle zu bekommen.

Wenige Augenblicke später stellte sie das Geschirr auf den sauberen Tisch ab und bot Samuel das Gebäck an.

Er rückte seinen Stuhl zurecht, nahm einen Keks und sah sich neugierig um. „Schön haben Sie es hier."

„Danke." Susan setzte sich ihm gegenüber und betrachtete ihren Gast neugierig. „Was treibt Sie hierher? Sind Sie wieder fit?"

Er zuckte mit den Schultern. „Kommt darauf an, wen Sie fragen. Mein Knöchel würde gern noch einen Tag pausieren, mein Chef sagt, er braucht meine Arbeitskraft. Seiner Ansicht nach kann ich mich zu einem anderen Zeitpunkt ausruhen."

„Der umwerfende Humor von Chefs", murmelte Susan und knabberte an einem Keks, der merkwürdigerweise nach Sägespänen schmeckte. Ihr Blick wanderte unruhig zwischen Samuel und den Bodenplatten hin und her. Zu ihrem Schrecken entdeckte sie unzählige kaputte oder verwitterte Platten. Auch sie benötigten dringend etwas Pflege. Doch augenblicklich reichte ihre Kraft nur für das Wohnzimmer. Leider. „Für manche Chefs sollten die Mitarbeiter Tag und Nacht bereitstehen und ihre Aufgaben erledigen."

„Ach, er redet eben gern und findet, dass alles wichtig ist, selbst eine kaputte Glühbirne in der Abstellkammer. Ich lasse es in den nächsten Tagen ruhig angehen. Als Hausmeister werde ich nicht tagtäglich kontrolliert. Hauptsache, es kommt zu keiner Katastrophe, wie ein geplatztes Rohr. Wenn das Foyer urplötzlich unter Wasser steht und die Gäste nasse Füße bekommen, wird es für mich ungemütlich."

Bei der Vorstellung, wie Samuel durch das kühle Nass watete und versuchte, das Leck zu finden, huschte ein Grinsen über Susans Gesicht.

„Ich hoffe einfach das Beste." Er nahm sich einen weiteren Keks und sah sich mit Kennermiene um. „Sie haben hier ein ansprechendes Häuschen gemietet. Wobei die Agentur Sie über die Ohren gehauen hat. Ich kenne doch Formulierungen wie *ursprünglich und rustikal.*" Er hustete demonstrativ. „Ich hoffe mal, der Vermieter ist Ihnen bei der Miete entgegengekommen? Für meinen Geschmack ist das Häuschen zu abgelegen, aber die Aussicht ist traumhaft. Für begeisterte Handwerker gibt es noch ein bisschen was zu tun. Die Eigentümer haben eine ruhige Kugel geschoben."

Susan schluckte, zerbröselte den Keks zwischen ihren Fingern. Mit seiner Bemerkung traf Samuel ins Schwarze. Auch wenn er sich dessen nicht bewusst war.

„Nein, ich habe das Rustico nicht gemietet. Es gehört mir."

Diesmal war es an Samuel, betreten dreinzublicken. Er hob die Hände. „Entschuldigung. Ich wollte Sie nicht beleidigen."

„Schon gut." Susan nickte leicht. „Das können Sie ja nicht wissen. Und außerdem haben Sie recht, es muss im Außenbereich einiges getan werden. Doch ich bin erst seit ein paar Tagen hier und konzentriere mich gerade auf das Innere des Gebäudes. Der Garten kommt später an die Reihe."

Samuel lehnte sich in seinem Sitz zurück. Schlug das rechte Bein über das linke und rieb sich gedankenverloren den verletzten Knöchel.

„Kommen wir zum Grund meines Besuches." Er räusperte sich, schien nach Worten zu suchen und beinahe rechnete Susan damit, dass er einen Spickzettel hervorholte. „Nach den turbulenten Umständen, unter denen wir uns kennengelernt haben, würde ich Sie gerne zum Essen einladen. Ich kenne in Sanremo ein nettes Fischrestaurant direkt am Hafen. Als kleines Dankeschön."

„Nein." Susan schüttelte den Kopf. Dabei krampften sich ihre Hände um die Lehnen und ihr Herz raste. Nein, so schnell würde sie sich nicht wieder auf einen Mann einlassen. „Ich möchte nicht."

„Bitte, ich bin Ihnen etwas schuldig." Samuel rutschte ein Stück auf seinem Sitz vor, fast schien es, als ob er über ihre Schulter streichen wollte. „Ohne Sie würde ich wahrscheinlich ein Festessen für die Wildschweine sein.“

„Sie übertreiben.“ Trotz aller Widerstände musste sie lachen und hob unschlüssig die Schultern. Himmel, dieser Mann brachte sie in Verlegenheit. „Es kamen ja später noch andere Wanderer. Und abgesehen davon, ist es für mich selbstverständlich, jemandem zu helfen, der in Not ist.“

„Nun gut, ich möchte Sie nicht bedrängen.“ Samuel rutschte zurück in seinen Sitz, bemühte sich um eine entspannte Miene. „Darf ich mich vielleicht auf eine andere Art revanchieren? Bitte.“

Abwehrend hob Susan die Arme und streckte ihm die Handflächen entgegen. Verstand er nicht, dass sie kein Interesse daran hatte? „Nein, lassen Sie es gut sein. Sie haben mir so wunderschöne Blumen vorbeigebracht.“

„Bitte.“ Samuel ließ nicht locker, wie sie mit aufkeimender Verzweiflung feststellte. Warum kam nicht gerade jetzt Evelina und brachte ihr ein paar Orangen? Oder weitere Kekse? Doch gerade heute schien ihre Nachbarin sich um etwas anderes zu kümmern.

„Dann darf ich Ihnen bei der Gartenpflege helfen?“ Dieser Augenaufschlag, dieser treuherzige um Verständnis heischende Blick.

Ein tiefer Seufzer quälte sich über Susans Lippen. Sie wusste genau, er würde nicht lockerlassen. Und das Angebot, sich um ihren Garten zu kümmern, damit konnte sie leben.

„Einverstanden. Diese Wildnis muss dringend gebändigt werden. Wann hätten Sie denn Zeit?“

Kapitel 5

Samuel

Über Nacht kam sie. Samuel saß senkrecht im Bett, schlagartig war er hellwach. Seine dünne Leinendecke raschelte leise, als er sie zur Seite warf. Erregt knipste er das Licht an und blinzelte erst einmal. Als sich seine Augen an die Helligkeit gewöhnt hatten, eilte er mit nackten Füßen zum Schreibtisch. Der kühle Boden gab ihm die Sicherheit, nicht zu träumen.

Wie gut, dass er Block und Stift stets griffbereit liegen hatte. Er schlug die erste Seite auf und notierte seine Idee. Der nächste Roman würde auf einem abgelegenen Rustico spielen und eine blonde Frau aus Amerika ... Der Stift huschte über das Papier. Seite um Seite füllte Samuel mit ersten Notizen.

Als er gut zehn Minuten später zurück ins Bett ging, kribbelten seine Füße vor Kälte. Aber das Fieber, einen guten Roman zu schreiben, hatte ihn erfasst. Endlich konnte er Töteberg sagen, dass der nächste große Wurf folgte!

Am nächsten Morgen rieb er sich die Augen und streckte sich wohlig. Er fühlte sich so ausgeruht wie lange nicht mehr.

Gerade kletterte die Sonne hinter dem Horizont hervor und flutete sein Zimmer mit einem rötlich angehauchten Morgenlicht.

Er lauschte auf das Zwitschern der Vögel, die mit den vorbeifahrenden Fahrzeugen um die Wette lärmten. Das Lachen und Scherzen im Gang rührte allerdings von seinen Kollegen her, die sich auf den Weg in die Küche und zu den Zimmern machten. Ihre Schicht begann in wenigen Minuten.

Bildete er es sich ein oder roch er den frisch aufgebrühten Kaffee vom Speisesaal?

Egal, sobald die Gäste ihr Frühstück beendet hatten, durfte er sich am Büfett bedienen. Ein Arrangement, das ihm ausgesprochen gut gefiel. So musste er sich in seinem kleinen Zimmer nichts selbst kochen oder zubereiten. Er brauchte nur etwas Geduld. Obwohl, vielleicht würde er gleich in die Küche gehen und sich einen Kaffee erbitten. Dann könnte er noch vor Arbeitsbeginn etwas schreiben.

Aber als Erstes musste er sich vergewissern, ob er nicht geträumt hatte. Mit angehaltenem Atem schlich er zum Schreibtisch und erblickte den Notizblock, und zwar genau so, wie er ihn in der Nacht zurückgelassen hatte.

Der Stift lag quer über dem Block, seine Notizen flüchtig hingeschmiert, aber lesbar. Samuel trat näher heran, überflog die Seiten, die er geschrieben hatte. Wirklich, es war kein Traum gewesen. Seine Schreibblockade hatte ein Ende gefunden.

Zufrieden mit sich und der Welt ging er ins Bad.

Eine knappe halbe Stunde später saß er mit einem lauwarmen Kaffee und einem Müsliriegel vor seinem Computer. Beim Duschen waren ihm weitere Ideen eingefallen und die wollte er schnell aufschreiben, bevor er sich in die hoteleigene Parkanlage begab, um dort die Sträucher und Büsche in lebende Kunstwerke zu verwandeln.

Seine Finger flogen nur so über die Tastatur. Es schien, als ob in seinem Kopf eine Schleuse geöffnet wurde. Unzählige Ideen kamen ihm in den Sinn und sein Herz hüpfte vor lauter Freude einen Takt schneller.

Ausnahmsweise freute er sich darauf, heute unter der Beobachtung unzähliger Gäste im Grünbereich agieren zu dürfen.

***

Dieses Klopfen! Samuel zuckte zusammen. Seine Finger erstarrten, er drehte den Kopf und brummte unwillig. Für Vittore reichte dieser Laut, um die Tür zu öffnen.

„Bist du wieder krank?" Er trat ungefragt ein und sah sich im Zimmer um. „Ist der Fuß nach einem Tag schon wieder kaputt? Oder warum kommst du nicht zum Mitarbeiter-Frühstück?"

„Ich bin am Schreiben und habe die Zeit vergessen." Samuel drehte sich um, unsanft aus den Gedanken gerissen. Seine Traumwelt platzte wie eine Seifenblase und beinahe hätte er Vittore deswegen angebrüllt.

„Aber danke für die Erinnerung. Und nur zu deiner Beruhigung, meinem Fuß geht es soweit gut. Ich komme gleich zum Arbeiten.“

Der Stoff von Vittores Kleidung raschelte leise, während er immer näherkam. Sein bis eben noch misstrauischer Blick wich reiner Neugierde. „Schreibst du einen Liebesbrief oder die Einkaufsliste?“

„Weder noch. Ich habe endlich die Idee für meinen nächsten Roman niedergeschrieben.“

Vittore stand nun direkt hinter Samuel und legte ihm eine Hand auf die Schulter. „Das klingt äußerst interessant. Ich hatte schon die Befürchtung, dass du gestern zu viel gearbeitet hast und dein Fuß dir wieder Probleme bereitet.“

Er beugte sich über ihn und Samuel nahm den eindringlichen Geruch vom Aftershave und seine Körperwärme wahr. Angewidert rückte er ein Stück zur Seite. Dieses anbiedernde Gebaren ging ihm auf die Nerven.

„Faszinierend.“ Vittore murmelte leise vor sich hin, während er die Notizen las, die Samuel gerade erst zusammengestellt hatte. „Ich wusste gar nicht, wie aufwändig es ist, einen Roman zu schreiben.“

„Ja, es ist harte Arbeit. Und diese Notizen sind erst der Anfang.“ Ohne auf Vittore Rücksicht zu nehmen, fuhr er den Laptop herunter und klappte den Ordner lautstark zu. Gleich heute Abend würde er seinem Agenten die Entwürfe zusenden.

Sein Chef zuckte zurück, um die Nasenspitze wurde er blass.

„Kannst du mir bitte etwas vom Frühstück zurücklegen? Ich komme gleich.“

***

Fix und fertig gekleidet für seine Arbeit als Hausmeister spazierte Samuel eine Stunde später durch das Foyer. Der hohe Raum mit wunderschönem Stuck an der Decke und den üppigen Kronleuchtern spiegelte den Glanz früherer Jahrzehnte wider. Auf dem Boden lagen cremefarbene Perserteppiche mit abstrakten Mustern. Brav machte er einen Bogen darum. Mit seinen derben Arbeitsschuhen bestand immer die Gefahr, dass er eine Dreckspur hinterließ. Und die Hausdame hatte ihn deshalb schon mehrfach ermahnt. Aus diesem Grund hatte er es sich auch abgewöhnt, mit der Motorsäge oder dem Spaten im Gebäude herumzulaufen. Dabei genoss er jedes Mal den erschrockenen Blick der Gäste, wenn sie ihm unverhofft über den Weg liefen.

An der Rezeption stand der Hotelchef persönlich, der mit stolz geschwellter Brust einem Pärchen den Zimmerschlüssel überreichte. Samuel brauchte sich nicht zu bemühen, schon allein am Gehabe Vittores erkannte er, dass es sich um äußerst wohlhabende Gäste handelte.

Ein Page mit einer weinroten Jacke und schwarzer Hose stand mit seinem Gepäckwagen wartend daneben. Nicht nur die Schuhe, sondern auch sein Gefährt glänzten genauso prächtig wie der Kronleuchter. Für Vittore zählte der perfekte Service und auf solche Details legte er großen Wert.

Rasch zählte Samuel die Anzahl der Koffer. Er kam auf sieben Stück. Ein untrügliches Zeichen dafür, dass die Urlauber nicht nur ein paar Nächte, sondern mehrere Wochen blieben.

„Giovanni, bringst du die Gäste bitte in die Senatoren-Suite?"

Deshalb also hatte Samuel dort neue Armaturen installieren und das Zimmer frisch streichen sollen! Honeymoon-Gäste sorgten nicht nur für ein Klingeln in der Kasse, sondern auch für gute Werbung!

Diensteifrig nickte Giovanni und schob das schwerbeladene Gefährt zum Aufzug. Das Pärchen, verliebt miteinander turtelnd, folgte ihm. Garantiert erwartete Giovanni ein üppiges Trinkgeld. Sollte er doch, darum beneidete Samuel ihn nicht. Auf seinem Konto ruhten mehrere Hunderttausend. Was wollte er mehr? Eine Frau, die an seiner Seite stand? Samuel zuckte die Schultern und dachte an Susan. Zu gern würde er sie näher kennenlernen.

Doch jetzt musste er sich erst um die Büsche zwischen Straße und Eingangsbereich kümmern.

Beim Vorbeilaufen an der Rezeption unterdrückte Samuel sein Hinken nicht. Sollte Vittore sich Gedanken machen und sehen, wie es um die Gesundheit seiner Mitarbeiter stand.

Bei der Sitzgruppe, die sich links vom Ausgang ein paar Stufen weiter unten befand, saß ein Gast und las die New York Times. Hin und wieder unterbrach er sein Zeitungsstudium und tippte etwas in sein Handy. Ob es sich um einen Geschäftsmann handelte? Zumindest erweckte er den Eindruck. Samuel grüßte knapp, als er aufblickte.

Was war das? In der Vitrine, in der Vittore sonst immer Schmuck oder Accessoires mit dem Emblem des Hotels anbot, erblickte er seine Bücher! Sie waren geschickt zwischen Bildern aus Sanremo und kleinen Souvenirs arrangiert, die man käuflich in der Lobby erwerben konnte. Eine Vergrößerung eines Stadtplans von Sanremo zeigte die Orte, an denen ein Teil der Romanhandlung spielte.

In dem darunterliegenden Fach gab es Ausschnitte aus Zeitungsberichten, in denen lobend Samuels Romane erwähnt wurden.

Er blieb stehen und ein Lächeln huschte über seine Lippen. Bis jetzt hatte er drei Bücher veröffentlicht. Während der erste Band unbeachtet bei den Lesern blieb, fand der zweite Roman schon mehr Interesse und der dritte war durch die Decke gegangen und hatte dafür gesorgt, dass Samuel sorgenfrei leben konnte. Nun gut, nicht nur durch die Bücher, sondern auch dank unzähliger Lizenzen für Hörbücher und des geplanten Films.

In dem ersten Jahr als Autor hatte er mit dem Roman *Stein* noch Lesungen gehalten, die nur auf mäßiges Interesse gestoßen waren. Enttäuscht hatte er es aufgegeben und sich lieber auf das Schreiben konzentriert.

Penibel sah Samuel sich die Auslagen an. Vittore hatte gute Arbeit geleistet. Darüber, dass er hier als Hausmeister tätig war, gab es keinen einzigen Hinweis. So, wie er es mit Vittore vereinbart hatte.

Zufrieden mit sich und der Welt trat er durch die Drehtür und betrachtete den Oleander neben dem Eingang abschätzend. Nun durfte er auf eine andere Art kreativ werden.

Kapitel 6

Susan

Das Arbeitszimmer ihrer Mutter. Susan stand unter dem Türrahmen, holte tief Luft. Ihr Herz schlug heftig und sie musste sich überwinden nicht rückwärtszugehen.

Dies war der einzige Raum, den sie seit ihrer Ankunft noch nicht aufgesucht hatte. Aber es half alles nichts, sie musste auch in diesem Zimmer Entscheidungen treffen.

Ein Schritt, zwei Schritte vorwärts. Endlich stand sie mittendrin und ihr Atem fand langsam zu seinem gewohnten Rhythmus zurück.

Das Atelier war das Ein und Alles ihrer Mutter gewesen und so sah es auch aus. Im ganzen Zimmer lagen, standen oder hingen Bilder. Für ihre Mutter hatte es damals kein Thema gegeben, das sie nicht gern malte. So entstanden in den Jahren sowohl Stillleben, Bilder von der Küste als auch einfache Studien von Oleander oder Ginsterblüten. Nur Porträts, die hatte sie nie gemalt.

Für einen winzigen Augenblick glaubte Susan ihre Mutter am Fenster stehen zu sehen, wie sie über die Landschaft blickte und nach Inspiration suchte. Und sie nahm den so vertrauten Duft nach Farbe, Leinwand und Terpentin wahr. Ganz schwach, nur noch wie ein Hauch, lag das Parfum ihrer Mutter darüber. Susan rieb sich die Augen. Gerade hier in diesem Raum fühlte sie sich ihr unheimlich nah.

Auf dem Boden lagen leere Farbtuben, scheinbar willkürlich verstreut. Vermutlich waren sie ihrer Mutter herunter gefallen, als sie einmal etwas umgestellt hatte.

Durch die hohe Fensterfront traf das Morgenlicht die Zeichnungen und verlieh der Sammlung einen warmen Schein. Mittendrin stand ein bequemer Liegesessel mit bunt bestickten Kissen und einer sorgfältig zusammengelegten Wolldecke.

Die kleine graue Katze strich schnurrend um ihre Beine. Susan bückte sich und streichelte ihr über das Fell. Sie war erleichtert darüber, dass sie ihr Gesellschaft leistete.

„Du hast ja recht. Die Geister der Vergangenheit sollten ruhen.“

Mit der Katze auf dem Arm trat sie an das erste der Bilder, drehte es so, dass der Lichtschein voll darauf traf. Die unterschiedlich dicken Schichten der Ölfarben zeigten das Meer, wild und stürmisch. Die weiße Gischt tanzte im Licht, der Himmel düster, ein Sturm zog auf. Und doch, wie ein Trost für den Betrachter, hatte ihre Mutter am Horizont eine rotgoldene Kugel gemalt, die dem Bild eine gewisse Leichtigkeit verlieh.

Wie oft hatte sie zusammen mit ihrer Mutter im Atelier gestanden, über das Leben philosophiert und Probleme besprochen. Wie oft hatte sie dank ihrer Mutter und der heimeligen Atmosphäre eine Lösung gefunden.

Andächtig ging Susan durch den etwa drei Meter hohen Raum. Sie erinnerte sich noch gut daran, wie ihr Vater geschimpft und geflucht hatte, als er die Deckenverkleidung montiert hatte. Doch die Mühe hatte sich gelohnt. Nun war dies das schönste Zimmer im ganzen Haus.

Wie sehr hatte sich ihre Mutter darüber gefreut, in diesem luftigen Raum mit einer Vielfalt an Größen experimentieren zu können. Viele ihrer Werke waren nur entstanden, weil sie die ganze Breite des Zimmers nutzen konnte. Andere ihrer Zeichnungen waren gerade mal so groß wie eine Postkarte.

Susan ging ein paar Schritte weiter, betrachtete verschiedene Bilder. Bei unzähligen Kunstwerken erinnerte sie sich noch gut daran, wie sie danebengesessen und bei der Entstehung zugesehen hatte.

Vor einem Bild, das die meerumschlungene Küste mit ein paar Häusern zeigte, blieb sie stehen. Hierbei handelte es sich um ihren absoluten Favoriten, eine Erinnerung an glückliche Zeiten. Susan drückte das Kätzchen fest an sich, dankbar für die Nähe des Tieres. Vor ihrem inneren Auge sah sie ihre Mutter, wie sie sich lachend die Haare aus der Stirn strich und sagte: „Das Bild ist ein Geschenk für dich. Bitte bewahre es gut auf. Alle anderen Werke darfst du gern verkaufen. Doch dieses nicht.“

Mit ihrer schwungvollen Art signierte sie es damals im unteren rechten Eck. Dazu, fast schon verstohlen, malte sie ein kleines Herz mit ihrer beiden Initialen.

Damals hatte Susan sich nichts dabei gedacht. Doch heute, mit dem jetzigen Wissen, klang es wie eine Prophezeiung.

Eine Träne stahl sich aus ihrem Augenwinkel, lief über die Wange und tropfte auf Saphirs Fell. Der Kater schüttelte sich kurz und sein Schnurren wurde eine Nuance lauter.

„Du hast recht. Dieses Bild benötigt einen schönen Rahmen und dann bekommt es einen Platz im Wohnzimmer.“

Susan versuchte, es mit einer Hand aufzuheben, doch es gelang ihr nicht. Laut polternd fiel es zu Boden und erst im letzten Augenblick konnte sie es festhalten. Unwillig über die Störung wand sich der Kater aus ihrem Griff und sprang zu Boden. Mit großen Augen und misstrauisch zuckendem Schwanz sah er ihr zu, wie sie das Bild zur Tür trug.

Dieses Projekt würde sie gleich morgen angehen!

Nun sollte sie dringend einmal die übrigen Bilder sichten und sortieren. Grob zählte sie die Werke durch und stellte die Zeichnungen zur Seite, die sie vielleicht verkaufen wollte. Auf dem Sekretär, der fast schon schüchtern in eine Ecke gedrückt stand, entdeckte sie einen Ordner. Susan schlug ihn auf, blätterte ihn flüchtig durch. Schon früher hatte ihre Mutter einige ihrer Bilder im Atelier von Aturo verkauft. Ein weiterer Punkt, den sie in Angriff nehmen musste.

Eine Staffelei mit einem angefangenen Bild stand direkt am Fenster. Kunterbunt lagen die gebrauchten Tuben daneben, auf einer Palette hatte ihre Mutter Farben angemischt. Nur die Pinsel hatte sie ordentlich gereinigt und aufgeräumt. Es sah aus, als ob die Künstlerin jederzeit zurückkehren könnte. Doch das würde sie nicht und so waren die Farben mittlerweile steinhart. Ein Fall für den Müll. Zum Glück gab es noch eine kleinere, fast jungfräuliche Palette, die nur auf Susan zu warten schien.

Sie nahm einen Pinsel. Strich über die Borsten. Sie waren weich und beweglich. Es kribbelte in ihren Fingern und sie griff nach einer Tube. Ein dicker, roter Tupfen landete auf der Palette.

Ein ungewohntes Kribbeln überkam sie, als sie den Pinsel in die Farbe tunkte. Sie lächelte versonnen, freute sich wie ein Kind darüber, malen zu dürfen.

Wie in Trance ergänzte sie die Blüten der Bougainvillea, führte das Werk ihrer Mutter weiter. Und es fühlte sich so unendlich gut an.

„Susa, wo bist du?" Schwere Schritte auf der alten Holztreppe. Diese knarrte protestierend. Susan schrak aus ihren Gedanken und brauchte eine Weile, bis sie begriff, wer da die Treppe hochkam.

„Evelina, ich bin im Atelier." Sie drehte sich um und verschloss die Farbtube.

„Hier bist du also." Außer Atem und wie jeden Tag in eines ihrer weiten Kleider gehüllt stand Evelina da. Neugierig blickte sie sich um. „Was für ein schöner Ort. Ich war noch nie hier und jetzt verstehe ich, warum deine Mutter sich so gerne hier aufhielt."

„Ja." Susan stand mit dem Pinsel in der Hand da. Irgendwie fühlte sie sich ertappt, obwohl sie nichts Verbotenes gemacht hatte. „Meine Mutter hatte dieses Bild angefangen." Sie trat einen Schritt zur Seite und gab den Blick frei.

„Madre dios!" Evelina ging näher heran, betrachte es interessiert. „Du hast das Talent deiner Mutter geerbt. Wie schön!" Sie richtete sich auf, nickte bekräftigend. „Du trittst in ihre Fußstapfen. Ohne jeden Zweifel."

„Nein, Evelina. Mit Sicherheit nicht. Ich habe nur die Blütenblätter ergänzt und ein bisschen am Hintergrund gearbeitet."

„Ich sehe doch, was du kannst." Evelina schnaubte durch die Nase. „Du hast Potential und kannst mit deinen Bildern Geld verdienen! Nicht nur die Touristen lieben beeindruckende Landschaftsbilder."

„Evelina, sag mal." Susan legte ihre Hand auf den Arm ihrer Nachbarin. „Kennst du das Atelier, in dem meine Mutter ihre Bilder verkauft hat?"

„Si! Es ist drüben in Bussana. Ich war vor kurzem dort, habe mit Aturo geredet. Er verwaltet das Geld, bis du kommst. Wichtig ist nur, dass du ihm nachweist, dass du die Erbin bist."

„Danke Evelina, das hilft mir schon weiter."

„Aber deshalb habe ich dich nicht gesucht." Evelina reichte Susan ihr Handy. „Es lag unten im Flur und hat sich unzählige Male bemerkbar gemacht. Und da ich dich nirgendwo gesehen habe, habe ich angefangen, mir Gedanken zu machen."

Susan entsperrte ihr Handy und zuckte mit den Schultern. „Ich wollte meine Ruhe. Aber nun kümmere ich mich darum. Wahrscheinlich hat Melli ein paar Fragen zur *Nacht der Schmetterlinge.*"

Kapitel 7

Susan

Flott kurvte sie vom Rustico ihrer Eltern über die Landstraße. Unzählige überdachte Gewächshäuser und einzelne Häuschen wechselten sich mit grün bewachsenen Hängen und Olivenhainen ab. Doch heute hatte Susan kein Auge für die Landschaft, sondern war mit ihren Gedanken woanders.

Kurz vor Bussana Vecchia konnte sie nur noch im Schritttempo fahren. Susan schaltete in den zweiten Gang, fuhr langsam und vorsichtig weiter. Die engen Kurven mit dem steil abfallenden Hang ließen ihren Puls schneller werden. Warum hatte sie vorher niemand gewarnt? Ein Fahrfehler, und sie würde mehrere Meter in die Tiefe stürzen.

Ein Schlagloch, das überraschend hinter einer Kurve auftauchte, zwang sie zu einer Vollbremsung. Im Kofferraum klapperten die Bilder. Und das, obwohl sie sie vorsorglich in alte Leintücher gewickelt hatte. Susan biss sich auf die Unterlippe und schmeckte Blut. Hoffentlich erreichte sie ihr Ziel bald!

Endlich, endlich tauchten die ersten Häuser vor ihr auf.

Das historische Dorf schmiegte sich regelrecht an den zackigen Felsrücken. Einige der Gebäude aus gelbbraunen Steinen und schieferfarbenen Dächern saßen unbeschädigt am Hang, andere waren zerstört und nur noch die Trümmerteile ragten anklagend in den Himmel. Markant und unübersehbar stand im Ortszentrum ein Kirchturm, auch er war nach dem verheerenden Beben sichtbar beschädigt. Doch er war stehengeblieben und ragte mahnend in den Himmel.

Von seinen ursprünglichen Bewohnern wurde Bussana Vecchia nach dem Erdbeben aufgegeben, sie errichteten ihre Stadt weiter unten neu. Das ursprüngliche Dorf wurde über viele Jahrzehnte dem Verfall überlassen.

Doch inzwischen lebten und arbeiteten hier gut zwei Dutzend Menschen, zumeist Künstler.

Susan parkte ihren Wagen am äußersten Rand eines Platzes, in unmittelbarer Gesellschaft anderer Fahrzeuge.

Ab hier ging es nur noch zu Fuß weiter. Susan setzte sich ihren Sonnenhut mit der breiten Krempe auf und griff nach ihrer Handtasche. Ein frischer Wind wehte und bauschte den Stoff der Tunika.

Dank Evelina wusste sie ungefähr, wie sie laufen musste. Sie schloss ihren Wagen ab, nachdem sie ihm einen kritischen Blick gegönnt hatte. So schnell würde ihr – hoffentlich – niemand die Bilder klauen. Zumindest sah man ihm von außen nicht an, welche wertvolle Fracht im Kofferraum ruhte.

***

Die kopfsteingepflasterte Gasse war schmal. Ein Radfahrer oder ein Lastenesel schafften es, den rinnenartigen Weg zu begehen. Links und rechts saßen die Häuser dicht an dicht geschmiegt. In manchen Gebäuden gab es Fenster, gepflegte Fassaden und kundig geschnittenes Laub.

In anderen Gebäuden wucherte der Efeu meterhoch und die vor Hunderten von Jahren zerstörten Fassaden waren verwittert und grau.

Susan schritt fleißig aus, während sie in Gedanken die Wegbeschreibung von Evelina abhakte. Wohlweislich hatte sie ihre bequemen Sneakers angezogen. Für die unebenen Wege perfekt.

Vereinzelt traf sie auf Touristen, die mit ihrem Handy Fotos machten und dem Reiseführer aufmerksam lauschten. Manchmal stupsten sie sich an, um sich auf etwas besonders Interessantes aufmerksam zu machen.

Auch Susan ließ immer wieder ihren Blick schweifen, spähte neugierig in die vereinzelt auftauchenden Gassen. Begierig sog sie die Atmosphäre dieser ungewöhnlichen Gegend in sich auf.

Hinter der Kirche befand sich laut Evelina ihr Ziel. Susan legte den Kopf in den Nacken, gönnte dem ehrwürdigen Bau einen interessierten Blick, bevor sie weiterging. Und tatsächlich, als sie auf dem blank gelaufenen Pflaster um die Ecke bog, sah sie das Atelier.

Vor der Haustür befanden sich zwei Klappstühle und ein zierlicher Tisch. Alles aus altem, verwittertem Holz erbaut. Die Fenster- und Türrahmen dagegen leuchteten in frischem Rot. Vor dem Eingang stand eine Vitrine mit geschmiedeten Kunstwerken und Stickarbeiten. Im Fenster gab es nicht nur Bilder von ihrer Mutter zu bestaunen, sondern auch Glasbläserarbeiten.

„Aturo", rief Susan und blieb am Eingang stehen. Ihre Augen gewöhnten sich langsam an das schummrige Licht im Inneren.

„Sind Sie Susan?" Ein älterer Mann mit wettergegerbtem Gesicht, dunkelbraunen Augen und einem Pferdeschwanz im schütteren Haar blieb vor ihr stehen. Der Name Aturo, Bär, passte perfekt zu ihm.

Susan nickte, etwas überrascht darüber, dass er sie kannte.

„Evelina hat vorhin angerufen und mich informiert. Schön, Sie kennenzulernen." Er reichte ihr seine schwielige Hand. „Möchten Sie etwas trinken? Und dann reden wir über das Geschäftliche? Einverstanden?"

Susan, völlig überrumpelt, konnte nur zustimmend nicken. Wenig später saß sie auf dem wackeligen Stuhl und hatte ein Glas Gazzosa vor sich stehen.

„Wenn Sie mir Ihren Ausweis zeigen, bitte." Es klang äußerst höflich, doch am energischen Ton erkannte Susan den Ernst seiner Worte. Sie reichte ihm das gewünschte Dokument. Und nachdem er in ihrem amerikanischen Pass ein bisschen hin und her geblättert hatte, nickte er zufrieden.

„Sehr gut. Sie sind also die Tochter von Florence und mittlerweile dreißig Jahre alt. Schade, dass wir uns erst unter diesen traurigen Umständen kennenlernen." Er schnalzte mit der Zunge. „Die Kunstwerke Ihrer Mutter wurden und werden von den Käufern sehr geschätzt.

Übrigens sehen Sie Ihrer Mutter ausgesprochen ähnlich, nur ein bisschen jünger." Er lächelte anerkennend. „Der überraschende Tod Ihrer Eltern hat mich betroffen gemacht." Gedankenverloren nickte er und griff in eine Tasche neben seinem Stuhl. Er legte einen grauen Ordner vor ihr auf den Tisch. „Das sind die Einkünfte der letzten zwei Jahre. Ich habe von jeder Zeichnung ein Foto und eine Beschreibung im Ordner. Bei den verkauften Werken finden Sie einen Vermerk sowie den erzielten Preis. Die vereinbarte Verkaufsgebühr von zehn Prozent habe ich gleich einbehalten."

Er holte einen Umschlag zwischen den Seiten hervor und legte ihn mit einem patschenden Geräusch auf den Tisch. Susan zuckte erschrocken zusammen. Himmel, war dieser Händler laut! „Wenn Sie möchten, dürfen Sie die Unterlagen gern studieren. Es stimmt auf Heller und Pfennig."

Und nun? Susan wusste nicht, was sie tun sollte. Wahrscheinlich wäre der Händler beleidigt, wenn sie die Buchführung kontrollieren würde. Deshalb nickte sie verhalten. „Ich denke, alles hat seine Ordnung. Ich vertraue Ihnen."

„Gut, dann sind wir uns einig!" Aturo erhob sich, spuckte sich demonstrativ in die Hand und reichte sie Susan. Diese schluckte und zögerte einen Augenblick. Dann schlug sie ein.

Ihre Hand rieb sie danach verstohlen am Oberschenkel sauber. Am Aufblitzen seiner Augen stellte sie beschämt fest, dass er es gesehen hatte. Wie peinlich.

„Ich freue mich schon darauf, weitere Bilder von Ihrer Mutter zu verkaufen. Haben Sie welche dabei?"

***

89

Der Holzkarren rumpelte über das Pflaster. Aturo legte ein flottes Tempo vor und Susan musste aufpassen, dass sie ihn nicht aus den Augen verlor.

Am Wagen angekommen, überprüfte sie den Zustand ihres Fahrzeugs. Alles in Ordnung. Niemand hatte sich am Kofferraum zu schaffen gemacht. Erleichtert seufzte sie und schloss das Fahrzeug auf.

Sie griff nach einem Zipfel vom Tuch und deckte das erste Bild ab. Ein blühender Ginsterstrauch. Die winzigen Blätter und Blüten mit feinstem Pinselstrich gemalt. Mit ihrer rechten Hand streifte sie vorsichtig über die Leinwand, ein letzter Abschiedsgruß, bevor sie das Bild Aturo reichte.

Wenig später lagen fünfzehn Werke ihrer Mutter im Karren. Ein paar Touristen waren schon während der Verladeaktion stehen geblieben und hatten ungefragt mit ihrem Handy Fotos geschossen.

Ob da wohl potentielle Käufer dabei waren? Oder ob sie nur in der Bildersammlung bei den *Sehenswürdigkeiten* landen würden?

„Also, ich hoffe mal, ich sehe Sie jetzt häufiger als Ihre Mutter." Aturo deckte die Bilder sorgfältig mit dem Leinentuch ab und kontrollierte noch einmal, dass sie sicher lagen. „Susan, wie ist es eigentlich mit Ihnen? Malen Sie auch?"

Susan zuckte mit den Schultern, verlegen und überrascht. Mit dieser Frage hatte sie nicht gerechnet. Dabei hatte Evelina garantiert über sie und ihr Talent geplaudert.

„Nein, eigentlich nicht. Früher habe ich häufiger mal etwas ausprobiert, doch nach meiner Hochzeit hatte ich keine Zeit mehr zum Malen. Und mein Mann fand diese Art der Freizeitbeschäftigung mehr als merkwürdig."

„Na, dann." Was Aturo darüber dachte, sagte er nicht. „Also, wenn Sie es einmal ausprobieren möchten, dürfen Sie mir Ihre Bilder gern vorbeibringen. Ein Versuch ist es allemal wert."

„Warum nicht." Susan schlang ihre Arme um den Oberkörper, so als ob sie fror. Ohne Frederic und seine Kommentare war sie frei, frei in dem, was sie tat.

„Wobei ...", schränkte sie das Gesagte gleich wieder ein. „Ich weiß noch nicht, was ich mit diesem Haus anfange. Eigentlich wollte ich es verkaufen und wieder zurück in die Staaten."

„Warum?" Hinter Aturos Frage erkannte sie ernstgemeintes Interesse. „Es liegt doch wunderschön und ich habe regelmäßig Anfragen nach Zimmern. Und nach Kunstkursen. Überlegen Sie es sich, garantiert können Sie sich hier eine vielversprechende Zukunft aufbauen."

***

Susans Handy bimmelte, eindringlicher und intensiver als gewohnt. Oder bildete sie es sich ein? Garantiert war es eine Täuschung. Mit der rechten Hand wühlte sie in ihrer Handtasche. Wo steckte ihr Handy?

Endlich erblickte sie es, versteckt zwischen ihrem Make-up und einem Notizblock. Sofort tippte sie es an. Melli! Drei Anrufe innerhalb weniger Minuten. Was für ein Problem hatte ihre Freundin?

Das Hupen eines entgegenkommenden Wagens holte sie zurück in die Realität. Ein Adrenalinstoß jagte durch ihre Adern und im letzten Moment, bevor es zu einer Kollision kam, lenkte sie ihr Fahrzeug zurück auf die rechte Straßenseite. Das war knapp gewesen! Mit dem Handrücken fuhr sie über ihre Stirn, schickte ein Stoßgebet gen Himmel. Sie musste auf den Verkehr achten und nicht auf ihr Handy.

Sie sollte sich lieber eine Parkmöglichkeit suchen, um in Ruhe die Nachrichten ihrer Kollegin abzuhören. Eine private Einfahrt bot sich kurz darauf an. Susan betätigte den Blinker und fuhr rechts heran. Zwar nicht die beste, aber die schnellstmögliche Gelegenheit, um zu telefonieren.

„Bitte rufe mich sofort zurück." Die Stimme von Melli klang tränenerstickt. „Wir haben ein großes Problem."

Noch bevor die Ansage endete, tippte Susan auf das Hörersymbol. Sie musste nicht lange warten, das Gespräch wurde sofort angenommen. Offenbar hatte Melli nur dagesessen und auf ihren Rückruf gewartet.

„Endlich. Danke dir!" Schluchzen am anderen Ende der Leitung. „Warte bitte kurz."

Das Rascheln von Papier erklang. Ein heftiges Schnaufen und ein paar unterdrückte Schluchzer. Susan nahm das Handy vom Ohr.

„So, jetzt kann ich sprechen."

„Was ist los? Was für ein Problem hast du?" Susan saß mit schweißfeuchten Händen im Auto, wütend und verzweifelt darüber, dass sie sich im fernen Italien aufhielt, während ihre beste Freundin in New York ein Problem hatte.

„Du weißt doch, unser romantischer Schmetterlings-Abend, der übermorgen stattfinden sollte." Wieder schluchzte Melli und die nächsten Sätze verstand Susan trotz allergrößter Bemühungen nicht.

„Langsam, bitte noch einmal. Die Verbindung ist so schlecht.“

„Ja, entschuldige. Aber es ist ein Drama. Das Hotel, in dem die *Nacht der Schmetterlinge* stattfinden sollte, hat einen Wasserschaden. Das halbe Gebäude wurde überflutet und sie mussten sämtliche Veranstaltungen der nächsten Wochen absagen.“

„Das ist doch nur halb so wild“, versuchte Susan ihre Kollegin zu beruhigen. „Garantiert gibt es noch mehr als ein Hotel, in dem du unterschlüpfen kannst.“

„Nein, das ist es ja. Ich habe alle möglichen Hotels im näheren und weiteren Umkreis angerufen. Es ist nicht ein winziges Zimmerchen zu bekommen. Nicht mal eine Abstellkammer.“

Sie schluchzte erneut und Susan vernahm ein Schnauben, als sich Melli die Nase putzte. „Ich muss jetzt den knapp einhundert Gästen absagen, die Vorauszahlungen zurückzahlen. Das Catering und ...“

„Komm, bitte beruhige dich. Wenn du möchtest, steige ich in den Flieger und dann organisieren wir etwas zusammen.“

„Nein, das brauchst du nicht.“ Susan hörte Melli verhalten seufzen. „Schon allein der Flug dauert eine Ewigkeit. Nein. Bleib du im sonnigen Italien und regle deine Angelegenheiten. Aber ich wollte dich darüber informieren, dass diese tolle Veranstaltung nicht stattfindet und wir dadurch Verluste einfahren.“

„Nein, Melli. Bleib ganz entspannt. Ich bin mir sicher, ich finde noch eine Lösung.“ Während Susan das sagte, ging sie in Gedanken die Liste aller möglicher Locations durch und wen sie um Hilfe bitten konnte. Anders als Melli, die erst seit kurzem in diesem Geschäft tätig war, kannte sie die unzähligen Probleme nur zu gut, die bei einer solchen Veranstaltung auftraten.

„Ich bin gerade unterwegs und brauche noch ein paar Minuten, bis ich zu Hause bin. Dann aber kümmere ich mich. Ehrenwort!"

„Danke, das ist lieb von dir. Dann warte ich mit dem Versenden der Absagen noch bis morgen früh."

„Ja, mach das. Sobald ich eine Lösung habe, melde ich mich bei dir. Versprochen. Nun atme einmal tief durch und hör auf, dir darüber Gedanken zu machen. Schließlich gibt es nicht nur das eine Projekt, sondern viele, die auf ihre Verwirklichung warten."

***

Ein grauer Schatten sprang Susan entgegen, als sie den Wagen in der Einfahrt parkte. Laut maunzend strich ihr der Kater um ihre Beine und Susan bückte sich, um ihn zu streicheln.

„Du hast Glück, Saphir. Ich habe dir Futter besorgt und etwas gegen Parasiten."

Noch während sie es sagte, setzte sich der Kater hin und kratzte sich hingebungsvoll mit dem Hinterbein im Nacken.

„Aber erst einmal bekommst du etwas zu futtern." Susan schloss die Wohnungstür auf und der Kater zischte zwischen ihren Beinen hindurch in den Flur. Susan folgte ihm etwas langsamer und bepackt mit drei Einkaufstaschen. Mit dem Fuß gab sie der Haustür einen Tritt und sie fiel knallend ins Schloss.

In der Küche angekommen stellte sie aufseufzend die schweren Taschen ab. Rieb sich die schmerzenden Finger, da die schmalen Griffe sich tief in ihre Haut gegraben hatten.

Zuoberst lag eine Dose mit Katzenfutter. Susan öffnete sie, während Saphir interessiert zu ihr blickte und unüberhörbar schnurrte.

Das Futter roch intensiv und eindringlich. Längst nicht so lecker, wie sie erwartet hatte. Susan krauste die Nase, während sie eine großzügige Portion auf den Unterteller schaufelte. Auch Saphir schien im ersten Moment irritiert, schließlich gab es auf einmal keinen Klacks Butter oder einen Wurstzipfel. Doch dann siegte der Hunger gegenüber der Skepsis und ein leises Schmatzen ertönte.

Das erste Problem war erledigt. Susan reckte sich und lockerte die verspannte Rückenmuskulatur. Sobald sie die Einkäufe verstaut und etwas gegessen hatte, würde sie die Liste mit all ihren Kontakten ansehen und sie nacheinander anschreiben. Jetzt ärgerte sie sich darüber, dass sie bei ihrem Abflug aus New York nur ihren Laptop und nicht noch den Ordner mit all ihren Unterlagen mitgenommen hatte.

Egal, das meiste befand sich eh auf dem Computer. Mit einem Stück Baguette und einem Rest Salat saß sie wenig später in ihrem Lieblingssessel und spähte auf die Landschaft, die langsam im Dämmerlicht versank.

***

Sie hatte es! Susan jubelte erleichtert auf, ihr Herz machte einen kleinen Hüpfer. Saphir, der zusammengerollt neben ihr im Bett lag, blinzelte verwundert. Die

Gärtnerei einer Freundin bot sich als Ersatzort für die *Nacht der Schmetterlinge* an.

Freudig sprang sie auf, ihre Füße kribbelten unangenehm, da sie stundenlang in einer Position gesessen hatte. Ihr Notebook landete auf dem Bett und Saphir flüchtete erschrocken.

„Dann drück mir mal die Daumen." Mit dem Handy in der Hand stand Susan da und lauschte auf das Tuten.

„*Pat's Flower Shop*, guten Tag."

„Hallo Patsy, schön, dich zu erreichen!" Susan kannte die Gärtnerin schon seit langem, bei ihr bestellte sie regelmäßig Blumensträuße und Gebinde für die unterschiedlichsten Anlässe. Ihre heutige Anfrage war zwar etwas ungewöhnlich, aber so wie sie Patsy kannte, würde sie nicht Nein sagen.

Und tatsächlich, nach ein paar Minuten des Schweigens bekam sie die Zusage! Zwar zu einem stolzen Preis, aber immerhin mussten sie die *Nacht der Schmetterlinge* nicht ausfallen lassen.

Bevor Susan ins Bett fiel, schickte sie noch eine Info an Melli. Um die Feinheiten durfte sie sich jetzt kümmern!

Kapitel 8

Susan

„Hallo." Gekleidet in einen Blaumann und mit Lederhandschuhen in der Faust stand Samuel vor ihr. Bei seinem Anblick wurde es Susan ganz warm ums Herz. Jetzt, nachdem sie den Vormittag über mit Melli alles geregelt hatte, konnte sie ihre ganze Aufmerksamkeit Samuel widmen.

Sein glücklicher Gesichtsausdruck verstärkte sich, als er ihr Lächeln sah und sie ihm spontan das Du anbot. Seine Augen blitzten vergnügt und das rechte Lid zuckte kurz.

„Komm herein, ich habe uns eine Erfrischung vorbereitet", sagte Susan und machte ihm den Weg frei.

Samuel zog seine Arbeitsschuhe aus und lief auf Socken durch die Wohnung. Susan blickte auf seine Füße und stellte verwundert fest, dass er dunkelblaue Strümpfe trug. Sie waren farblich auf den Arbeitsanzug abgestimmt und ganz ohne Löcher.

„Soll ich gleich auf die Terrasse gehen?", fragte Samuel und drehte sich zu ihr um.

Susan nickte bestätigend. „Ja, dort ist der Tisch gedeckt." Als Samuel sie verwundert anblickte, lächelte sie entschuldigend. „Es ist nur eine Kleinigkeit. Ein bisschen Gebäck und Eistee. Nichts Besonderes. Ich dachte mir nur, nach einem langen Arbeitstag ist eine Erfrischung angenehm." Sie öffnete ihm die Tür und deutete hinaus. „Ich komme gleich nach. Ich muss nur noch meinen Laptop herunterfahren, dann habe ich Zeit."

Als sie wenig später mit dem Handy in der Hand auf die Terrasse trat, hatte Samuel schon damit begonnen, erste vorwitzige Triebe der Passionsblume zurückzuschneiden.

„Ich dachte, ich mach mich schon mal nützlich, bis du da bist." Er warf das Grün in eine Ecke und Susan unterdrückte einen leisen Seufzer. Zwischen all den Trieben, die auf dem Boden lagen, entdeckte sie mehr als eine Blüte. Aber Samuel hatte recht. Nicht nur die Pergola, sondern die ganze Terrasse wurde von der Pflanze überwuchert und ließ ihr so gut wie keinen Raum zum Leben. Abgesehen davon, dass die zwei Querlatten, die sie von ihrem Standpunkt aus erkennen konnte, morsch waren. Susan spürte einen winzigen Stich in ihrer Brust. Früher hatten sich ihre Eltern um all das gekümmert. Nun gehörte es ihr. Doch noch immer war sie zu keinem Entschluss gekommen. Sollte sie dieses Haus mit der grünen Wildnis verkaufen oder es behalten und hierherziehen? Oder es als Ferienwohnung nutzen und es an interessierte Kunden vermieten?

Gedankenverloren setzte sich Susan an den Tisch, schenkte sich und Samuel von dem frisch zubereiteten

Eistee ein. Die Gläser beschlugen sofort. Einzelne Wassertropfen rannen außen hinunter und sie malte nachdenklich mit ihren Fingern kleine Linien. Vergeblich versuchte sie, ihre überbordenden Gedanken zu beruhigen.

Samuel setzte sich ihr gegenüber, legte die Arbeitshandschuhe neben sich auf den Tisch. Mit großen Zügen trank er sein Glas leer, bei jedem Schluck hüpfte sein Adamsapfel auf und ab. Obwohl der Tisch zwischen ihnen für Abstand sorgte, meinte Susan, seine Anwesenheit mit jeder Faser ihres Körpers zu spüren. Sie schluckte, dieses Kribbeln hatte sie schon lange nicht mehr gefühlt.

„Danke, das tut gut." Er schenkte sich nach, und die Eiswürfel in der Karaffe klirrten leise. Die Zitronenscheiben tanzten in der Flüssigkeit, als er sie zurück auf den Tisch stellte. „Und die Kekse, einfach göttlich."

Er nahm einen weiteren Canestrello und biss hinein. Der Puderzucker rieselte auf den Teller. Mit der Fingerspitze tippte er darauf und leckte den Finger anschließend ab. Fasziniert sah Susan ihm dabei zu. Ob er wusste, welche Anziehungskraft er auf Frauen ausübte?

„Danke, ich habe sie erst gestern auf dem Markt gekauft." Oh, wie froh war sie, über etwas Banales reden zu können.

Ihr Handy vibrierte leise und Susan tippte das Display an. Sie las die Nachricht, in der ihr Frederic seine Treue schwor und schüttelte den Kopf. Warum konnte er sie nicht einfach in Ruhe lassen? Sie glaubte ihm kein einziges Wort.

Nur wenige Minuten später vibrierte das Handy erneut. Susan ballte ihre Hand zur Faust, war versucht, es einfach zu packen und auf den Boden zu schmeißen. Nun bereute sie es, das Handy mit nach draußen genommen zu haben.

Doch diesmal brummte ihr Mobilgerät ununterbrochen. Sie hob es auf, las die Nachricht und tippte eine kurze Antwort. Ihr Gefühl hatte sie nicht getrogen. Anschließend schaltete sie das Handy aus und brachte es in die Küche. Sie hatte Besuch und nur das zählte im Augenblick!

„Alles in Ordnung?" Samuels Gesichtsausdruck bestand aus einer Mischung aus Besorgnis und Neugierde.

„Ja, danke." Susan bemühte sich um ein optimistisches Lächeln. „Erst hat mich mein Ex genervt und anschließend wollte Melli, meine Kollegin, etwas wissen. Sie ist gerade dabei, eine Veranstaltung für einsame Herzen zu organisieren. Und bevor diese starten kann, gibt es noch ein paar Kleinigkeiten zu klären. Aber nun habe ich hoffentlich alles erledigt."

„Prima, dann können wir ja loslegen. Soll ich die Pergola weiter freischneiden?" Samuel schob den Stuhl zurück und hob seine Gartenschere auf.

Wenig später war ein gutes Drittel der Passiflora weggeschnitten. Der Schweiß rann über Susans Rücken und durchnässte ihr enganliegendes T-Shirt. Ihre Haare standen wirr in alle Richtungen. Immer wieder strich sie sich einzelne Strähnen aus dem Gesicht. Dennoch, sie fühlte, wie sehr ihr die körperliche Arbeit guttat. Sie atmete tief durch und die salzhaltige Luft drang bis in ihre Lungenspitzen. Der Aufenthalt an der Küste bekam ihr gut und war etwas völlig anderes als das Leben in New York.

Sie warf einen flüchtigen Blick hinüber zu Samuel. Ihrem Helfer erging es nicht anders, auch er war völlig verschwitzt. Sein bis eben noch sauberer Blaumann wies mittlerweile unzählige Pflanzensaftflecken auf und in seinem Haar steckten diverse Blattreste. Eine Spinne, ihrer bisherigen Wohnung beraubt, rannte auf seiner Schulter unruhig hin und her.

Doch ihn schien all das nicht zu stören. Er wischte sich mit einem Zipfel seines Hemdes über die Stirn und legte den Kopf in den Nacken. Susan folgte seinem Blick und schluckte heftig. Jetzt konnte sie die Holzkonstruktion genauer betrachten und hätte liebend gern gleich wieder die Augen geschlossen.

Statt der ehemals in zartem Grün gehaltenen Balken gab es nur noch bräunliche, verwitterte Hölzer. Die Farbe war längst abgeblättert und hatte damit die Konstruktion ungeschützt der Witterung überlassen.

„Da ist nicht mehr viel zu wollen." Samuel rüttelte an den Pfosten, die die Pergola hielten. „Die sind zumindest noch in Ordnung. Aber die Querlatten."

Er bohrte mit der Schere ins Holz und die Späne rieselten zu Boden. „Die sind alle morsch. Da müssen neue Balken her, sonst kracht das alles zusammen."

Unglücklich stand Susan da. Auch das noch! Eigentlich wollte sie sich auf das Innere des Gebäudes konzentrieren. Doch die Pergola und die dazugehörige Terrasse durfte sie nicht ignorieren.

Samuel schien zu spüren, wie sie sich fühlte. Er drehte sich zu ihr um, sein bis eben noch konzentrierter Gesichtsausdruck wurde weich und einfühlsam.

„Wenn du möchtest, helfe ich dir. Ein paar Abende, dann glänzt alles wieder wie neu.“ Er stemmte die Hände in die Hüfte, legte den Kopf in den Nacken und betrachtete den strahlend blauen Himmel.

Susan stellte sich neben ihn, blickte ebenfalls nach oben. Sie schwankte, suchte nach ihrem Gleichgewicht. Dabei berührte sie ihn flüchtig an der Schulter. Ein Prickeln zog durch ihre Fingerspitzen. Sie wusste nicht, was sie sagen sollte, und räusperte sich.

„Bitte keine Scham.“ Er stupste sie in die Seite. „Ich stehe in deiner Schuld und über so viel handwerkliches Geschick verfüge ich, dass es hinterher nicht schlechter aussieht als vorher.“

Schweigend standen sie nebeneinander. Susan sah den Schwalben zu, die in weiten Kreisen über ihnen hinwegzogen. Zu gern würde sie jetzt auch da oben mitfliegen. So frei und unabhängig und fern jeglicher irdischer Probleme.

„Was soll ich sagen?“

„Sag einfach Ja.“ Samuel drehte sich zu ihr um, legte seine Hand auf ihre Schulter. Susan erschauderte, hielt aber still und wich der Berührung nicht aus. „Mir bringt es Spaß und dieses Gebäude hat es verdient, dass man sich liebevoll darum kümmert.“

Susan

Geschafft! Samuel fegte mit dem Besen die letzten Reste der Passionsblume zusammen und kippte das Grüngut in die bereitstehende Wanne.

Nun sah die Terrasse gleich viel freundlicher und heller aus. Susan schnaufte erleichtert auf. Diese Mühe hatte sich gelohnt. Auch wenn von der Passionsblume nur noch ein kümmerlicher Rest stehen geblieben war.

„Hast du zufälligerweise einen Zollstock?" Samuel trank den letzten Schluck Eistee und setzte sich auf den Stuhl.

„Kommt sofort." Susan stieg die Außentreppe hinunter und ging mit schmerzendem Rücken und weichen Knien in den Schuppen, der sich unterhalb vom Wohnhaus befand. Ihr Vater hatte ihn früher als Werkstatt genutzt und nun betrat sie ihn seit Jahren zum ersten Mal.

Ihr Herz klopfte aufgeregt, während sie nach dem Schalter tastete. Mit einem lauten Klack ging das Licht an, ein Gecko huschte über den Boden und Susan unterdrückte einen Aufschrei. Die in ihrer Fassung hängende Birne erhellte den Schuppen nur unzureichend. Doch für einen ersten Überblick genügte es ihr völlig. Suchend musterte sie das Werkzeug, das akkurat aufgeräumt an der Wand hing. Ein flüchtig zusammengerolltes Kabel lag auf dem Boden.

Es schien, als ob der Besitzer nur für ein paar Stunden die Werkstatt verlassen hatte und später wieder kommen würde. Selbst der Kalender mit Notizen ihres Vaters hing noch an der Wand. Einzig an der dicken Staub- und Schmutzschicht in den Regalen erkannte sie, dass hier seit Ewigkeiten niemand mehr gewesen war.

Sehr zu ihrer Freude entdeckte sie Zollstock sowie Stift und Papier auf der Werkbank. Was für ein Glück, es ersparte ihr doch die aufwendige Suche. Es staubte gewaltig, als sie die Sachen hochhob und einmal abpustete.

Die Sonne näherte sich bereits dem Horizont, als Susan wenig später die Stufen zur Terrasse hochstieg. Ein kühler Wind kam direkt von der See und Susan fröstelte im Lufthauch.

„Hier, ich denke, das sollte reichen."

Samuel nahm die Sachen, als sie auf der Terrasse stand. „Super, dann kann ich jetzt noch loslegen. In ein paar Minuten habe ich alles notiert."

Ein heftiger Windstoß ließ das restliche Laub rascheln und Susan schlang schützend die Arme um ihren Oberkörper. Besorgt sah Samuel sie an.

„Du kannst gern reingehen. Ich komme gleich nach, das Ausmessen bekomme ich allein hin und dauert nur wenige Augenblicke."

„Wenn du meinst." Erschöpft von der ungewohnten Arbeit lächelte sie ihm zu und verzog sich in die Küche. Dort erwartete sie Saphir laut maunzend. Er schien den ganzen Nachmittag in ihrem Bett verschlafen zu haben. Jedenfalls war er ihr während der Gartenarbeit nicht aufgefallen. Wahrscheinlich hatte er sich aus Höflichkeit zurückgehalten und ihnen den Vortritt bei der Arbeit gelassen. Sie hob ihn hoch, und der Racker schmiegte sich an sie, dabei schnurrte er unüberhörbar.

„Hast du Hunger? So wie ich?" Susan setzte den Kater wieder ab, nahm eine Portion Katzenfutter und füllte sie in ein Schälchen. Während ihr vierbeiniger Mitbewohner schmatzend fraß, stieg Susan rasch nach oben ins Badezimmer, um sich frisch zu machen.

Wenig später sprudelte das Nudelwasser im Topf und mit etwas Olivenöl, Parmesan und mehreren Büscheln Basilikum zauberte Susan ein einfaches Pesto. Dazu ein Tomatensalat mit reichlich Zwiebeln, genauso, wie Frederic ihn nie gemocht hatte! Einmal hatte sie es dennoch gewagt und ihm damit den Abend verdorben.

Susan grinste vergnügt, während sie die Zwiebeln schnitt. Es störte sie überhaupt nicht, dass eine Träne nach der anderen über ihre Wange rann. Vielmehr kam es einer Befreiung gleich.

Samuel, mit Stift und Block in der Hand, setzte sich an den Küchentisch. Er hatte sich ebenfalls kurz gewaschen und dank eines T-Shirts ihres Vaters etwas Frisches übergezogen. Konzentriert malte er kleine Skizzen auf den Block. Susan vermied es, ihn auffällig zu mustern, doch das schlichte, weiße Shirt stand ihm ausgezeichnet. Und so wanderte ihr Blick mehrfach zwischen Samuel und seinen Zeichnungen hin und her.

Wenig später waren die Spaghetti weich und Susan stellte die Schüsseln auf den Tisch. Das Wasser lief ihr im Mund zusammen, sie leckte sich über die Lippen. Nach der Arbeit an der frischen Luft knurrte ihr Magen unüberhörbar und sie freute sich darauf, in Gesellschaft zu essen.

„Es ist nichts Besonderes, dennoch wünsche ich dir einen guten Appetit.“

„Nichts Besonderes.“ Samuel schüttelte den Kopf. „Da spricht die personifizierte Bescheidenheit aus dir. Ein gutes Pesto ist Gold wert, und Spaghetti auf den Punkt zu kochen gehört ebenfalls zu den großen Geheimnissen der italienischen Küche. Mir ist es noch nie gelungen. Meistens waren meine Spaghetti zu weich. Viel zu weich und ähnelten mehr Tapetenkleister."

Nachdem er eine große Portion Nudeln verspeist hatte, nahm er sich von dem Tomatensalat und sah Susan so inbrünstig an, dass ihr ganz anders wurde.

„Heute darf ich niemanden mehr küssen", sagte er mit einem verstohlenen Grinsen und nahm weitere, mit Öl getränkte Zwiebeln und führte die Gabel an seinen Mund.

„Oh, du hast eine Freundin?" Susan biss sich auf die Zunge, ärgerte sich über die Bemerkung, die ihr unbedacht über ihre Lippen gerutscht war.

Dennoch versuchte sie, so entspannt und unbeteiligt wie möglich zu wirken. Doch jetzt, da ihr die Frage schon entschlüpft war, interessierte sie die Antwort brennend.

„Nein, ich bin solo." Er legte das Besteck ordentlich auf den Teller und schob ihn von sich. „Es sind nur so viele Zwiebeln. Nicht jede Frau mag das und daran musste ich gerade denken."

„Ich verstehe." Susan schüttelte sich. „Das würde mir auch so ergehen."

„Was willst du eigentlich mit diesem Haus machen?", erkundigte sich Samuel, während Susan aufstand, um einen Espresso zu kochen.

„Ich weiß es nicht. Im Moment ist dieses Gebäude ein Schneckenhaus für mich, in das ich mich zurückziehen kann, wann immer ich will. Aber ich möchte es verkaufen."

„Warum?" Samuels Stimme klang so warm und einfühlsam, er schien sich wirklich dafür zu interessieren.

„Das Haus hat Charakter und die Lage ist mehr als beeindruckend."

„Das stimmt. Allerdings verbinde ich mit diesem Haus viele Erinnerungen. Ich habe es von meinen Eltern geerbt. Sie starben vor einem Jahr und nun bin ich unschlüssig …", Susan drehte die Espresso-Tasse in der Hand, „was ich mit dem Gebäude tun soll. Ein Verkauf würde mir eine gewisse finanzielle Freiheit bieten. Doch wohin soll ich? Weiter in New York leben? Im Moment fühle ich mich wie ein Floß auf stürmischer See."

Samuel strich sich die Haare aus dem Gesicht und legte den Kopf schief. „Möglichkeiten hast du viele, das stimmt. Mir persönlich würde der Gedanke gefallen, wenn du hierbleibst und dem Haus zu neuem Glanz verhilfst."

***

„Wir sehen uns morgen. Ich freue mich!" Samuel winkte ihr zum Abschied zu, stieg ein und fuhr fort. Minutenlang stand Susan da, musterte die verlassene Landstraße, die von wenigen Laternen erhellt wurde. Über ihr zogen Fledermäuse ihre Kreise, die Sterne funkelten und eine vorbeihuschende Sternschnuppe verlieh der Nacht etwas Magisches. Susan lehnte den Kopf gegen den Türrahmen und bereute schon jetzt die Zusage. Was war nur in sie gefahren? Wollte sie wirklich morgen mit Samuel einen Ausflug unternehmen? Sie dachte mit leichtem Herzklopfen an seinen Augenaufschlag, sein verhaltenes Lächeln und die blumige Beschreibung ihrer Tour. Da konnte sie nicht Nein sagen.

In Gedanken hatte sie ihrem Herzen einen Stoß gegeben und zugestimmt.

Saphir strich ihr um die Beine, maunzte leise und Susan bückte sich und streichelte ihn. Doch lange blieb der Kater nicht bei ihr, die Nacht mit ihren vielen lockenden Geräuschen sorgte dafür, dass er mit einem Satz im Unterholz verschwand.

Susan schloss die Tür. Saphir würde sich schon melden, wenn er hereinwollte.

Erschöpft vom langen Tag setzte sie sich in ihren Sessel und schlug die Beine übereinander. Nun fand sie die Zeit, sich um die vielen Anrufe zu kümmern, die in den letzten Stunden aufgelaufen waren. Mit müdem Blick sah sie die Liste durch.

Eine fremde Nummer, versteckt zwischen den unzähligen Anrufen ihres Ex und denen von Melli. Entschlossen löschte sie erst einmal die von Frederic und tippte dann auf die unbekannte Nummer. Wahrscheinlich war es der Caterer, mit dem Melli alle Details für die *Nacht der Schmetterlinge* vereinbaren sollte.

„Hallo, meine Liebe!" Diese Stimme erkannte sie sofort. Entsetzt nahm Susan das Handy vom Ohr und starrte auf die Nummer auf dem Display. Nein, sie hatte sich nicht vertippt. „Erreiche ich dich endlich einmal. Wann willst du zurückkommen? Vielleicht schon morgen? Ich würde mich jedenfalls sehr freuen. Ich vermisse dich sehr."

Diese Stimme, diese aufgesetzte Höflichkeit. Frederic hatte es mal wieder geschafft, sie auszutricksen. Susan unterdrückte mit Mühe den Würgereiz, der plötzlich über sie kam.

„Wieso hast du die Nummer vom Caterer?" Schon als sie die Frage aussprach, erkannte sie, dass sie einem Irrtum aufgesessen war.

„Caterer? Von welchem Caterer redest du? Dies ist meine neue Handynummer, damit ich die Chance bekomme, einmal mit dir zu sprechen. Und nicht ständig weggedrückt werde. Also, hörst du mir zu?"

„Nein!" Wütend schrie sie in das Handy. Am Keuchen auf der anderen Seite des Atlantiks erkannte sie, dass Frederic ihr Ausruf wehgetan hatte. Prima. Sie nickte zufrieden.

„Mein Schatz, mein über alles geliebter Schatz. Bitte gib mir noch eine Chance. Dieser Seitensprung war ein Versehen. Diese Frau bedeutet mir nichts. Du kannst mir glauben. Bitte."

„Nein, und nun hör auf, mich zu belästigen. Mein Entschluss steht fest. Ich werde nie wieder zu dir zurückkehren. Sondern nur noch über einen Anwalt mit dir kommunizieren."

Und damit beendete sie das Gespräch und vermerkte hinter der Nummer in Großbuchstaben Frederics Namen. Das passierte ihr nur einmal.

Dennoch, um die Verpflegung der Gäste musste sie sich kümmern und die letzten Details klären. Susan schrieb dem Caterer eine Mail. Und Melli erhielt eine Kopie davon. Jetzt sollte alles laufen und sie konnte sich voll und ganz auf die Neugestaltung ihres Lebens in Ligurien konzentrieren.

Sie ballte die Hand zur Faust, reckte sie entschlossen in die Luft. Sie konnte sich schon vorstellen, in Ligurien zu leben. Das Einzige, was sie klären musste, war die Zukunft ihres Unternehmens. Doch das hatte noch Zeit, schließlich hatte sie in Melli eine äußerst zuverlässige Mitarbeiterin.

Samuel

Seine Finger huschten über die Tasten, das klackernde Geräusch trieb ihn vorwärts und ein angenehmes, befriedigendes Gefühl überkam ihn. Die Ideen flossen ihm nur so zu. Das Dokument füllte sich Satz um Satz.

Scheinbar eine Ewigkeit saß Samuel am Laptop und schrieb eine Zeile nach der anderen. Erschöpft hielt er nach gut zwei Stunden inne. Er hatte innerhalb dieser Zeit eine ganze Szene geschafft. Perfekt für den Anfang. Wenn es so weiterlief, würde der Roman zum Weihnachtsgeschäft erscheinen. Sein Agent hatte sich zumindest zufrieden zu seinen Entwürfen geäußert.

Samuel scrollte noch einmal durch den Text und überflog das eben Geschriebene. Doch, es klang gut und in seinem Kopf erschienen die Ideen, wie er die Handlung weiterführen wollte.

Er speicherte die Datei und schickte sich selbst per E-Mail eine Kopie. Eine liebgewonnene Angewohnheit, seitdem er mal einen totalen Datenverlust erlitten hatte.

Er fuhr seinen Laptop herunter, schlug seinen Ordner auf, in dem seine handschriftlichen Notizen sowie Skizzen und Fotos abgeheftet waren. Das Papier raschelte, während er umblätterte und die Seite mit den letzten Einträgen suchte. Mit dem Kugelschreiber wischte er über das Blatt, strich ein paar Punkte durch und ergänzte die Seite um weitere Einfälle.

Seine Augen brannten vom langen auf den Bildschirm starren und er blinzelte mehrfach. Anschließend stand er auf und streckte sich, um die verspannte Muskulatur zu lockern.

Eine schmale Mondsichel stand am Himmel, im nächtlichen Dunst kaum erkennbar. Das fahle Licht erhellte nur unzureichend sein Zimmer. Samuel knipste die Schreibtischlampe aus, entkleidete sich im Dunkeln und schlich barfuß ins Bad. Wenn er morgen einigermaßen fit sein wollte, musste er endlich schlafen gehen.

Er streckte sich unter dem Laken aus und deckte sich bis zum Hals zu. Seine Hand wanderte nach unten, suchte nach seinem besten Stück. Während er an Susan dachte, kam die Entspannung, und zufrieden mit sich und der Welt schlief er ein.

Kapitel 1

Samuel

Majestätisch und beeindruckend standen die Olivenbäume in Reih und Glied. Die Stämme in den Jahrzehnten dick und wulstig gewachsen, die gerade mal fingerdicken Zweige mit ihren schmalen, silbrig-grünen Blättern saßen weit oben an der Krone. Sacht bewegte der Wind die Zweige, es raschelte und rauschte und es schien, als ob sie sich über vergangene Geschichten unterhielten.

Andächtig blieb Susan vor einem der Ölbäume stehen, strich mit ihren Fingern liebevoll über den Stamm.

„Es sind besondere Bäume, nicht wahr?" Samuel trat näher an Susan heran, nahm ihren schwachen Duft nach einem fruchtigen Shampoo wahr. Vorsichtig legte er eine Hand auf ihren Oberarm. Sie zuckte unmerklich zusammen und Samuel nahm die Finger sofort wieder weg.

„Der Ölbauer betreibt zusammen mit seiner Familie diese Manufaktur seit Jahrzehnten. Die Taggiasca Oliven sind etwas Besonderes. Die Bäume, die du hier siehst, sind über einhundertfünfzig Jahre alt, sie gedeihen in dieser Region besonders gut. Jedes Jahr gewinnt der Bauer nur wenige Hundert Liter bestes Olivenöl. Die Gourmets reißen ihm das flüssige Gold aus der Hand, kaum dass es in Kanister abgefüllt wurde."

„Beeindruckend." Susan legte den Kopf in den Nacken, ihre langen Haare fielen in weichen Wellen über ihren Rücken. Auch Samuel blickte nach oben, genoss das Farbenspiel, das sich ihm bot. Das schlanke, graugrüne Laub der Olivenbäume schien im Wind zu tanzen. Im Paradies konnte es nicht schöner sein!

„Komm, ein paar Meter weiter soll es einen zauberhaften Ausblick auf die Küste geben."

Schulter an Schulter gingen sie weiter, ihre Hände berührten sich immer wieder und Samuel genoss das Prickeln in den Fingerspitzen. Schweigend, dennoch in einer angenehmen Stimmung, gingen sie nebeneinander her. Zwischen den Bäumen leuchtete das strahlende Blau des Himmels um die Wette mit dem azurblauen Wasser.

Der ockerfarbene Boden war trocken und staubig, kleine Staubwolken flogen bei jedem Schritt auf. Samuel betrachtete die in mühsamer Handarbeit angelegten Terrassenfelder mit fachkundigem Blick. Die unzähligen Felsbrocken, die übereinandergestapelt dalagen und zum Abstützen der darüber liegenden Etage genutzt wurden. Das Errichten solcher Trockenmauern war ein Knochenjob, besonders, da die Bauern sie früher ohne jegliche maschinelle Unterstützung erstellt hatten. Die Achtung vor der handwerklichen Leistung in ihm stieg.

Bei jedem Schritt zwickte sein lädierter Knöchel, auch wenn die Verletzung nun schon ein paar Tage zurücklag. Er musste unbedingt langsam machen und auf seine Gesundheit achten. Zum Glück war Sonntag und er hatte frei. Theoretisch, denn für Notfälle musste er immer zur Verfügung stehen, dies hatte ihm Vittore beim Abschluss des Vertrags noch eingebläut. Samuel verzog das Gesicht. Wie gut, dass er sein Handy im Zimmer *vergessen* hatte.

Dieses aufdringliche Gebimmel, das die Ruhe störte. Samuel griff in seine Hosentasche. Hatte er sein Handy etwa doch dabei?

Nein. Susan blieb stehen, eine leichte Röte überzog ihr Gesicht. Wie süß! Ob sie ahnte, wie entzückend sie aussah?

Susan griff in ihre Handtasche und holte ihr Smartphone hervor. Ihre Stirn krauste sich leicht.

„Entschuldige, das könnte wichtig sein." Sie nahm das Gespräch an und er zog sich ein Stück zurück, damit sie ungestört telefonieren konnte.

***

Etwas huschte an ihm vorbei. Samuel hielt in der Bewegung inne, betrachtete den rissigen Boden vor seinen Füßen. Er hatte sich nicht getäuscht. Eine Äskulapnatter flüchtete vor ihm, suchte Schutz unter dem Gestrüpp, das einen Steinwurf von ihm entfernt wuchs.

Er sah der hübsch gezeichneten Natter nach, bis er sie nicht mehr entdeckte. Ob Susan Schlangen mochte? Wahrscheinlich nicht. Sie schien eine patente Frau zu sein, doch viele Menschen ekelten sich vor Schlangen und Mäusen.

Und gerade heute wollte er ihr Treffen nicht mit einer solchen Beobachtung verderben.

„Entschuldige bitte, es war Melli.“ Susan kam auf ihn zu, lächelte entspannt. „Sie hatte eine Frage zur neuen Date-Aktion.“

„Date-Aktion?“ Er wusste zwar, dass Melli die Freundin und Assistentin von Susan war, doch konnte er sich unter einer Date-Aktion nichts vorstellen.

„Nun ja, das Ziel unserer Partneragentur ist ja, dass sich zwei passende Menschen finden und miteinander glücklich werden.“

Dieses Strahlen in ihrem Gesicht! Er musste an sich halten, ihr nicht einfach einen Kuss auf die Lippen zu hauchen.

„Und dazu lassen wir uns immer wieder neue Aktionen einfallen. Diesmal veranstalten wir eine *Nacht der Schmetterlinge* in einer Gärtnerei. Dort hat Melli ein Büfett organisiert, es gibt leckere Getränke und die Gäste können sich in ungezwungener Atmosphäre umsehen, Schmetterlinge beobachten und sich dabei näherkommen. Diese Art des Kennenlernens findet großen Anklang bei unseren Kunden, bedeutet aber auch, dass wir viel Zeit in die Vorbereitungen investieren müssen. Und kleinere Probleme treten immer auf.“

Susan schaltete ihr Handy mit einer energischen Bewegung aus und stopfte es zurück in die Handtasche. „Dennoch, die Anzahl der verkauften Karten und die Rückmeldungen unserer begeisterten Kunden sprechen für sich. Manchmal erhalten wir Monate später von glücklichen Kunden eine Heiratsanzeige.“

„Respekt, du scheinst ein Händchen für einsame Menschen zu haben.“

Susan zuckte mit den Schultern. „Ja, vielleicht für einsame Menschen. Nicht aber für den eigenen Mann. Schließlich habe ich über Jahre nicht mitbekommen, dass er mich betrügt. Oder ich wollte es einfach nicht wahrhaben."

„Vielleicht." Samuel legte seine Hand auf ihre Schulter, massierte mit den Fingerspitzen vorsichtig ihre verspannte Muskulatur. Er war gerührt darüber, dass sie ihm ihre Gedanken offenbarte. „Ich bin mir allerdings sicher, ein solcher Mann hat dich nicht verdient."

„Danke." Sie schenkte ihm ein Lächeln, das umgehend dafür sorgte, dass sein Herz zwei Takte schneller schlug.

Sie stiegen über mehrere Felsbrocken, die wie Stufen angelegt waren und erreichten dann das Plateau, das ihnen einen beeindruckenden Blick über die Küste bot.

Sprachlos vor Begeisterung verharrte Susan auf der Stelle und auch Samuel musste sich eingestehen, dass dieser Platz seine Magie nicht verfehlte.

Das Mittelmeer glänzte im Sonnenlicht, der Himmel war frei von jeglicher Wolke und die Sonne strahlte wie frisch poliert. Vor ihnen fiel die Küste steil ab, vereinzelt stachen Felsbrocken zwischen Lavendel, Oleander und Ginster hervor. Unten am Fuß des Abhangs brachen sich die Wellen schäumend und die Gischt spritzte empor. Das Paradies auf Erden.

Etwas weiter entfernt standen Häuser, die sich an den Berg schmiegten und Samuel an eine Schar bunter Papageien erinnerten.

Er deutete auf ein kleines Plateau, auf dem ein paar in die Landschaft verstreute Steine zur Rast einluden.

„Komm, mach es dir gemütlich. Bis zur Verkostung haben wir noch ein bisschen Zeit.“

Er setzte sich, streckte das schmerzende Bein aus und atmete tief durch.

Prüfend musterte er die Landschaft und in Gedanken machte er sich Notizen, wie er diesen Felsenabschnitt für eine Verfolgungsjagd in seinen Roman einbauen konnte. Ja, mit Geländemotorrädern sollte es kein Problem sein. Dieses Fleckchen Erde bot sich regelrecht dafür an, dass er die Abenteuer von Band drei mit denen vom zukünftigen vierten Teil verband.

Zischend atmete er aus und ärgerte sich über sich selbst. Sein Handy lag im Hotel, er konnte sich nichts notieren. Nun gut, für die perfekte Recherche benötigte er sowieso noch einen weiteren Tag im Olivenhain. Vielleicht nahm er auch sein Notebook mit und arbeitete hier ein paar Stunden? Garantiert würden die Ideen ihm nur so zufliegen.

„Was für ein wunderschöner Ort. Es ist zauberhaft.“ Susan drückte ihren Sommerhut, der sie jugendlich aussehen ließ, tiefer in ihr Gesicht und lachte Samuel übermütig an. „Danke für den Vorschlag und den Willen, mich zu überzeugen. Es hat sich gelohnt.“

„Gerne doch. Es war mir ein Anliegen. Schließlich bin ich dir noch etwas schuldig.“

„Schuldig?“ Susan schüttelte den Kopf und kniff die Augen zu, so dass nur kleine Schlitze zu sehen waren. „Du hast mir den ganzen Nachmittag dabei geholfen, die Terrasse in ein bewohnbares Areal zu verwandeln. Wer da wem etwas schuldet, sei dahingestellt.“

„Okay, ich gebe mich geschlagen." Samuel schlug die Beine übereinander und rieb diskret seinen schmerzenden Knöchel. „Aber ich freue mich dennoch, dass wir heute den Tag zusammen verbringen, sonst hätte ich nur vor dem Computer gesessen und geschrieben." Ups! Jetzt hatte er sich verplappert. Ihm stockte vor Schreck der Atem. Nein, niemand durfte erfahren, dass er ein erfolgreicher Schriftsteller war. Selbst sie nicht!

Susan, die gerade dabei war, ihr Handy aus der Handtasche zu ziehen, blickte überrascht auf. „Schreiben? Du schreibst? Das finde ich interessant."

„Nein, nicht, was du denkst." Er räusperte sich heftig. „Ich sitze meistens am Sonntag da und schreibe meine Arbeitsberichte für Vittore. Er möchte stets genau von mir wissen, was ich wo und wann erledigt habe."

„Wie langweilig." Susan machte erste Bilder von der Küste. „Und ich dachte schon, du schreibst Romane. Aber ich hoffe, dass dir dein Chef auch die Stunden am Wochenende bezahlt."

„Na ja, ich bin ja nur zu faul, das in der Woche zu erledigen." Samuel fuhr sich mit der Hand über den Mund, erleichtert darüber, dass Susan nur mit einem flüchtigen Gedanken bei ihm war und sich lieber dem Fotografieren widmete, als auf seine Antwort zu achten.

„So, und nun bitte einmal lächeln."

***

Das Weißbrot duftete intensiv und war ganz frisch. Samuel brach ein Stück ab und träufelte etwas vom *flüssigen Gold* darauf. Erwartungsvoll biss er hinein, das süßliche Öl prickelte in seinem Mund, während er den

Bissen bedächtig kaute. Auch Susan ließ sich nicht lange bitten, sie griff beherzt nach dem Brot und folgte seinem Beispiel. Am Aufleuchten ihres Gesichts erkannte er, dass es ihr ebenfalls schmeckte.

Schweigend saßen sie da, testeten die verschiedenen Öle, die in zierlichen Karaffen vor ihnen standen.

Zwischendurch knabberten sie ein paar gesalzene Mandeln und tranken frische Zitronenlimonade. Nach der Wanderung eine äußerst angenehme Erfrischung.

Die Frau vom Ölbauern stand daneben und erklärte ihnen mit leiser Stimme, wie sie die Oliven ernteten und verarbeiteten. Sie freute sich sichtlich darüber, dass das Ergebnis ihrer harten Arbeit einen solchen Zuspruch fand.

„Das ist ein Festmahl." Susan nahm das nächste Stück Brot und wischte die Öllache auf ihrem Teller damit auf. „Und du darfst für deinen Chef jedes Jahr hierherfahren, die Öle auf ihre Qualität überprüfen und für mehrere Tausend Euro einkaufen?"

So misstrauisch, wie sie ihn musterte, glaubte sie ihm diese Story nicht. Und so nickte Samuel freimütig.

„Ertappt. Ich bekam den Tipp vom Koch des Hotels. Wir unterhielten uns über die Pesto-Herstellung und er empfahl mir diesen Ölbauern. Und da ich keine Lust hatte, allein hierherzufahren, habe ich dich überredet."

„Das klingt schon viel plausibler. Und deinem Koch kann ich nur zustimmen, das Olivenöl ist hervorragend. Ich nehme glatt einen Liter mit."

„Nicht nur du." Samuel redete mit der Bäuerin, die ihm aufmerksam zuhörte und im Wohnhaus verschwand. Wenig später kam sie mit einem Schreibblock und einem Stift zurück und legte beides vor ihm hin.

Susan stutzte, sagte aber nichts, während er sich umgehend ein paar Ideen für seinen Roman notierte.

„Bitte, wundere dich nicht. Mir sind nur ein paar Kleinigkeiten eingefallen, die ich noch dringend für deine Terrasse besorgen muss. Und damit ich sie nicht vergesse", er deutete auf den Block, „schreibe ich sie mir rasch auf."

Sie zuckte mit den Schultern, während sie weitere Fotos von der historischen Ölmühle machte. Der runde Granitstein, mit dem früher unzählige Oliven zu Öl gepresst wurden, ruhte in einer ebenfalls steinernen Wanne. In der Mitte des Rads befand sich ein Loch, durch das zu früheren Zeiten ein Querbalken lief, mit dem man es antrieb.

„Sag mal, fällt dir nichts auf?" Susan deutete auf die verwitterte Ölmühle, die längst nicht mehr in Betrieb war. Aufgeregt sprang sie auf und umrundete einmal die Ansammlung an Steinen.

„Ich kenne diese Ecke, irgendwie ist sie mir vertraut. Schau nur die drei Olivenbäume, die sich dicht aneinanderschmiegen."

Susan setzte sich wieder zu ihm hin und schloss die Augen. Angestrengt dachte sie nach und Samuel traute sich nicht, sie in ihren Gedanken zu stören. Er ahnte schon, was sie gleich sagen würde.

„Jetzt weiß ich es wieder!" Sie sah ihn mit einem freudig strahlenden Gesicht an, nahm einen Schluck Wasser und atmete einmal tief durch. Samuels Finger krampften sich um den Stift. Inzwischen bereute er es zutiefst, sie zu dem Besuch der Ölmühle überredet zu haben. „Ich hatte dir doch von dem Krimi *Oliven* erzählt. Und dem Mord, der in einem Olivenhain passiert. Das ist hier, der Autor hat diesen Ort beschrieben. Ich bin mir absolut sicher!"

Samuel, der schon so etwas geahnt hatte, zuckte zusammen. Doch in ihrem Übermut bemerkte sie nicht, dass er erblasste.

Sie sprang auf, nahm ihr Handy und machte ein paar Selfies von sich und den Bäumen.

Kapitel 10

Samuel

Ein Dutzend wunderschöner Fotos. Samuel scrollte von einem Bild zum nächsten. Susan hatte ein Händchen für die perfekten Momente. Und auch die Fotos, auf denen er in die Kamera grinste, waren gelungen.

Super, dann musste er nicht noch einmal los, um von dem Küstenabschnitt noch ein paar Bilder zu machen. Zufrieden überspielte er sie auf seinen Computer und schrieb noch schnell zwei Zeilen, die ihm spontan eingefallen waren.

Mehr ging nicht. Ein Blick auf die Uhr zeigte ihm, dass er dringend in seinen Arbeitsanzug schlüpfen und seinen Dienst beginnen musste.

***

Die Liste an Reparaturwünschen war lang. Samuel nahm das Klemmbrett und blätterte Seite um Seite um. Bei manchen fanden sich Anmerkungen wie:

Seit drei Tagen defekt. Kunde hat mehrfach angerufen und sich beschwert.

Samuel schüttelte den Kopf, manchmal übertrieb es Vittore wirklich mit den Kundenwünschen und seinen eigenen Vorstellungen.

Als Erstes kam wie jeden Montag der Pool an die Reihe. Anschließend der lose Teppich im Aufzug und dann, dann würde er weitersehen.

Vergnügt vor sich hin pfeifend wanderte er durch die langen Gänge des Hotels. Wählte dabei aber ganz bewusst die Wege, auf denen er – hoffentlich – Vittore nicht begegnete. Nach dem gelungenen Sonntagnachmittag sollte ihm kein griesgrämiger Chef den Arbeitsbeginn versauen!

„Hey, Samuel!" Gina in ihrem Kostüm eilte mit klimperndem Schlüsselbund an ihm vorbei. Sie verlangsamte ihren Schritt, als sie auf seiner Höhe war. „Vorsicht, der Chef hat heute übelste Laune. Keine Ahnung, warum, ich vermute mal, weil ein gut zahlender Gast abgesagt hat. Dabei waren die sonst jedes Jahr für drei bis vier Monate hier und nun ..." Sie senkte die Stimme bedeutungsvoll. „Nun ist ein ganzer Flügel unbesetzt, weil der Chef ihn reserviert hatte."

Sie kam noch näher und Samuel nahm den Duft eines schweren Parfums wahr und vermied es in letzter Sekunde, angewidert die Nase zu rümpfen.

„Wie sieht es eigentlich bei dir aus? Du bist jeden Tag allein. Meistens verkriechst du dich in deinem Zimmer." Gina nahm eine Strähne ihres Haares zwischen die Finger, spielte damit. „Hast du nicht mal Lust auf einen kleinen Kneipenbummel? Sanremo hat ein paar äußerst interessante Ecken und ich kenne einige Locations, die besonders gut sind."

„Leider nein." Samuel hob seine Liste hoch und winkte damit. „Der Chef hat mich mit reichlich Arbeit eingedeckt und nach Feierabend helfe ich einer Freundin."

Er stiefelte weiter, winkte Gina zum Abschied noch einmal zu. „Aber danke für die Einladung."

***

Mittagspause! Samuel linste auf seine Uhr, vergewisserte sich noch einmal, dass er richtiglag. Es war schon fünf nach eins. Eigentlich hatte er um zwölf Uhr Mittagspause. Doch die Reparatur des Teppichs im Aufzug hatte sich als umständlicher und mühsamer erwiesen als gedacht.

Auf seinem Klemmbrett vermerkte er die Zeit penibel, falls Vittore etwas sagen sollte. Dann ging er zur Umkleide, räumte sein Werkzeug fort und wusch sich die Hände. In der Küche würden sie sicher schon auf ihn warten.

Alle anderen Angestellten hatten schon zu Mittag gegessen. Nur sein Teller stand noch unbenutzt da. Ebenso wie die Schüsseln mit den Resten. Samuel seufzte. Das kam eben davon, wenn man erst die Arbeit erledigte und nicht auf die Uhr schaute.

„Hey, Samuel. Schön, dass du auch noch kommst." Ira, die beleibte Köchin mit ihrem weißen Kochhemd und der blauen, verkleckerten Schürze, schenkte ihm einen kritischen Blick. „Ich dachte schon, du magst meine Küche nicht mehr. Wie ich gehört habe, warst du letztens zur Mittagszeit in Sanremo unterwegs und hast mein Essen verschmäht. Du hast Glück, dass ich noch nicht aufgeräumt habe!"

„Entschuldige bitte, Ira." Samuel wusste genau, wenn er ihr ein bisschen Honig um den Mund schmierte, war sie Wachs in seinen Händen. „Das war eine Ausnahme. Sonst genieße ich es, wenn du mir etwas Leckeres kochst. Was gibt es denn heute?"

Er schielte in die Schüsseln. Entdeckte Spaghetti, grünen Spargel und Garnelen. Lauter Köstlichkeiten!

„Ist vom Wochenende etwas übriggeblieben?" Er setzte sich auf seinen Platz und nahm sich eine große Portion. Wie gut, dass seine Kolleginnen auf ihre Figur achteten und deshalb Pasta verschmähten.

„Ja, eine Hochzeit wurde kurzfristig abgesagt und deshalb ist einiges an Frischware auf Lager. Und bevor sie verdirbt ..."

Ira drehte ihm den Rücken zu und begann, das schmutzige Geschirr einzusammeln. Samuel war es nur recht. So konnte er in Ruhe essen und seinen Gedanken nachhängen.

***

Fünf neue Nachrichten von seinem Agenten! Samuel setzte den Becher Kaffee auf seinem Schreibtisch ab und las sie. Dabei schüttelte er immer wieder den Kopf. Sein Agent hatte manchmal mehr als ausgefallene Ideen! Warum sollte er ihm ein aktuelles Foto zusenden und Informationen über seine Person? Es hatte früher doch auch gereicht, dass statt eines Autorenfotos ein Schattenriss seines Profils erschien. Nun eines in Farbe? Von vorn, auf dem sein ganzes Gesicht zu sehen war?

Samuel schüttelte sich und schob den Ordner ein Stück zur Seite. Das musste er sofort mit Töteberg klären! Er drückte die Wahltaste und wenig später hörte er das Läuten auf der anderen Seite.

Moment! Samuel stockte in der Bewegung, betrachtete seinen Ordner mit den Notizen. Irgendetwas störte ihn, doch er wusste nicht, was es war. Er trank einen Schluck Kaffee und verbrannte sich den Mund. Laut hustend stellte er den Becher wieder ab.

„Samuel." Die Stimme seines Agenten. Nur mit Mühe schaffte er es, ein *Moment bitte* hervorzubringen. Mehrere Minuten lang hustete er und versuchte den hinterhältigen Reiz in seinem Rachen in den Griff zu bekommen.

Endlich konnte er wieder normal atmen und seine Augen tränten nicht mehr. Er wischte sich mit einem ölverschmierten Lappen flüchtig über das Gesicht und schluckte einmal kräftig. Fieberhaft suchte er nach einem Bonbon, das er lutschen konnte. Doch seine Taschen waren leer. Dabei stand am Empfang immer eine gut gefüllte Schale mit Süßigkeiten und normalerweise kam er nicht daran vorbei, ohne sich etwas einzustecken.

„Sorry, Michael, ich hatte gerade einen Hustenanfall."

„Ich habe es gehört. Hast du dir etwa die aktuellen Abrechnungen angesehen? Dank der neuen Lizenzen trudelt diesmal eine Null mehr auf dein Konto ein."

Samuel kämpfte gegen den Schwindel an. Was sagte Michael da? Machte er Späße? Nein, das war nicht typisch für ihn. Eher zeichnete er sich durch eine äußerst ernsthafte Art aus, wenn es um Samuels Romane und Vertragsverhandlungen ging.

Jetzt wusste er es! Die Worte seines Agenten rauschten an ihm vorbei, die Erklärungen, warum die Einnahmen noch einmal gestiegen waren und warum der Verlag ein Foto von ihm wünschte, doch all das interessierte ihn gerade nicht.

Sein Ordner mit den Notizen war durcheinandergeraten! Samuel beendete das Gespräch mit Töteberg, ohne ein Wort zu sagen und blätterte den Ordner noch einmal von Anfang bis Ende durch. Tatsächlich, die Notizen über den Olivenhain und die Hinweise auf die Fotos steckten woanders, als er es in Erinnerung hatte. Komisch. Samuel kratzte sich am Kopf, räumte seine Notizen zurück an ihren alten Platz. Hatte er sie heute Morgen falsch abgelegt, als er in Eile war?

Mit hoher Wahrscheinlichkeit, denn eine andere Erklärung gab es nicht.

Kapitel 11

Susan

„Sie müssen nur noch mit Holzschutzmittel behandelt werden, dann kann ich sie zuschneiden und montieren. Die notwendigen Schrauben und Winkel habe ich dabei."

Samuel ordnete die Bretter auf dem Boden und reichte Susan eine Dose. Interessiert wog sie diese in der Hand, las die Gebrauchsanweisung und nickte zustimmend. „Danke, das ist lieb von dir. Ich streiche die Hölzer gleich morgen Vormittag. Dann sind sie am Abend fertig für die Montage."

„Ich dachte eigentlich, das machen wir zusammen." Samuel hob zwei Pinsel und blinzelte ihr zu. „Zu zweit geht es viel schneller und außerdem ist es schön, Gesellschaft zu haben."

„Meinst du damit mich oder dich?"

„Weder noch." Er zuckte mit den Schultern, mied ihren Blick. Susan biss sich auf die Zunge. Manchmal war sie arg sensibel, was Nähe anging. Dabei hatte er sich vermutlich nichts dabei gedacht und wollte ihr mit seinem Angebot nur eine Freude machen. „Aber ich kann sie auch allein fertigstellen. Und du werkelst im Haus."

„Mit Sicherheit nicht!" Sie stemmte die Hände in die Hüften. „Wenn du mir hilfst, dann nur, wenn du meine Unterstützung zulässt. Sonst ..." Susan suchte nach Worten, doch sie blieben ungesagt.

„Ciao, Kinder!" Evelina stieg die Außentreppe hoch, gefolgt von einem grauen Katzentier, das übermütig um sie herumsprang. Immer wieder kreuzte Saphir den Weg von Evelina, so als ob er sich einen Spaß daraus machte, die Frau zu ärgern. Susan hockte sich hin, rief lockend nach dem Kater. Wie gut, dass sie inzwischen den einen oder anderen Leckerbissen in der Hosentasche hatte. Und dieser Schlingel wusste das nur zu genau. Kaum hatte sie die Packung, die vielversprechend knisterte, hervorgeholt, kam er auf sie zu gerannt. Die Schwanzspitze steil erhoben und die Ohren gespitzt. Aufgeregt strich der Kater um ihre Beine, das Schnurren wurde von Atemzug zu Atemzug lauter. Sie streichelte ihrem neuen Hausfreund über das Fell, kraulte ihn an den Ohren und verfütterte ein Leckerchen nach dem anderen. Als die Tüte leer war, erhob Susan sich und steckte die Verpackung zurück.

„Was machst du da nur?", grummelte Evelina und klatschte in die Hände. „Katzen soll man nicht verwöhnen, sonst werden sie nur fett und faul. Der soll Mäuse fangen und davon leben."

„Ja, Evelina", antwortete Susan und blieb gelassen. Inzwischen kannte sie die Ansichten ihrer Nachbarin. Doch sie mochte Saphir und da kam es auf ein bisschen Katzenfutter mehr oder weniger nicht an. Abgesehen davon war das Katzenkind arg dünn und manchmal befürchtete Susan, dass ein Windstoß es umwerfen würde.

„Seid ihr immer noch am Arbeiten?" Evelina betrachtete erst Samuel und dann die Hölzer abschätzend. „Das Wetter ist viel zu schön, um zu arbeiten!" Demonstrativ stellte sie sich zwischen die beiden und rieb sich mit einem Tuch über die Stirn. „Ihr solltet an den Strand gehen und das Leben genießen! Besonders du, Susan. Du bist immer noch viel zu blass und hast keine Augen für die Schönheiten des Lebens. Selbst wenn sie direkt vor dir stehen!"

„Evelina, bitte." Susan holte tief Luft. „Wir sind zum Arbeiten verabredet und nicht zum Kuscheln. Und nein, ich will auch keinen neuen Mann in meinem Leben!"

Den belustigten Blick von Samuel ignorierte sie lieber.

Als ob das Handy ihre Worte vernommen hatte, klingelte es mehrfach. Susan zuckte zusammen, spürte, wie ihr Gesicht an Farbe verlor. Um diese Uhrzeit rief meistens nur einer an – ihr Ex! Warum hatte sie das Handy vorhin nicht auf stumm gestellt?

„Der Vorschlag ist gut." Samuel trat zu Susan, legte liebevoll seine Hand auf ihren Arm und drückte ihn leicht. „Für heute lassen wir die Arbeit ruhen, die Fahrt zum Baumarkt hat viel Zeit verschlungen. Deshalb machen wir jetzt Feierabend." Er blinzelte Susan vertraulich zu und suchte ihren Blick. „An den Strand gehen wir morgen. Einverstanden?"

Noch immer bimmelte Susans Handy unablässig. Jeder Ton war wie ein Stich in ihre Seele. Dann Samuel, der so besorgt tat und eine Evelina, die sich mal wieder ungefragt in ihr Leben einmischte.

Wollten sie heute alle in den Wahnsinn treiben? Sie wusste es nicht und nickte fahrig, nur damit sie endlich ihre Ruhe bekam. Hauptsache, das Handy schwieg ebenfalls und sie konnte sich in ihr Atelier verziehen und ein bisschen am nächsten Bild arbeiten.

Samuel blinzelte ihr verschwörerisch zu und verschwand über die Terrasse. Susan hörte nur noch das Aufjaulen des Motors, das Fahrgeräusch und dann herrschte Stille.

„Ein netter, junger Mann. Du solltest jede Chance nutzen, die du bekommst und ihn an deine Angel nehmen. Er sieht nicht nur gut aus, sondern hat auch Geschick im Umgang mit Hammer und Nagel. Das brauchst du hier in der Umgebung. Wenn du alles von Handwerkern machen lässt, wirst du bald arm.“

„Ja, Evelina. Du hast recht.“ Susan rieb sich mit beiden Händen die Schläfen. „Entschuldige bitte, aber mich plagen Kopfschmerzen. Ich möchte mich hinlegen und ausruhen.“

Hoffentlich hatte sie ihre Nachbarin nicht beleidigt. Dieser Blick, das Runzeln der Stirn. Evelina musterte sie von Kopf bis Fuß. Schließlich nickte sie zustimmend. „Du hast recht, mein Kind, du siehst krank aus. Leg dich ins Bett und ruh dich aus. Soll ich dir einen Tee kochen?“

„Nein, das ist nicht nötig. Ich pack das Werkzeug nur noch in eine Kiste und anschließend lege ich mich hin.“

Kapitel 12

Susan

„Das Wasser ist herrlich." Samuel rannte los, zog die überraschte Susan mit sich. Die ersten Wellen umspülten ihre Knöchel und Susan stoppte und löste den Griff. War das kalt! Sie erstarrte in der Bewegung, anders als Samuel fand sie das Wasser kühl und erschreckend.

Samuel hechtete in die Brandung. Dabei flogen die Tropfen in alle Richtungen. Als er bis zur Hüfte im kühlen Nass stand, schwamm er mit kräftigen Bewegungen ein paar Züge.

Susan schüttelte den Kopf über seinen jugendlichen Elan und tastete sich ein paar Schritte weiter vor. Die Wellen erreichten ihre Knie und mit den Händen schöpfte sie etwas Wasser, mit dem sie langsam ihre Arme und den Oberkörper abkühlte. Eigentlich hatte sie vermutet, dass das Meer um diese Jahreszeit wärmer war. Doch noch zeigte sich die Riviera dei Fiori eher von ihrer erfrischenden Seite.

Susan drehte sich um. Die Strandliegen samt Sonnenschirmen standen perfekt in Reih und Glied. Viele von ihnen waren vermietet und versonnen betrachtete sie die Besucher, die lieber ruhten und ein Sonnenbad nahmen statt sich im Meer abzukühlen. Zu gern würde sie jetzt auch dasitzen und lesen. Vielleicht ergab sich später die Gelegenheit? Oder sollte sie sich einfach mal einen freien Tag gönnen und hierherfahren?

Tropfend nass und mit verschmitztem Lächeln kam Samuel auf sie zu. Das Wasser spritzte in alle Richtungen, kleine Wellen umspielten seine Knie. Auch wenn sie es eigentlich nicht wollte, musterte Susan ihn ausführlich von oben bis unten.

In seiner Arbeitskleidung hatte er unscheinbar ausgesehen. Doch nun stand vor ihr ein durchtrainierter Mann, der die Muskeln an der richtigen Stelle hatte. Arme und Gesicht waren gebräunt. Der Rest seines Körpers dagegen blass, typisch für jemanden, der regelmäßig draußen arbeitete.

„Nur nicht so zögerlich." Samuel nahm ihre Hand und Susans Körper reagierte prompt. Eine Gänsehaut lief über ihren Rücken und es fühlte sich an, als ob seine Finger aus Brausepulver bestünden. Susan biss die Zähne zusammen. So liebenswert und attraktiv, wie er auch war – nie wieder wollte sie sich auf eine Beziehung einlassen.

„Nun komm." Sacht zog er an ihrer Hand und Susan ließ sich von ihm ins tiefere Wasser ziehen. Ihr stockte der Atem. „Komm, jetzt ein paar Züge schwimmen. Dann wirst du merken, es ist gar nicht so kalt."

Bis zur Hüfte umspielten die Wellen sie, unbewusst zog sie den Bauch ein und machte einen Schritt rückwärts. Samuel grinste spitzbübisch und spritzte ihr eine Landung Salzwasser ins Gesicht. Dieser Halunke!

Sie spürte, wie ihr Badeanzug völlig durchnässt wurde und die Brustwarzen sich verhärteten.

Spontan spritzte sie zurück. Samuel stutzte. Damit hatte er wohl nicht gerechnet. Kurz darauf lachten und kreischten sie wie kleine Kinder.

„Fang mich!" Samuel tauchte unter und Susan folgte ihm sofort. Sie hielt die Luft an, während die Wellen über ihrem Kopf zusammenschlugen und sie das Gefühl von Schwerelosigkeit umfing. Mit kräftigen Zügen schwamm sie unter Wasser und suchte nach ihm. Doch er war geschickter und schneller als vermutet. So sehr sie sich auch bemühte, von Samuel keine Spur.

Schaudernd und nach Luft schnappend tauchte sie kurz darauf wieder auf, strich sich die nassen Haare aus dem Gesicht und blinzelte. Als sie endlich wieder klarsehen konnte, stand Samuel direkt vor ihr, auf seinen Lippen ein freches Grinsen. Sein Gesicht lud zum Küssen ein. Und ehe sie es sich versah, trafen sich ihre Lippen. Salzig schmeckten seine, zart und weich.

Und nach mehr, sehr viel mehr. Seine Arme umfassten ihren Oberkörper, drückten sie an sich. Seine warmen Hände auf ihrem Rücken, sein sanfter Atem in ihrem Gesicht.

Susan schloss die Augen, ließ sich ganz in die Umarmung fallen. Evelina hatte recht gehabt. Ein paar entspannte Stunden mit Samuel waren genau das Richtige.

***

Der helle Sandstrand lag im späten Nachmittagslicht, welches die Landschaft etwas weicher zeichnete und stimmungsvoller wirken ließ. In den Restaurants und

Bars unmittelbar am Strand trafen die ersten Gäste ein. Vereinzelt vernahm Susan Lachen, Gesprächsfetzen und das Klirren von Geschirr. In der Luft lag ein Hauch von Grillfeuer und gebratenem Knoblauch. Ohne Zweifel, halb Sanremo ließ den Tag ausklingen.

Auf dem angrenzenden Bolzplatz spielten ein paar halbwüchsige Jungs Fußball und spornten sich gegenseitig übermütig an, während sie dem Ball hinterherjagten.

Die ausgelassene Stimmung am Strand. Zum ersten Mal seit langem spürte Susan, wie sie sich entspannte.

Zielstrebig lief sie durch den warmen, feinkörnigen Sand zu ihren gemieteten Liegen. Samuel und Susan gehörten zu den letzten Gästen, die ihre Sachen noch nicht gewechselt hatten. Susan griff nach ihrer Standtasche, holte das Badetuch hervor und warf es über ihre Schultern. Anschließend rubbelte sie sich kräftig ab. So heftig und intensiv, dass sich ihre Haut rötete und es am ganzen Körper prickelte. Aber es tat gut, es gab ihr das Gefühl, zu leben und frei zu sein.

„Soll ich dir den Rücken abtrocknen?", erkundigte sich Samuel mit sanfter Stimme und trat so nah an sie heran, dass sie seinen Atem spürte.

„Nein, danke. Das ist nicht nötig." Sie wich ihm aus, wollte nicht, dass er sie berührte. Seine Nähe war ihr im Augenblick unangenehm. Die Magie der vergangenen Minuten war verflogen.

Schweigend wickelte Susan sich in ihr Badetuch, verknotete es oberhalb ihrer Brust. Mit fahrigen Griffen sammelte sie ihre buntbedruckte Tunika und die Unterwäsche zusammen. Dabei mied sie es, Samuel anzusehen. Sie ging ein paar Schritte, suchte nach einer ruhigen Ecke zum Anziehen, die es hier am Strand aber nicht gab. Wie gut, dass sie sich etwas Leichtes und Luftiges für den Strandbesuch eingepackt hatte. Es kostete sie ein bisschen Geschicklichkeit, um sich umzuziehen, ohne allzu intime Einblicke zu gewähren. Doch es gelang ihr überraschend gut. Erst als sie die drei Knöpfe am Ausschnitt geschlossen hatte, drehte sie sich wieder zu Samuel um.

Auch er hatte die Minuten genutzt, um sich anzuziehen. Nun stand er mit blauen Shorts und einem Polo-Shirt vor ihr. Die nassen Haare hatte er mit den Fingern aus dem Gesicht gestrichen.

„Entschuldige bitte. Aber die Erinnerungen an meinen Mann hängen wie eine dunkle Wolke über mir.“

„Schon gut.“ Er zuckte mit den Schultern. Mit seinem linken Fuß zeichnete er kleine Kreise im Sand, mied es, sie anzusehen. Susan spürte deutlich, wie sehr ihn die Zurückweisung traf.

„Ich kann leider nicht aus meiner Haut.“ Sie hauchte ihm einen flüchtigen Kuss auf die Wange. „Seine täglichen Kontrollanrufe, die er damit begründet, wie sehr er mich liebt. Sein Misstrauen gegenüber jeder Person, die ich kennenlerne. Und dann die Enttäuschung, als ich festgestellt habe, dass er mich betrügt. All das schmerzt mehr, als ich je gedacht hätte.“

Samuel zuckte mit den Schultern. Susan sah, wie er mit sich rang. Dann flog ein leichtes Lächeln über seine Lippen.

„Wie wäre es mit einem Drink an der Bar? Ich schulde dir noch ein gemütliches Abendessen mit Kerzenschein und Violinenmusik.“

Nun war es an Susan, einen Lachanfall zu bekommen. Sie warf ihm ihr feuchtes Badetuch ins Gesicht. Wie eine Qualle lag es für wenige Augenblicke auf seinem Kopf. Samuel, der mit der Attacke nicht gerechnet hatte, griff nach dem Tuch. Aber zu spät. Es landete im Sand.

„Sollte das eine plumpe Anmache sein? Katzenmusik und Kerzenschein passen nicht zusammen. Deshalb nein, danke." Susan bückte sich, hob das sandige Etwas hoch und schüttelte es vorsichtig aus. „Aber einen kühlen Drink in Gesellschaft eines so gutaussehenden Mannes, da kann ich nicht Nein sagen." Das Aufleuchten in seinem Gesicht ließ ihr Herz einen Takt schneller schlagen.

Samuel

Rechts von ihm lag der Hafen mit seinen weißen, glänzenden Booten und Yachten. Die Takelage der Schiffe klapperte leise im Wind, erzählte jedem, der genau hinhörte, vom abenteuerlichen Leben auf dem Meer. Wie gern wäre er jetzt durch die Reihen der Yachten geschlendert, hätte sich mit den Skippern über ihre Abenteuer unterhalten. Er nahm sich fest vor, dies in den nächsten Tagen nachzuholen. Samuel fühlte sich so leicht und unbeschwert wie lange nicht mehr. Die Ideen für seinen neuen Roman flossen ihm zu. Endlich ging es weiter mit der Arbeit als Schriftsteller!

Direkt hinter dem Strand führte die Coro Trento Trieste entlang. Ein langgezogener Grünstreifen mit gepflegten Palmen, blühenden Oleanderbüschen und kurz geschnittenem Gras trennte die zwei Straßen. Dahinter befanden sich wunderschöne Gebäude mit frischgestrichenen weißen Fassaden. Ein Auto, dem die Vorfahrt genommen wurde, hupte unüberhörbar. Ein Radfahrer kurvte in Schlangenlinien zwischen den Urlaubern herum und schimpfte aufgeregt, weil ihm niemand Platz machte.

Als zwischen dem beständigen Strom aus Fahrzeugen eine Lücke entstand, zog Samuel Susan mit sich. Auch wenn sie nur einem Schluck an der Bar zugestimmt hatte, freute er sich über ihre Gesellschaft.

Schweigend gingen sie nebeneinanderher. Der Sand in seinen Sneakern scheuerte und machte das Gehen zum unangenehmen Abenteuer. Verstohlen blickte er zu Susan. Sie schien mit ihren Sandalen keine Probleme zu haben.

Zu seinem Glück war es nicht weit. Ein paar Straßen weiter erblickte er die vertraute Gebäudefassade und die Fahnen, die Tag und Nacht wehten und dem Hotel ein internationales Flair verliehen. Die Palmen rauschten vielversprechend, als Samuel und Susan daran vorbeigingen. Und anders als gestern Vormittag fand Samuel die akkurat zurechtgeschnittenen Bougainvilleen und Pinien wunderschön. Ja, da hatte er gute Arbeit geleistet.

Die Badetasche lässig über die Schulter geworfen, Susan fest mit der rechten Hand haltend, betrat er das Foyer. Gina blickte von ihrer Arbeit auf, musterte ihn verwundert. Dann klappte sie das Journal vor sich zu und grüßte ihn.

„Buongiorno, Samuel, begleitest du einen Gast? Wo ist das Gepäck von Frau …?“

„Du irrst dich", meinte Samuel entspannt und drückte Susan die Hand. „Wir wollen etwas trinken."

„Verstehe." Dabei sah Gina so verwirrt drein, dass Samuels Laune gleich weiter stieg. Garantiert würde sie später Vittore brühwarm von seiner wunderschönen Begleitung erzählen.

Er legte seine Hand um Susans Hüfte, dirigierte sie am Empfang und an der Vitrine mit seinen ausgestellten Romanen vorbei. Zu seiner Erleichterung war Susan zu sehr mit der Betrachtung der Räumlichkeiten beschäftigt, als dass sie auf die ausgestellten Bücher achtete.

Weiter ging es, vorbei an einer Gruppe angeregt plaudernder Gäste mit Gepäck und einem Taxifahrer, der seine Passagiere suchte.

Samuels Schritte federten auf dem weichen Perser, er freute sich diebisch darüber, als Besucher im Hotel zu weilen und nicht als Hausmeister. Er könnte sich einen monatelangen Aufenthalt als zahlender Gast mühelos leisten. Meistens brachte ihm die Arbeit als Hausmeister Spaß, wären da nicht die ständigen Einmischungen von Vittore. Deshalb würde er erst die Seiten wechseln, wenn es überhaupt nicht mehr ging.

„Die Bar befindet sich im Untergeschoss." Samuel fasste Susan zärtlich am Ellbogen und führte sie zur Treppe. „Dabei handelt es sich um eine Sonderanfertigung für dieses Hotel. Zu früheren Zeiten wurde der Raum als Waschküche genutzt. Und damit entsprach er natürlich nicht den Normen für eine Bar. Aber die Handwerker haben gute Arbeit geleistet. Ich bin mir sicher, es wird dir gefallen."

***

Die Bar war zu dieser Zeit spärlich besucht. Für gewöhnlich kamen die meisten Gäste erst spät am Abend, tranken etwas und ließen den Tag Revue passieren.

In einer Ecke, abseits vom Tresen und schräg gegenüber vom Eingang, entdeckte Samuel einen freien Tisch.

„Wie wäre es?" Zielstrebig hielt er darauf zu, in der unbegründeten Angst, dass ihm jemand diesen Platz wegnehmen würde. Susan nickte zustimmend und folgte ihm auf den Fersen.

Ganz Gentleman rückte er ihr den Stuhl zurecht und setzte sich anschließend ihr gegenüber.

Die Strandtaschen stellte er unter den Tisch. In seinen Sneakern spürte er den Sand, wenn er die Zehen bewegte, das leichte Brennen auf der Haut. „Was darf ich dir zu trinken anbieten? Und dazu eine Antipasti-Platte aus der Küche? Ich kann sie dir wärmstens ans Herz legen. Wie wäre es? Schwimmen macht hungrig."

Susan nickte abschätzend, schien über sein Angebot nachzudenken. „Eine Kleinigkeit zu essen, sehr gern. Aber bitte nichts Alkoholisches zu trinken, nur ein Wasser. Ich muss nachher noch nach Hause fahren."

„Ich weiß, Saphir wartet auf dich."

Sie kicherte und errötete. Samuel streifte seine Schuhe ab und streckte seinen Fuß unter dem Tisch aus. Ganz, ganz vorsichtig berührte er Susans Bein und zu seiner Freude wich sie nicht zurück. Wie gut, dass sich im unteren Bereich der Bar keine Spiegel befanden. Sonst hätte die Gefahr bestanden, dass ihn jemand bei seinem Flirtversuch beobachtete.

„Guten Abend, Samuel. Du beehrst meine kleine Bar? Und das in Gesellschaft?" Franco, der regelmäßig abends für den Service zuständig war, kam zu ihnen an den Tisch. Mit dem Tuch wischte er die glänzende Oberfläche, konnte dabei seine Neugierde kaum verhehlen. Er blinzelte Samuel verschwörerisch zu, so als ob er darauf hoffte, später mehr Informationen zu der unbekannten Frau zu erhalten.

***

„Und hier wohnst du also." Susan betrat das Zimmer mit andächtiger Mine, blieb in der Mitte des Raumes stehen und sah sich aufmerksam um. Ob ihr diese Kammer gefiel? Für Samuel reichte sie völlig aus, doch auf jemanden, der in einem geräumigen Haus wohnte, wirkte dieser Raum mit Sicherheit winzig.

Und doch … Gedanklich klopfte Samuel sich auf die Schulter. Er hatte das Bett frisch bezogen und die Decke glattgestrichen, den Staub gewischt und die Wäsche hinunter in die Waschküche gebracht. An der Wand hing ein Schwarz-Weiß-Druck, der seine Heimatstadt zeigte – Dublin. Auf der Fensterbank stand ein Wasserglas mit einem blühenden Jasminzweig. Ob es ihr auffiel?

Nur auf dem Schreibtisch, Samuel schrak zusammen, da lagen noch all seine Unterlagen und Notizen offen herum. Griffbereit für den nächsten Schreibtag. Wie blöd konnte er nur sein! Sein Herz raste. Diesmal nicht aus Verliebtheit, sondern aus Ärger über sich selbst. Mit wenigen Schritten durchmaß er das Zimmer. Stellte sich mit dem Rücken zum Fenster, verdeckte die Sicht auf seine Arbeit. Susan, von ihm so heftige Reaktionen nicht gewohnt, zuckte kurz zusammen und schritt ebenfalls zum Fenster. War sie etwa neugierig geworden? Sein Puls stieg merklich.

„Hast du Meerblick? Ich liebe es, dem wogenden Wasser zuzusehen und die unterschiedlichen Farbtöne im Laufe des Tages zu bewundern." Sie schob den Vorhang ein Stück beiseite, stellte sich auf die Zehenspitzen und spähte hinaus. „Ein interessanter Ausblick. Ich hätte gedacht, dass Angestellte das Pech haben und nur den Innenhof mit den müffelnden Mülltonnen zu sehen bekommen."

„Na, ich hatte Glück. Ich darf die Grünanlagen betrachten." Samuel trat zu ihr, legte die rechte Hand um ihre Taille, küsste sie in den Nacken. Gleichzeitig schob er mit der freien Hand seine Unterlagen zusammen. Warum musste ausgerechnet jetzt das Papier so laut rascheln und der Ordner so sperrig sein? Seine Küsse wurden intensiver, er spürte ihre feinen Härchen im Nacken. Die Gänsehaut, als er ein Stückchen weiter nach oben mit den Lippen wanderte. Er leckte mit der Zunge sacht über ihr Ohr, während er versuchte, das letzte verräterische Stück Papier zu verstecken. Seine Unruhe blieb ihr nicht verborgen. Verwundert drehte sie sich um, musterte erst den Schreibtisch, dann ihn lange und intensiv.

Jetzt musste er Farbe bekennen. Und dabei war es seine Bemühung gewesen, weiter unerkannt zu schreiben und zu veröffentlichen. Galle stieg in ihm auf, als er an seine ehemalige Freundin dachte. Als er plötzlich reich und berühmt war, hatte für sie nur der Erfolg und das Leben in Saus und Braus gezählt. Das wollte er nicht wieder erleben!

„Wie interessant. Was ist das?"

Er senkte den Blick, hasste sich dafür, sie zu belügen. „Das sind Unterlagen für einen Reiseprospekt. Vittore möchte eine neue Werbekampagne für sein Hotel starten und ich habe angeboten, ihm dabei zu helfen."

„Faszinierend." Susan legte ihre Arme um Samuels Hals und küsste ihn direkt auf den Mund. „Ich wusste gar nicht, dass du so viele Talente hast."

Kapitel 13

Susan

„Komm Saphir, komm!" Susan schlug mit dem Löffel gegen den Futternapf. Normalerweise kam der Kater mit erhobenem Schwanz angelaufen und strich ihr maunzend um die Beine. Doch heute?

Susan setzte die gefüllte Schüssel am Boden ab und lockte das Tier erneut.

Merkwürdig, seitdem der Kater bei ihr eingezogen war, war es das erste Mal, dass er sich nicht blicken ließ. Unruhig richtete Susan sich wieder auf, blickte sich in der Küche um. Hatte sie ihn vielleicht nicht gehört? Sonst saß Saphir immer pünktlich bei ihr in der Küche und forderte lautstark sein Frühstück.

Susan zuckte mit den Schultern, ging in den Flur, schlüpfte in ihre Sandalen und trat vor die Haustür. Aufmerksam sah sie sich um. Vor dem Haus befand sich die Landstraße, die hinunter nach Bussana führte. Dazwischen der schmale Vorgarten, der gerade mal genug Platz für ihr Fahrzeug und eine winzige, verdorrte

Grasfläche bot. Mit lockender Stimme ging sie den Vorplatz ab, kniete sich in den Kies und suchte unter ihrem Fiat nach dem Tier. Nichts, kein Saphir, der auf einem warmen und gemütlichen Plätzchen schlief und gerade sein Frühstück verpasste.

Susan umrundete das Gebäude auf der rechten Seite, blickte dabei unter all die Sträucher und Büsche, die dort wuchsen.

„Buongiorno, Susa." Evelina kam ihr vom Nachbargrundstück entgegen. Heute trug sie ein Kleid in kräftigen Grüntönen und im Ausschnitt steckte eine silberne Brosche, die einer Rose entfernt ähnlich sah. Susan blinzelte, ihr grünes Kleid war so grell, es schmerzte regelrecht in den Augen. „Was ist los? Warum streifst du schon zu so früher Zeit durch den Garten?"

Evelina hob die Augenbrauen. „Mir kannst du es ja sagen – ist dein Lover vor dir geflüchtet?"

„Nein, Evelina. Ich habe keinen Lover und vor mir geflüchtet ist er auch nicht." Susan schüttelte den Kopf und ließ ihren Blick über das Nachbargrundstück schweifen. „Obwohl, wenn du es so sehen willst ..." Sie schmunzelte bei der Vorstellung. „Ich suche Saphir. Er ist heute früh nicht von seinen Streifzügen heimgekehrt."

„Nun ja, so sind Katzen halt. Vielleicht hat er eine andere Futterstelle gefunden? Und wird dir nun untreu?" Evelina band sich ein orangefarbenes Tuch in die Haare und Susan musste sich beherrschen, um nichts zu sagen. Diese Kombination war mehr als gewagt.

„Bei mir im Garten ist er jedenfalls nicht", sagte Evelina.

„Dann ist er vielleicht ins Dorf gelaufen und versucht in einer der Seitengassen Mäuse zu fangen."

Susan zuckte mit den Schultern, versuchte das ungute Gefühl, das sich im Magen breitmachte, zu verdrängen. „Er wird schon noch kommen, wenn er Hunger hat."

Oder auch nicht, falls er ein anderes Zuhause gefunden hatte. Aber das sagte Susan lieber nicht laut. Denn sie mochte den kleinen Kerl und wollte ihn nur ungern wieder verlieren.

„Sehr gut möglich." Evelina winkte Susan zum Abschied zu und marschierte zur Lücke im Zaun, die die Nachbargrundstücke voneinander trennte. „Ich fahre jetzt einkaufen. Brauchst du etwas?"

Kurz überlegte Susan, zuckte dann mit den Schultern. „Nein, ich habe alles."

Sie ahnte, dass Evelina ihr wieder reichlich Obst und Gemüse mitbringen würde und dabei war ihr Kühlschrank noch gut gefüllt.

Mit wogenden Kleidern verschwand Evelina in ihrem Garten und ohne ihr orangefarbenes Tuch hätte sie die Landschaft schon längst verschluckt. Susan schüttelte den Kopf. Mut zur Farbe hatte ihre Nachbarin ja.

Susan drehte auf dem Absatz um und stieg die wenigen Stufen zur Terrasse hoch, während sie ununterbrochen Ausschau nach Saphir hielt. Selbst während sie Kaffee kochte und frühstückte, lauschte sie beständig nach dem fordernden Maunzen ihres vierbeinigen Mitbewohners.

***

Susan stand in der Mitte des Ateliers und betrachtete das scheinbare Chaos aus Farben, Pinseln und Leinwänden.

Normalerweise fiel das Licht ungehindert von Vorhängen oder Gardinen in den Raum. Doch heute hing ein Dunstschleier über dem Meer und die Sonne tat sich schwer, jeden Winkel auszuleuchten.

Ein einzelner Lichtstrahl traf sie, erschien ihr wie das liebevolle Streicheln ihrer Mutter. Ein Prickeln lief ihr vom Scheitel die Wirbelsäule entlang bis hinunter zum Rücken. Susan schloss die Augen, atmete tief ein und aus. Selten hatte sie sich ihrer Mutter so nah gefühlt wie jetzt.

Blinzelnd öffnete sie die Augen, ging durch das Zimmer, immer mit dem Gefühl behaftet, dass ihre Mutter neben ihr stand und sie zur Staffelei geleitete.

Der vor zwei Tagen gekaufte Ginster blühte in einem kräftigen Gelb. Sie hatte ihn in einer bodentiefen Vase zusammen mit ein paar Olivenzweigen und einem buschigen Pinienast arrangiert. Die Blüten des Ginsters verströmten einen schweren, süßlichen Duft, der sogar den Geruch nach Farbe überdeckte.

Susan holte ein Seidentuch in Regenbogenfarben aus dem Regal und schlang es um die Vase. Es schmiegte sich weich und fließend an das Gefäß und lockerte das Arrangement auf.

So war es perfekt. Mit gerunzelter Stirn stellte Susan sich vor das Bild, an dem sie weitermalen wollte. Kritisch betrachtete sie die vielen Farbkleckse, die – eigentlich – das Stillleben wiedergeben sollten. Wenigstens die Blüten waren ihr gelungen und auch der Schwung des Pinienzweiges. Sie nickte zufrieden, nahm die Palette, öffnete die nächste Farbtube und kleckste etwas Gelb und Grün darauf. Sie versuchte, das Stillleben auf die Leinwand zu bannen. Vorsichtig, mit dem feinsten Pinsel, den sie hatte, ergänzte sie die Zweige.

Es dauerte nicht lange, dann war sie im Fluss und versank völlig in ihrer Arbeit.

Als sie mit schmerzenden Füßen und verkrampftem Rücken den Pinsel beiseitelegte, war die Sonne schon deutlich weitergewandert. Der Dunst verschwunden, das Meer glänzte im Mittagslicht.

Susan reckte und streckte sich. Sie spürte, wie sich die Verspannungen lösten. Diese Arbeit war völlig anders als ihre Tätigkeit im Büro. Sie trat ein paar Schritte zurück und musterte kritisch das Ergebnis.

Noch ein paar kleinere Korrekturen, dann sollte sie es Aturo für seinen Kunstmarkt anbieten können. Zufrieden mit dem Geleisteten stieg sie die Treppe hinunter.

Noch immer kein Kater, der ihr hungrig maunzend entgegenkam und um die Füße strich. Susan ging ins Wohnzimmer, suchte ihr Bett nach dem Fellknäuel ab. Nein, dort lag Saphir nicht.

Aber ihr Handy, das meldete sich mit eindringlichem Brummen. Sie nahm es an sich und tippte darauf. Zwei Anrufe von Melli sowie unzählige von ihrem Ex. Entschlossen löschte sie als Erstes die Kontaktversuche von Frederic, ebenso seine SMS.

Am Handy überflog sie die Nachrichten, die ihr Melli weitergeleitet hatte. Offenbar kam ihre Kollegin immer besser allein zurecht. Susan nickte zufrieden, schickte Melli eine SMS und ging in die Küche.

„Saphir, komm!" Lockend rief Susan nach der Katze, öffnete die Terrassentür und klopfte gegen die Dose. Saphirs Futter im Napf war noch immer unberührt, einzig die Fliegen erfreuten sich daran. Fluchend stellte Susan den Napf vor die Tür und trat ebenfalls heraus. Seitdem sie die wuchernde Passionsblume zurückgeschnitten hatten, war die Terrasse deutlich sauberer. Dennoch nahm Susan einen Besen und fegte einmal rasch durch. Heute Nachmittag würde Samuel kommen und ihr dabei helfen, die Pergola zu befestigen.

Das Läuten ihres Handys erklang. Susan stellte den Besen zurück und eilte in die Küche. Sie nahm das Gespräch an, ohne vorher auf das Display zu linsen.

„Was für ein Glück, erreiche ich dich endlich einmal!" Susan fuhr der Schreck in die Glieder. Eine Sekunde Unachtsamkeit und sie hatte Frederic in der Leitung.

„Als Glück würde ich es nicht unbedingt bezeichnen. Ich werde deine Nummer blockieren, dann habe ich Ruhe vor dir."

„Wenn du meinst." Sie hörte seine betont fröhliche Stimme. „Du weißt doch, dass es vergeblich ist. Innerhalb von ein paar Stunden habe ich eine neue Nummer ... Aber wenn du willst, wir können das Spiel gern starten."

Susan sah ihn vor sich, wie er sich in seinem Chefsessel zurücklehnte. Seine Füße mit den schwarzen Strümpfen auf die Schreibtischplatte legte und mit einem Kugelschreiber spielte. „Du kannst mir nicht entkommen."

Seine Stimme wurde eine Nuance drohender. „Also, steig in den Flieger und komm zurück in die Staaten.

Umsorge deine liebeswilligen Kunden und empfange mich jeden Abend mit einem Lächeln.“

„Nein, mit Sicherheit nicht.“ Aufgebracht wanderte Susan in der Küche umher. „Ich werde hier im Rustico meiner Eltern bleiben und als Künstlerin arbeiten!“

„Übertreib es nicht. So ein Haus, und sei es auch geerbt, kostet Geld und mit ein paar Bildern kannst du das nicht finanzieren.“ Er lachte leise. Ein unangenehmes Lachen, bei dem sich in ihrem Magen ein Knoten bildete. „Also komm zurück, bevor du in Schulden ertrinkst.“

„Danke, nicht nötig. Zusammen mit Samuel werde ich das Haus so weit herrichten, dass ich Zimmer vermieten kann ...“

„Samuel, wer ist denn das?“ Plötzlich verschwand alles Ölige aus Frederics Stimme und Susan spürte, wie ihr das Blut aus dem Gesicht wich.

„Niemand, den du kennen solltest. Ein Bekannter, der Hausmeister im Hotel *La Passony* ist und mir beim Renovieren hilft. Nicht mehr und nicht weniger.“

„Sicher?“

„Ja, im Gegensatz zu dir habe ich nichts mit dem anderen Geschlecht angefangen. Ich bin geheilt!“

Damit beendete sie die Verbindung und griff nach einem Teller. Wütend schmiss sie ihn an die Wand. Ein Scherbenregen spritzte durch den Raum. Nie wieder würde sie sich von ihrem Ex-Mann oder einem anderen Mann so behandeln lassen!

***

Die Farbe war noch ganz feucht. Susan stellte das Bild beiseite und betrachtete es kritisch. Doch, sie konnte mit dem Ergebnis zufrieden sein. Sobald es getrocknet war, würde sie den Firnis auftragen und es zum Verkauf anbieten. Dieses Mal sollte ein Foto genügen, damit sie es Aturo anbieten konnte.

Doch welche Bilder sollte sie heute mitnehmen? Die Nachfrage war überraschend groß und Susan stand vor der schweren Entscheidung, weitere Zeichnungen ihrer Mutter anzubieten. Minutenlang streifte sie durch das Atelier, betrachtete die unzähligen Kunstwerke und schob die Bilder von einer in die andere Ecke. Am liebsten würde sie alle behalten, doch das ging leider nicht.

Susan seufzte gequält auf, schloss die Augen, und mit einem Kinderreim zählte sie die Zeichnungen aus, die heute ihre Reise antreten sollten.

Wenig später trug sie ein paar Landschaftsbilder zum Wagen und deckte sie sorgfältig zu, damit während der Fahrt nichts verrutschte. Langsam kurvte sie wenig später die Straße entlang nach Bussana Vecchia.

Dabei kreisten ihre Gedanken ununterbrochen um das, was Frederic gesagt hatte. Susan fehlten die Mittel, um hier erfolgreich zu arbeiten und zu wohnen. Der Verkauf der Bilder war reizvoll, aber keine Garantie für ein sicheres Einkommen. Und in ihrem Rustico Zimmer vermieten? Das ging nicht. Dazu verfügte sie über zu wenige Räume. Nur Zeichenkurse, die konnte sie jederzeit anbieten. Dabei stellte sich allerdings die Frage, ob sie genügend zahlungskräftige Teilnehmer finden würde.

Fragen über Fragen. Susan schlug auf das Lenkrad ein, fuhr unfreiwilligerweise einen Schlenker, und die

Räder rüttelten über das Bankett. Erschrocken umfasste sie das Steuer fester, nahm den Fuß vom Gas und dirigierte den Wagen mit ganz viel Gefühl zurück auf die Straße. Glück gehabt. Sie atmete einmal tief durch, wischte mit dem Handrücken über die Stirn. Die letzten Kilometer legte sie gesittet und mit den Gedanken ausschließlich auf den Verkehr gerichtet zurück.

Auf der Freifläche angekommen, parkte sie ihren Wagen wieder am Rand und marschierte durch die verwitterten Gassen bis zum Laden. Sie musste unbedingt mit Aturo über ihr Vorhaben sprechen. Vielleicht hatte er eine Idee, wie sich ihr Plan umsetzten ließ und sie in Ligurien Fuß fassen konnte.

***

„Interessant." Aturo zwirbelte eine Strähne seines Barts. Er hatte sich entspannt in seinem Stuhl zurückgelehnt und richtete seinen Blick in die Ferne. Fast schien es Susan so, als ob er in die Zukunft sah. „Du möchtest also für immer hier leben."

„Ja, inzwischen bin ich mir sicher. Die vergangenen Tage haben mich in meinem Beschluss bestärkt." Susan nahm die Espresso-Tasse und leerte sie mit einem Schluck. Am Boden blieben winzige Tropfen zurück, zusammen mit ein paar Zuckerkristallen. Spontan fuhr sie mit dem Zeigefinger durch die Flüssigkeit und leckte den Tropfen ab. Eine bittersüße Mischung, sie spürte dem Geschmack noch ein wenig nach, bevor sie schluckte. Irgendwie fühlte sie sich an New York und ihre unglückliche Beziehung zu Frederic erinnert. Erst war alles süß und wunderschön. Erst später kam der bittere Beigeschmack seiner Untreue dazu. „Natürlich tut es mir weh, New York und meine tolle Kollegin Melli zu verlassen. Doch sie kommt so gut allein mit unserer Agentur zurecht, da würde ich mich bei meiner Rückkehr vermutlich wie ein Fremdkörper fühlen. Und Frederic ..." Susan schauderte und drehte die Tasse in ihren Fingern. „Keine Ahnung, wie oft ich ihm in New York über den Weg laufen würde. Aber wahrscheinlich würde es häufiger der Fall sein, als mir lieb ist." Etwas heftiger als gewollt stellte sie das Tässchen ab. „Entschuldige, Aturo, wir kennen uns kaum und ich erzähle dir meine Lebensgeschichte."

Aturo lächelte verstehend, schob die Schale mit gesalzenen Mandeln zur ihr. „Manchmal tut es gut, einfach mal mit jemanden darüber zu reden. Ich würde sagen, wage den Sprung, du hast nicht viel zu verlieren."

„Ich werde es mal durchrechnen." Susan seufzte und knabberte ein paar Nüsse. „Ich würde so gern Malkurse anbieten und Zimmer vermieten. Sozusagen alles aus einer Hand.

Doch leider habe ich in meinem Haus keinen Platz für zusätzliche Zimmer. Ich könnte höchstens einen Anbau in Angriff nehmen. Aber die Kosten ..."

„Stimmt, das ist ein Problem. Aber es gibt mit Sicherheit eine Lösung." Aturo erhob sich, als eine Gruppe Touristen die schmale Gasse blockierte und vor seinem Laden stehen blieb. Ein dunkelgrauer Hund, der bis eben im Schatten geruht hatte, erhob sich und flüchtete mit eingezogener Rute ums nächste Hauseck.

Drei Frauen aus der Truppe stürmten regelrecht in den Laden und erkundigten sich unbeholfen bei Aturo nach den ausgestellten Bildern.

Die Reiseleitung, zumindest vermutete Susan dies, weil sie ein Schildchen an ihrem Revers trug, machte Fotos von den übrigen Männern und erklärte ihnen in fließendem Französisch etwas über die wechselvolle Geschichte von Bussana Vecchia.

Susan erhob sich. Auch sie sollte zusehen, dass sie weiterkam.

Sie nahm ihre Handtasche, winkte Aturo zum Abschied zu. Gerade hielt er eines ihrer Bilder in die Höhe, nickte geduldig und ließ den Schwall an Fragen an sich abprallen.

„Danke für den Espresso. Und bis zum nächsten Mal." Aturo hob den Kopf, zwinkerte kurz und widmete sich dann erneut seinen Kunden.

Susan schlängelte sich an den Käufern und einer Ansammlung von Bildern vorbei. Dabei fiel ihr Blick nach hinten zum Büro. Ein knallroter Schal hing dort über einer Stuhllehne. Susan stockte, schaute ein zweites Mal hin. Diesmal etwas genauer. Vor lauter Aufregung biss sie auf ihrer Unterlippe herum.

Den Schal und auch die Trägerin kannte sie gut. Sehr gut sogar. Der Schal gehörte Evelina.

***

„Und Saphir ist immer noch unterwegs?" Samuel legte die Stirn in Falten. „Sobald wir die Pergola fertiggestellt haben, suchen wir ihn. Auch wenn es ein Kater ist, normalerweise lässt er sich zur Fütterungszeit blicken."

„Das wäre lieb von dir. Ich mag den Kleinen inzwischen sehr gern. Und da ich den Entschluss gefasst habe, mir ein neues Leben in Sanremo aufzubauen, ist seine Zukunft auch gesichert."

Samuel stutzte und legte den Akkuschrauber beiseite. „Du willst hier bleiben? Nicht in die Staaten zurückkehren?"

„Nein, ich hatte heute ein Telefonat mit meinem Ex-Mann. Da ist mir klar geworden, dass nur der Abstand eines ganzen Ozeans ausreicht, damit ich glücklich bin." Susan hob den Querbalken hoch, so dass Samuel ihn festschrauben konnte. „Nur muss ich mir noch etwas einfallen lassen, damit ich finanziell auf sicheren Füßen stehe."

Samuel

„Ich habe ihn gefunden!" Sein Ruf hallte durch die Nacht und Susan, die auf der anderen Straßenseite mit einer Taschenlampe entlangging, entschlüpfte ein Schrei der Erleichterung.

Samuel bückte sich, betrachtete das graue, verklebte Fell, das Blut an seiner Hinterhand. Selbst wenn er als Thriller-Autor sein Geld verdiente, musste er bei dem traurigen Anblick erst mal schlucken.

Ob Saphir noch lebte? Im Schein der Taschenlampe beobachtete er das Tier. Hob sich der Brustkorb oder nicht? Mit dem Zeigefinger stupste er den Kater an und zu seiner Erleichterung bewegten sich die Pfoten kaum sichtbar.

„Er lebt, aber er scheint sehr schwach zu sein!" Vorsichtig hob Samuel den Kater auf, er fühlte sich erschreckend kühl an. „Hey Saphir, jetzt wird alles wieder gut."

Zumindest hoffte er es von ganzem Herzen. Er drückte das durchnässte Fellknäuel an sich, versuchte ihm so viel Wärme wie möglich zu spenden.

„Du Retter!" Susan eilte zu ihm hin, in ihrem Gesicht unzählige rote Flecken, die Augen verweint. Sie hauchte ihm einen Kuss auf die Wange. „Danke."

„Na, ich habe ihn nur gefunden. Jetzt sollten wir zusehen, dass wir schnellstens zum Tierarzt kommen, damit er die Hilfe bekommt, die er dringend benötigt."

Seite an Seite eilten sie die Landstraße entlang. Susan beleuchtete mit ihrer Taschenlampe den Weg vor sich. Der Lichtkegel tanzte hin und her. Und doch reichte er, um das Bankett zu erkennen. Den wenigen entgegenkommenden Fahrzeugen gab Susan Lichtsignale, damit sie langsamer fuhren.

Samuel trug den Kater in seiner Armbeuge, behandelte ihn wie ein rohes Ei, immer in der Angst, ihm wehzutun. Warum wirkte in solchen Augenblicken der Weg immer weiter, als er eigentlich war?

Endlich erblickte Samuel das Hoflicht, das die nähere Umgebung erhellte. Er beschleunigte seine Schritte. Seine Nähe schien nicht nur auf Susan einen wohltuenden Einfluss zu haben. Der kleine Kater hob den Kopf, als er die vertraute Umgebung erkannte. Immerhin etwas. Samuel streichelte das Tier vorsichtig über den Kopf.

Mit zitternden Fingern schloss Susan die Haustür auf. Das grelle Flurlicht blendete Samuel und er musste erst einmal blinzeln.

„Hast du ein Handtuch für mich?“

Susan blickte ihn verwundert an, dann verstand sie. So schnell sie konnte, rannte sie die Treppe hoch und kam wenig später mit einem weichen Tuch wieder. „Es ist das beste, was ich habe. Bitte sei vorsichtig. Soll ich den Tierarzt anrufen?“ Samuel nickte zustimmend und rieb den kleinen Kerl so vorsichtig wie möglich ab. Die Massage bewirkte Wunder, oder bildete er sich das nur ein? Zumindest hob der Kater immer mal den Kopf, blickte ihn mit seinen Knopfaugen an und schnurrte leise.

„Wir haben Glück, ein Tierarzt in Sanremo hat offen und erwartet uns. Wir sollen sofort kommen.“

„Ich fahre!“ Samuel sagte das mit so einem entschiedenen Tonfall, dass Susan nur nicken konnte. „Du bist so aufgeregt, da habe ich Angst, dass wir im Straßengraben landen und nicht beim Tierarzt.“

Susan ging voraus, öffnete die Wagentür und setzte sich hinein. Nachdem sie sich angeschnallt hatte, legte Samuel ihr Saphir samt Handtuch auf den Schoß. Wie winzig, wie verletzlich die beiden in diesem Augenblick aussahen. Samuel zerriss es schier das Herz. Nie hätte er gedacht, dass er sich so sehr in eine Frau und ihren Kater verlieben könnte.

***

Die Fahrt verlief schweigend. Susan saß da, strich Saphir immer wieder über das Köpfchen und sprach auf ihn ein. Obwohl alles für ihn fremd und ungewohnt war, rührte sich der Kater nicht. Er schien zu wissen, dass ihm geholfen werden sollte. Oder er war einfach nur zu schwach, um sich groß zu bewegen.

Dank Navi erreichten sie die Praxis, die etwas außerhalb von Sanremo lag, nach wenigen Minuten. Das weiß getünchte Gebäude war hell erleuchtet, ein großes Schild wies ihnen den Weg. Den drei Fahrzeugen auf dem Parkplatz nach zu urteilen, waren sie nicht die Letzten an diesem Abend.

An der Rezeption empfing sie eine junge Frau mit dicken Brillengläsern und strengem Blick. Susan musste nicht viel erklären, kaum hatte die Praxisangestellte erkannt, worum es ging, geleitete sie sie in das nächste freie Behandlungszimmer.

Samuel wollte an der Tür umdrehen und in den Warteraum gehen, doch Susan flüsterte ihm so leise „Bitte bleib" zu, dass er es kaum verstand. An ihrem Aufseufzen erkannte er, dass sie froh über seine Gesellschaft war.

Mit dem Handtuch um den Körper lag Saphir da. Auf der glänzenden Fläche des Untersuchungstischs wirkte er winzig und verloren. Sein Atem ging hektisch und immer wieder strampelte er mit seinen Beinen, als ob er aufstehen wollte. Doch Susan hielt ihn fest, hinderte ihn daran, sich aufzurichten.

„Guten Abend." Samuel blickte auf, erkannte eine Frau, die gekleidet in einen weißen Kittel und Stethoskop um den Hals hereinkam. Auf dem Fuß folgte ihr die Assistentin vom Eingang „Ist das der kleine Patient?"

Susan nickte und trat einen Schritt zurück. „Ja, das ist Saphir. Er kam heute Morgen nicht von seinen nächtlichen Ausflügen zurück und als wir ihn am Abend gesucht haben, lag er im Straßengraben. Ich habe keine Ahnung, was passiert ist."

Sie schluchzte auf und Samuel trat zu ihr, nahm sie in den Arm. Hilfesuchend schmiegte sie sich an ihn. Sie zitterte wie Espenlaub und unzählige Tränen durchnässten sein Hemd. Beruhigend streichelte er ihr über die Haare und flüsterte ihr ein paar liebe Worte zu.

„Dann wollen wir mal sehen." Die Tierärztin kümmerte sich ruhig und konzentriert um Saphir. Sie schien es zu kennen, dass wildfremde Menschen bei ihr in der Praxis in Tränen ausbrachen.

Eng umschlungen standen Samuel und Susan da, beobachteten jeden Griff der Tierärztin. Endlich, nach einer gefühlten Ewigkeit, hob sie den Kopf.

„Ihre Vermutung kann ich bestätigen. Höchstwahrscheinlich ist der kleine Kerl von einem Auto angefahren worden. Wir müssen auf alle Fälle innere Verletzungen ausschließen. Und sein rechtes Hinterbein bereitet mir Sorgen. Vermutlich ist es gebrochen."

Die Tierärztin richtete sich ganz auf. „Sie erzählten bei der Aufnahme, dass es sich um eine zugelaufene Katze handelt."

Susan nickte. „Ja, Saphir ist vor ein paar Tagen bei mir aufgetaucht und seitdem lebt er bei mir. Und egal, was es kostet. Bitte retten Sie Saphir."

„Alles klar. Dann tu ich alles, was in meiner Macht steht. Bitte warten Sie draußen."

***

Die Scheinwerfer durchbrachen die Dunkelheit und zeigten für kurze Augenblicke die Straße, die in engen Kurven nach oben führte. Neben Samuel saß Susan, einem Häufchen Elend gleich. Immer wieder griff sie nach einem Taschentuch und trocknete die Tränen.

„Was für ein Glück." Susan schnaubte sich die Nase und tupfte ihr Gesicht ab. „Morgen dürfen wir ihn holen."

Sie legte ihre Hand auf seinen Oberschenkel und Samuel musste sich beherrschen, um nicht eine Schlangenlinie zu fahren. Diese intime Berührung löste etwas in ihm aus. Seine Hose wurde im Schritt gleich ein ganzes Stück enger. Er wusste gar nicht, wie lange es her war, dass eine Frau ihn so angefasst hatte.

„Ja, Saphir hatte unzählige Schutzengel. Abgesehen von einem gebrochenen Hinterbein ist ihm nichts passiert."

Kichern erklang auf der Beifahrerseite. Susan nahm ihre Hand wieder fort, wie er mit Bedauern feststellte. Dafür wurde das Kichern immer lauter, bis es in einem hysterischen Anfall endete. Stocksteif vor Schreck saß Samuel am Steuer, linste verstohlen zu Susan hinüber. Sollte er anhalten oder weiterfahren? Da es weder links noch rechts eine Parkmöglichkeit gab, fuhr er weiter, klopfte ihr unbeholfen auf die Schulter. „Susan, was ist los?"

„Nichts, Samuel. Danke der Nachfrage. Ich merke gerade nur, dass alles ein bisschen viel wird." Das Lachen ging wieder in ein lautloses Weinen über und er gab ihr sein letztes Taschentuch.

Endlich erreichten sie ihr Rustico.

Samuel stellte den Motor ab und holte tief Luft. „Da sind wir."

„Danke für deine Hilfe." Susan beugte sich zu ihm hinüber und küsste ihn sanft auf die Wange. „Kommst du noch mit rein? Bitte."

„Wenn du möchtest." Er stieg aus, mit leichten, federnden Schritten lief er um den Wagen herum. Ging Susan entgegen, die gerade aus dem Fahrzeug kletterte. Noch immer brannte seine Wange auf eine äußerst angenehme Weise. Und so sehr er sich auch bemühte, aber das selige Grinsen in seinem Gesicht schien festgefroren.

Während sie nebeneinanderher ins Haus liefen, berührten sich ihre Hände immer wieder flüchtig. Susan schloss die Eingangstür auf, legte den Kopf schief und gönnte Samuel einen zärtlichen Blick.

In der Küche stand ein großer Topf Minestrone auf dem Herd. Ein Gruß von Evelina, wie Samuel vermutete. Schließlich hatte sie hautnah mitbekommen, wie sie nach Saphir suchten. Ein Beweis, wie sehr sie mit Susan mitfühlte. Er dankte der Nachbarin in Gedanken und schaltete den Herd an. Schweigend rührte er im Topf, erleichtert darüber, ein paar Minuten zur Ruhe zu kommen.

„Ich möchte nichts essen." Susan trat neben ihn und schnupperte. „So lecker die Gerichte von Evelina auch sind, aber ich habe keinen Hunger."

Er nahm die Suppenkelle und schöpfte etwas in die Schüssel. Jetzt, da die Anspannung nachließ, merkte er, wie hungrig er war.

„Na komm." Samuel drehte sich zu Susan um und reichte ihr die Schale mit einer winzigen Portion. „Du musst etwas essen. Sonst klappst du mir zusammen. Bitte.“

Er füllte sich ebenfalls etwas auf, griff nach Susans Hand und zog sie zum Küchentisch. Schweigend saßen sie da, aßen ihre Suppe. Nur das Klappern der Löffel unterbrach die Stille.

„Kannst du heute Nacht bei mir bleiben?“ Susan sah Samuel mit geröteten Augen an und schob den Teller von sich. „Bitte, ich möchte nicht allein sein.“

„Wenn du möchtest.“ Er nickte und erhob sich. Das Ratschen des Stuhls über den Küchenboden klang fürchterlich und Susan zuckte erschrocken zusammen. Wie zerbrechlich sie im Augenblick aussah. Es zerbrach ihm fast das Herz und am liebsten würde er sie Tag und Nacht festhalten und nie mehr von ihrer Seite weichen. „Wo finde ich das Bettzeug? Und hast du vielleicht eine Zahnbürste für mich?“

Wie süß sie aussah, wenn sie errötete! Wieder spürte er, wie sich das Blut in seinem Schritt sammelte. Doch er riss sich zusammen und drehte sich zur Seite, so dass sie die verräterische Schwellung nicht sah.

„Also eine Zahnbürste liegt garantiert noch oben. Und eine Bettdecke habe ich auch für dich. Natürlich.“ Sie klang ein wenig verwirrt. So als ob sie nicht wusste, was er meinte. Sie schüttelte den Kopf und rieb sich die Schläfen. „Ist alles oben.“

Sie verschwand mit großen Schritten aus der Küche. Er hörte die Stufen knarren, während sie die Treppe hinaufstieg. Diesen Augenblick der Ruhe nutzte er, um einen Blick auf sein Handy zu werfen. Sein Agent Michael hatte mehrfach versucht, ihn zu erreichen, doch keine Nachricht hinterlassen. Gedankenverloren zuckte Samuel mit den Schultern. Dann war es auch nicht so wichtig und es genügte, wenn er sich morgen bei ihm meldete.

Während er das Handy zurück in die Hosentasche steckte, entdeckte er im Küchenregal ein aufgeschlagenes Buch. Samuel stockte der Atem, als er näher heranging und es in die Hand nahm. Er musste das Cover nicht betrachteten. Schon jetzt ahnte er, welchen Roman Susan las. Schließlich hatte sie es mehrfach erwähnt.

Oliven, das bekannteste Buch von ihm! Er seufzte, manchmal war sein Ruhm auch ein Fluch. Er legte den Thriller etwas weiter unten zurück ins Regal, in der Hoffnung, dass sie ihn so nicht gleich entdeckte.

Eilende Schritte im Flur verrieten ihm, dass Susan zurückkehrte. Er betrat das Wohnzimmer nach ihr und sah sich neugierig um. Schließlich war es das erste Mal, dass er sich in diesem Raum aufhielt.

Susan hatte alle Lichter eingeschaltet und sammelte hektisch die auf dem Boden liegenden Fotografien, Bücher sowie Dokumente ein. Ihr Atem ging stoßweise, fast klang es, als ob sie gleich wieder in Tränen ausbrechen würde. In einer Ecke standen überquellende Müllsäcke und ein Karton mit Geschirr. Der ganze Raum verriet ihm mehr, als ihr vielleicht lieb war.

Unter dem Fenster stand das aufgeklappte Sofa, fertig bezogen. Ihre Decke hatte sie ordentlich glattgestrichen, eine zweite nachlässig darüber geworfen. Wenn Samuel die Zeichen richtig interpretierte, dann würden sie dort zusammen schlafen.

Als Susan sich aufrichtete, hielt sie mehrere Fotos in der Hand. Ihre Haare waren verwuschelt und das Shirt aus der Hose gerutscht. „Entschuldige bitte das Chaos. Ich sollte eigentlich alles fortwerfen und das Haus leerräumen, doch es fällt mir so schwer. Einiges möchte ich noch verkaufen, dafür habe ich einen extra Stapel. Ich bin nur noch nicht dazu gekommen, die Sachen zu inserieren.“

Sie zuckte in einer hilflosen Geste mit den Schultern. „Abgesehen davon ... Jedes Teil, das ich in die Hand nehme, erinnert mich an meine Eltern. Und eine Zahnbürste habe ich auch nicht.“

Ihre Augen füllten sich mit Tränen und sie wischte sich energisch über das Gesicht. Vergeblich bemühte sie sich um ein optimistisches Grinsen, doch es gelang ihr nicht. Wie gerne er ihr einen Teil der Last abgenommen hätte!

„Alles gut. Bitte beruhige dich. Ich erwarte keine perfekt aufgeräumte Wohnung.“ Samuel nahm sie an der Hand und zog sie zum Bett. Das Verlangen in ihm stieg, doch er beherrschte sich. Nein, diesen Augenblick der Hilflosigkeit durfte er nicht ausnutzen. „Es war ein langer und aufregender Tag. Du solltest endlich schlafen gehen. Morgen sieht die Welt schon wieder ganz anders aus. Und eine Nacht ohne Zähneputzen überstehe ich auch.“

Er umarmte sie und sie schmiegte sich wie eine Ertrinkende an ihn. Ihr hektischer Atem beruhigte sich, das Zittern ließ nach, wie er erleichtert feststellte. Minutenlang verharrten sie in der Umarmung.

„Danke.“ Susan mied seinen Blick, während sie aufstand. „Ich gehe nach oben und wasche mich. Ich lege dir ein frisches Handtuch im Bad zurecht.“

Keine zehn Minuten später lagen sie dicht an dicht auf dem Sofa und Susan löschte das Licht. Eine fast schon bleischwere Stille breitete sich aus, sie wurde nur von ihren Atemzügen und dem gelegentlichen Rascheln der Bettwäsche unterbrochen. Vergeblich suchte Samuel sich eine bequeme Position zum Einschlafen.

Doch das Sofa als Bettersatz war hart und unbequem und für zwei Personen viel zu schmal. Jedes Mal, wenn er sich bewegte, berührte er Susan. Samuel bereute es zutiefst, sich nicht ein anderes Lager gesucht zu haben. Im Augenblick störten sie sich gegenseitig mehr, als dass sie zur Ruhe kamen. Dennoch, er spürte dem Gefühl nach, das sich in seiner Herzgegend entwickelte, er liebte diese Frau und war froh darüber, bei ihr zu sein.

Susans dunkle Silhouette zeichnete sich schwach vor dem Nachthimmel ab. Sie schlief unruhig, immer wieder wälzte sie sich von einer Seite auf die andere. Mehr als einmal landete ihr Ellbogen in seinen Rippen. Hin und wieder murmelte sie etwas vor sich hin. Täuschte er sich oder rief sie nach ihrer Mutter?

Samuel seufzte und drehte sich um, versuchte endlich Schlaf zu finden.

Kapitel 14

Samuel

„Guten Morgen." Eine Hand auf der Schulter, eine sanfte Berührung. Samuel schrak aus dem Schlaf auf, wusste im ersten Augenblick nicht, wo er war. „Hast du einigermaßen gut geschlafen?"

Er drehte sich um, erkannte das Gesicht von Susan. Sie sah heute Morgen deutlich besser aus als gestern Abend, wie er erfreut feststellte. Er stützte sich mit dem Ellbogen ab und strich sich eine Haarsträhne aus der Stirn. Verliebt betrachtete er Susan, die mit einem hauchzarten Seidenhemd, das scheinbar nur aus einem verführerischen Ausschnitt bestand, neben ihm lag. Ob sie ahnte, wie süß sie damit aussah? Die Decke war von ihrer Schulter gerutscht und erlaubte ihm Einblicke, die ihn in sündige Gedanken trieben.

„Danke, es geht. Ich habe einige Kämpfe mit dem Sofa ausgefochten, da es mich ständig verschlingen wollte. Aber sonst ..." Er kratzte sich am Kinn und spürte die

Stoppeln. Und ein ganzes Stück weiter unten eine ausgeprägte Erektion. „Alles bestens. Ich freue mich darüber, dass es dir besser geht."

Sie hob ihre Hand und zupfte an seinem Shirt. „Du hast ganz schön viel an, dafür, dass du geschlafen hast."

Langsam und dennoch zielstrebig zog sie ihm sein Hemd über den Oberkörper. Ihren Blick beständig auf ihn gerichtet, prüfend, ob er einverstanden damit war, was sie tat. Willig richtete er sich auf, half ihr dabei, das Shirt über den Kopf zu ziehen. Sie fuhr mit der Zunge über die Oberlippe, ihre Augen weiteten sich begehrlich.

„Habe ich dir schon einmal gesagt, dass du unheimlich gut aussiehst?" Sie beugte sich zu ihm hinüber, leckte mit der Zunge über die Beuge zwischen Hals und Schulter. Eine Gänsehaut fuhr über seinen Rücken, er schauderte vor Lust. Weiter wanderten ihre Lippen, knabberten an seinen Brustwarzen.

Noch länger konnte er nicht stillhalten! Er richtete sich auf, nestelte an ihrem Nachthemd, suchte nach einem Knopf zum Öffnen. Himmel, warum war das nur so kompliziert? Zum Glück wusste sie, was er wollte. Sie grinste frech und zog sich das seidene Etwas über den Kopf. Doch statt es zur Seite zu werfen, hielt sie es vor ihrem Oberkörper, ließ das Stück Stoff langsam heruntergleiten. Er stöhnte, spürte, wie seine Erektion immer stärker wurde und das Verlangen in ihm stieg. Sie war so wunderhübsch. Samuel konnte sich an ihren Rundungen, an ihren perfekten Brüsten nicht sattsehen. Nun war er es, der die Initiative ergriff. Er warf das Laken auf den Boden und zog seine Shorts bis zu den Knien und streifte sie schließlich mit den Füßen ab. Er beugte sich zu ihr hinüber, zog ihre Decke zur Seite und küsste Susan. Erst sacht, tastend über die Lippen, dann wanderte sein Mund langsam über ihr Brustbein, und wie eine Ertrinkende drängte sie sich an ihn. Ihr warmer, zarter Körper schmiegte sich an ihn, ihre Hüfte rieb an der seinen.

„Darf ich?", fragte er heiser. Und ihr Nicken bereitete ihm den Weg ins Paradies.

***

Sein Handy läutete. Samuel fuhr der Schreck durch die Glieder. Draußen war hellichter Tag, er lag faul und entspannt neben Susan. Sie spielte mit seinem Brusthaar, streichelte immer wieder seinen Oberkörper, während er die letzte Stunde Revue passieren ließ. Selten hatte er so guten Sex gehabt.

Und doch, er musste sich der Realität stellen. Notgedrungen richtete er sich auf, blickte auf sein Handy und fluchte leise vor sich hin.

Er schwang die Beine aus dem Bett, drehte Susan den Rücken zu, während er auf das Hörersignal tippte. Sie beobachtete ihn verwundert.

„Wo bist du nur? Kaum hast du ein Weib kennengelernt, machst du blau!" Samuel hielt das Handy ein Stück zur Seite und blickte Susan entschuldigend an. Ihrem fröhlichen Gesichtsausdruck nach störte sie sich weder an seinem Chef noch an seiner Wortwahl.

Minutenlang ging die Schimpftriade, da musste wohl jemand seine schlechte Laune loswerden. Samuel nickte brav, so als ob ihn sein Chef sehen könnte und genoss gleichzeitig die Berührungen von Susan. Sie wusste offenbar genau, wie sehr er ihre Streicheleinheiten liebte.

„Ja, ich komme gleich zum Arbeiten. Ja, ich weiß, die kaputte Beleuchtung im Speisesaal. Ja, die fehlenden Schrauben im Regal.“

Samuel zog eine Grimasse nach der anderen. Sollte Vittore doch motzen, ohne seinen Einsatz wäre er aufgeschmissen. Schließlich hatte er bis heute keinen geeigneten Ersatz gefunden. „Nein, den Teppich im Aufzug habe ich schon vor ein paar Tagen frisch verklebt. Der Bericht liegt dir auch schon vor. Bis gleich.“

Samuel beendete das Gespräch, warf das Handy auf seine Kleidung und drehte sich zu Susan um. „Du hast gehört. Die Arbeit wartet.“

„Ohne Frühstück?“ Sie küsste ihn auf die Lippen, wanderte anschließend mit ihrem Mund weiter nach unten, liebkoste seine Brustwarzen, ließ die Zunge um seinen Bauchnabel kreisen. Ein Schauer nach dem anderen wanderte über seinen Rücken. Sein Atem wurde flacher und schneller. In seiner Leistengegend rührte sich etwas und ein wohliges Aufstöhnen konnte er nicht unterdrücken. „Ohne Frühstück lasse ich dich nicht gehen.“

***

Seinen Wagen stellte auf er den hintersten der Mitarbeiterparkplätze ab. Die vergangenen Stunden mit Susan hatten Samuel gut getan. Und auch wenn Vittore sein Chef war, so bereute er keine einzige Minute davon. Vergnügt vor sich hin pfeifend betrat er das Hotel durch den Hintereingang und lief gleich in den Keller, um sich umzuziehen und nach den Arbeitsaufträgen zu sehen.

„Guten Morgen." Gina, wie immer mit einem faltenfreien Kostüm, glänzenden Pumps und einem Seidentuch im Ausschnitt, stieg die Treppe langsamen Schrittes herunter. Offenbar hatte sie sein Ankommen über die Videoanlage beobachtet. „Der Chef ist auf hundertachtzig, du sollst sofort in sein Büro!"

Samuel, der gerade seine Arbeitsjacke zuknöpfte, blickte kurz auf und nickte. „Alles klar. Dann lasse ich mir mal den Kopf waschen."

„Ich verstehe dich nicht." Gina trat näher an ihn heran. So nah, dass er ihren Atem in seinem Gesicht spürte. „Du hast hier einen tollen Job, wirst gut bezahlt und dann setzt du das alles für eine Frau aufs Spiel?"

Gina hob ihre Hand, streifte über seinen Kragen, so als ob sie ihn richten wollte. „Hast du heute Abend Zeit? Wollen wir etwas zusammen essen gehen? Vielleicht unten im Hafen?"

Dieser lauernde Ausdruck in ihren Augen. Oder sollte das eine etwas ungeschickte Art der Anmache sein?

„Danke, aber ich habe gerade keine Zeit für solche Spielchen." Er nickte ihr zum Abschied kurz zu und ging geradewegs in die Höhle des Löwen.

„Ah, gibst du uns endlich die Ehre!" Vittores Stirn glich einer Kraterlandschaft, die Lippen schmal wie ein Strich und sein Blick stechend. Er bot ihm nicht mal einen Stuhl an. Da war jemand wirklich verärgert und Samuel wappnete sich innerlich. „Du bist mein Angestellter und als ein solcher hast du pünktlich auf der Matte zu stehen!"

Samuel nickte ergeben und widersprach nicht. So gesehen hatte Vittore recht und er sollte an seine Arbeitszeiten denken. Doch ein wohliges Gefühl breitete sich in ihm aus, als er an Susan dachte, an ihre zarte Haut, ihren eisernen Willen und ihre Entschlossenheit.

„Hörst du mir überhaupt zu?" Vittore ließ seine Fingergelenke knacken. Fast war Samuel versucht, Nein zu sagen. Doch er beherrschte sich und nickte stattdessen.

„Wenn ich dir sage, dass du den Rasen mit der Nagelschere schneiden sollst, machst du das. Und zwar ohne Widerworte."

Vittore trank einen Schluck vom Tee, blätterte demonstrativ seine Unterlagen durch, die vor ihm lagen. „Das Hotel *La Passony* ist seit Generationen in Familienbesitz und ich gedenke die Tradition fortzuführen. Dir als Hausmeister kommt, wie allen anderen Mitgliedern des Hotels, eine wichtige Aufgabe zu: die Pflege und der Erhalt des Gemäuers!"

Sein Zeigefinger knackte hörbar und Samuel zuckte zusammen. „Ja, das ist mir bekannt und ich gebe stets mein Bestes. Entschuldige bitte, dass ich heute zu spät bin. Eine wichtige Familienangelegenheit kam dazwischen."

Dass er den Kater von Susan retten musste, erwähnte er lieber nicht. Allerdings wusste Vittore, dass seine Familie in Irland weilte und sich bester Gesundheit erfreute.

„Egal, was los war, ob ein Weiberrock oder viele: Du hast pünktlich deiner Arbeit nachzukommen. Selbst wenn die Welt untergeht. Verstehen wir uns?"

Ergeben nickte Samuel und drehte auf dem Absatz um.

„Nächste Woche erwarten wir einen Dauergast. Kümmere dich als Erstes um die Hochzeitssuite im mittleren Geschoss! Überprüfe alles, selbst die Schrauben der Türfalle. Alles muss perfekt sein. Ich komme später vorbei und kontrolliere deine Arbeit. Verstehen wir uns?“

Ohne ein weiteres Wort zu sagen, öffnete Samuel die Bürotür und stieß dabei fast mit Gina zusammen. Erschrocken weiteten sich ihre Augen und auch Samuel musste erst mal tief durchatmen.

„Hallo.“ Sie blinzelte verlegen, hob den Stapel an Dokumenten hoch, den sie in den Händen hielt. „Der Chef wartet darauf.“

Samuel nickte, ließ die Tür offenstehen und schlenderte den Gang entlang. Dabei arbeiteten seine Gedanken auf Hochtouren. Ob Gina gelauscht hatte? Oder war ihr Auftauchen nur Zufall gewesen?

***

Sein Handy vibrierte. Samuel seufzte und erhob sich vom Boden. Gerade hatte er die quietschenden Scharniere einer Tür geölt und dann das.

Er tippte das Display an, las die Nachricht von Michael und schimpfte leise vor sich hin. Warum konnte er nicht in Ruhe arbeiten? Er studierte die Mail ein zweites Mal.

Der Verlag möchte die Werbung schon jetzt starten, um die Leser heiß auf den folgenden Band zu machen. Deshalb be-

nötigen sie dringend ein Foto von dir. Und weitere Infor-
mationen, wo dein Roman spielt. Wenn möglich, finde ein
paar besondere Locations!
Erwarte deine baldige Antwort.

Jetzt nicht! Während Samuel die Funktionsfähigkeit der Tür überprüfte und anschließend alle Lichter in der Honeymoon Suite testete, gingen seine Gedanken auf Reisen.

Kapitel 15

Susan

Ein Paar Augen starrte sie aus dem Dunkel der Transportbox an, ein forderndes Maunzen, bei dem sie eine Zunge und Reißzähne sah. Saphir! Sein Fell war noch immer etwas zerzaust und sein gebrochenes Bein hatte einen roten Verband bekommen.

Susans Herz machte einen kleinen Hüpfer, sie war erleichtert darüber, ihn abholen zu dürfen. Saphir dagegen schien ein wenig verwundert, sie zu sehen. Oder täuschte sie sich?

Susan streckte den Finger zwischen die Gitterstäbe und streichelte etwas ungeschickt seinen Kopf. Zufriedenes Schnurren erklang, während sie ihm vom vergangenen Tag erzählte und wie sehr sie sich darüber freute, ihn mit nach Hause zu nehmen.

„Also." Die Assistentin tippte flott auf der Tastatur herum, druckte ein paar Zettel aus und reichte sie Susan über den Tresen. „Ihrer Katze geht es gut. Sie sollten zur Nachkontrolle allerdings nächste Woche noch einmal vorbeikommen. Und falls sie nicht unzählige

Bambini möchten, auch bald einen Termin für eine Kastration ausmachen."

„Meine Katze? Und Babys?" Susan stockte. Hatte sie sich verhört? „Es ist doch ein Kater, oder?"

„Nein." Jetzt lächelte die Frau hinter dem Empfang. „Eindeutig ein Mädchen."

„Okay, ich dachte immer, es ist ein Junge. So draufgängerisch, wie sie ist. Nun gut, dann ist sie jetzt eben eine Saphira." Susan spähte durch die Gitterstäbe. Da galt einzig die Entschuldigung, dass sie unerfahren im Umgang mit Katzen war.

Die Erläuterungen, wie baldige Impfungen und die Kastration, flogen nur so an ihr vorbei. Hin und wieder nickte sie, schließlich wollte sie sich der Assistentin gegenüber keine Blöße geben.

Nur beim Studieren der Rechnung schluckte sie. Dass so kleine Tiere so teuer waren!

Sie holte ihre Kreditkarte hervor und bezahlte.

Mit dem Katzenkorb in der Hand verließ Susan die Klinik und eilte zu ihrem Wagen. Froh darüber, mit ihrem vierbeinigen Hausgesellen zurückzukehren. Den ganzen gestrigen Tag hatte sie beim Auf- und Umräumen ihre Fellnase vermisst. Umso glücklicher war sie jetzt, als sie das Auto aufschloss.

„Ich habe dir ein Kissen besorgt", sagte sie zur Katze, während sie die Box auf der Beifahrerseite anschnallte. „Damit du nicht immer auf meinem Bett liegen musst."

Ob Saphira verstanden hatte, was sie ihr damit sagen wollte? Susan war sich dessen nicht so sicher, aber immerhin blinzelte die Katze ihr einmal vertrauensvoll zu.

***

Kaum hatte Susan die Wohnungstür aufgeschlossen, maunzte Saphira aufgeregt. Offenbar erkannte sie ihr Zuhause wieder. Susan lief ins Wohnzimmer, wo sie ein altes Kissen mit einem weichen Frotteestoff bezogen hatte. Daneben standen Futter und Wasser sowie ein Katzenklo.

Schließlich konnte Saphira sich mit dem Verband schlecht bewegen und da wollte Susan ihr die nächsten Tage so leicht wie möglich machen.

Das Maunzen wurde immer fordernder. Offenbar verstand Saphira nicht, warum sie noch immer in dieser fürchterlichen Box stecken musste.

Ungeschickt hantierte Susan am Verschluss und brach sich einen frisch lackierten Nagel ab. Leise schimpfte sie vor sich hin. Nach mehreren Minuten vergeblichen Probierens schwang endlich die Tür auf.

Saphira, etwas behindert durch den Verband, kletterte aus der Box und sah sich neugierig um. Susan streichelte ihr über den Rücken und erhob sich. Zeit für einen Kaffee.

Während Saphira das Wohnzimmer inspizierte und vom extra teuren Katzenfutter fraß, setzte Susan sich in ihren Lieblingssessel. Mit dem Kaffeebecher in der Hand fuhr sie ihren Laptop hoch. Schließlich wollte sie endlich die neu gestaltete Homepage von *More Honey and Love* sehen.

Tatsächlich, Melli hatte ihr nicht zu viel versprochen. Das Design war beeindruckend, wenn auch für ihren Geschmack ein bisschen zu kitschig.

Unzählige pastellfarbene Herzen in allen Größen und Formen befanden sich auf dem Begrüßungsschirm. Weiße Tauben flatterten als Animation von links nach rechts. In goldener Schrift der Name ihrer Vermittlungsagentur.

Das kam davon, dass Susan ihrer Partnerin in dieser Beziehung freie Hand gelassen hatte. Sie schmunzelte vergnügt. Und Melli schien sich in die Materie immer besser einzufinden.

Oben rechts, ebenfalls in einem stylischen Herz versteckt, entdeckte Susan das Menü. Neugierig klickte sie darauf und ging auf Entdeckungsreise.

Äußerst zufrieden klappte sie nach einer halben Stunde den Laptop wieder zu. Wenn es nach dem Versprechen ihres Unternehmens ging, war das Verlieben kein Problem. Der Traumpartner war nur einen Klick entfernt.

Verlieben – Susan spürte ein leichtes Flattern in der Herzgegend. Sie musste an Samuel denken und an seine einfühlsame Art. Ob ihre Beziehung eine Chance hatte?

Unsanft stellte sie ihren Laptop auf den Tisch, erhob sich und schnappte sich ihr Handy. Sie wollte sich nie wieder in einen Mann verlieben! Dennoch schlichen sich leise Zweifel in ihr Herz. Schließlich wurde ihr immer ganz warm, wenn sie an Samuel dachte.

Auf Strümpfen marschierte sie in die Küche und wählte die Nummer von Melli. Sofort erklang das Freizeichen, doch ihre Freundin ging nicht ans Telefon. Verwundert nahm Susan das Handy vom Ohr und blickte drauf. Hatte sie sich verwählt?

„Hallo, wer stört zu so früher Stunde?"

„Entschuldige bitte, Melli." Susan biss sich auf die Lippe. Sie hatte völlig vergessen, dass sie sechs Stunden Zeitunterschied trennten und es in New York erst fünf

Uhr morgens war. „Ich melde mich in ein paar Stunden wieder. Schlaf gut.“

Sie unterbrach die Verbindung, nachdem Melli ein paar äußerst unhöfliche Worte gesagt hatte. Aber das sah sie ihrer Freundin nach, wer wurde schon gern zu solch einer Zeit geweckt?

Schulterzuckend legte Susan das Handy auf die Arbeitsfläche.

***

Vier volle Umzugskartons mit gebrauchter Kleidung standen mitten im Schlafzimmer. Susan verschloss den letzten und betrachtete den leeren Kleiderschrank ihrer Eltern. Ein weiterer Schritt war getan. Sie nickte zufrieden und blickte auf die Uhr. Sie lag gut in der Zeit. In einer knappen Stunde wurde Samuel kommen und ihr beim Abbau der Möbel helfen.

Vorher musste sie mit Melli telefonieren und sich erkundigen, wie die *Nacht der Schmetterlinge* verlaufen war.

Sie stieg die Treppe hinunter, lief ins Wohnzimmer und wollte nach ihrem Handy greifen. Doch es lag nicht, wie gedacht, bei ihrem Computer. So ein Mist! Leise fluchte sie vor sich hin. Wo hatte sie es vorhin nur hingelegt? Minutenlang suchte sie das Wohnzimmer ab, blätterte hektisch zwischen all den Briefen und Dokumenten. Doch so sehr sie auch suchte, keine Spur ihres digitalen Helfers.

„Saphira, hast du mein Handy gesehen?“ Die Katze, die auf ihrem Bett ruhte, hob den Kopf. Grüne Augen blickten sie verstehend an, die Schnurrhaare zitterten.

Doch wie schon befürchtet, gab ihr die Katze keine Antwort.

Schulterzuckend drehte Susan um und ging in die Küche. Bevor sie weitersuchte, würde sie sich eine Kleinigkeit zum Mittagessen richten. Sie öffnete die Kühlschranktür und musterte den Inhalt. Ein Rest Spaghetti und ein paar Scheiben Schinken. Perfekt, das konnte sie rasch in der Pfanne braten.

Da lag es! Gut versteckt zwischen dem Wasserkocher und der Obstschale. Erfreut hob Susan das Handy auf, kontrollierte ihre E-Mails und löschte routiniert erstmal alle unerfreulichen Nachrichten ihres Ex. Mit einem Glas Pfefferminztee kehrte sie ins Wohnzimmer zurück und tippte die Nummer von Melli ein. Während sie auf das Freizeichen wartete, drehte sie ihren Sessel so, dass sie hinausblicken konnte und setzte sich.

„Hey Susan, wie geht's dir?" Die fröhliche Stimme von Melli erklang. „Entschuldige bitte, dass ich vorhin so garstig war."

„Schon längst vergessen." Susan lehnte sich im Sessel zurück, beobachtete Saphira, wie sie zu einer kleinen Kugel gerollt wieder tief und fest schlief. Ob sie Saphira wohl davon überzeugen konnte, dass das Bett nicht ihr Reich war?

Das liebevoll hergerichtete Flanellkissen hatte ihr Stubentiger bisher nur mit einem flüchtigen Blick bedacht.

„Mir fehlt immer noch dein Bericht über den Schmetterlingstag. Wie lief es? War die Gärtnerei geeignet oder nicht?"

„Alles perfekt." Melli kicherte leise vor sich hin und Susan vernahm das Klappern der Computertastatur.

„Ich schicke dir gleich ein paar Bilder aufs Handy. Einen ausführlichen Bericht plane ich für unsere Homepage. Nur so viel: Es war der Renner. Diese Location ist perfekt, nicht nur die Gäste waren begeistert, sondern auch unsere Gastgeberin. Mit Patsy habe ich sofort einen Vertrag über drei weitere Events dieser Art geschlossen.“

Susan schluckte. Sie verspürte plötzlich Heimweh nach New York und ihrem Büro. Ohne Zweifel war sie überflüssig geworden. Melli arrangierte nun schon Aktivitäten, ohne sich mit ihr abzustimmen. Dieses Gefühl, nicht mehr gebraucht zu werden, schmerzte, gab ihr aber gleichzeitig weitere Freiheiten. Und genau das war ja ihr Ziel.

***

„Komm herein!“ Susan öffnete Samuel die Wohnungstür und er trat über die Schwelle. In seiner rechten Hand hielt er seine Werkzeugkiste, die er zum Gruß kurz anhob und schüttelte.

„Buongiorno, Susan. Schön, dich zu sehen.“

Susan musterte ihn beeindruckt. Auch wenn er handwerklich geschickt war, so hatte sein Auftreten herzlich wenig davon. Er erinnerte sie mit seinem sauberen und gebügelten Blaumann an ein Model aus einem Heimwerker-Prospekt. Seine Hände waren ungewohnt weich und gepflegt, von den sonst so typischen Handwerkerschwielen keine Spur. Er schien eher ein Schreibtischtäter zu sein, als sein Leben lang mit Hammer und Nagel zu hantieren.

Susan nahm ihn in die Arme, genoss seine Nähe, den Duft nach seinem Rasierwasser. Zärtlich strich er ihr

180

die Haare aus dem Gesicht, küsste ihre Nasenspitze. Susan atmete einmal tief durch und lauschte seinem Herzschlag.

Sie trug eine zerschlissene Jeans und ein altes Holzfällerhemd und kam sich plötzlich völlig falsch angezogen vor. Denn mit diesen Kleidungstücken würde sie nie einen Platz im Katalog bekommen. „Möchtest du etwas trinken oder gleich an die Arbeit?"

Samuel lächelte ihr zu, zuckte mit den Schultern und deutete zur Treppe. „Ich denke, wir fangen erst einmal an zu arbeiten."

„Gerne." Susan nickte.

„Dann wollen wir mal." Er stieg die Treppe hoch und Susan folgte ihm. Erleichtert darüber, dass er ihr beim Entrümpeln des Schlafzimmers half.

„Wie geht es Saphira?"

„Bestens. Sie gewöhnt sich an ihren Verband und läuft schon recht fröhlich durch die Gegend."

„Das freut mich." Samuel blieb im oberen Stockwerk stehen, orientierte sich kurz im Halbdunkel und betrat schließlich das Schlafzimmer.

Susan hatte heute Morgen, kaum dass sie aufgestanden war, die Vorhänge beiseitegezogen und das Fenster geöffnet. Das sonst leicht muffelige Zimmer roch nun angenehm frisch.

„Ich habe vorhin die Betten abgezogen und alles, was ich an Wäsche aufheben möchte, ins Bad gebracht."

Den sich plötzlich in ihrem Hals bildenden Kloß konnte sie nur durch kräftiges Schlucken entfernen. Die Umzugskisten standen mitten im Raum und warteten darauf, dass man sich ihrer erbarmte.

„Bist du einverstanden, wenn wir als Erstes das Bett abbauen und anschließend die Sachen in den Schuppen tragen? Oder wann wird der Sperrmüll abgeholt?“

„Die Entsorgung der Möbel erfolgt im Laufe der nächsten Woche.“ Sie lächelte erleichtert. Ohne fremde Hilfe hätte sie Wochen, wenn nicht gar Monate für das Leerräumen des Zimmers gebraucht. Schon allein durch Samuels Anwesenheit und dank seiner Unterstützung fand sie die notwendige Kraft für diesen schmerzhaften Prozess.

Das Holz vom Bettrahmen quietschte protestierend, als Samuel es auseinanderschraubte. Susan, die danebenstand und zusah, musste mit sich kämpfen, um nicht in Tränen auszubrechen.

Wenig später schleppten sie die Einzelteile des Bettes nach unten in den Flur. Als Nächstes folgten die Matratzen und die Kartons.

Erschrocken schlug Susan die Hände vor den Mund, als sie wieder nach oben kam und den leeren Raum sah. Große Staubflocken lagen auf dem Boden, dort, wo ehemals das Doppelbett gestanden hatte. Versteckt zwischen den Wollmäusen erspähte sie einen Knopf sowie ein paar Münzen. Wie peinlich! Was sollte Samuel nur von ihr denken? Ihr Blick wanderte unruhig zwischen ihm und dem Boden hin und her.

„Ich hole schnell den Staubsauger.“ Sie lief zur Tür, doch Samuel stoppte sie und nahm sie in die Arme. Seine Hände streichelten beruhigend über ihren Rücken, er hauchte ihr einen Kuss auf die Stirn und blinzelte ihr verschwörerisch zu. „Das ist doch nicht schlimm. Was meinst du, wie es unter anderer Leute Betten aussieht? Ich könnte dir Geschichten aus dem

Hotel erzählen ... einmal habe ich sogar eine tote Maus unter dem Bett eines Gastes gefunden." Er verdrehte die Augen und legte seinen Zeigefinger auf seine Lippen. „Das bleibt aber unter uns, okay?"

Dieses schelmische Lächeln! Nahm er sie gerade auf den Arm? Egal, er hatte zumindest erreicht, dass sie nun dem Dreck mit mehr Gelassenheit begegnen konnte.

„Lass uns erst die anderen Möbel entfernen, dann macht das Saugen viel mehr Sinn."

„Wenn du meinst." Nickend stimmte sie ihm zu. Er hatte ja recht.

„Als Nächstes ist der Schrank an der Reihe." Samuel drehte sich zum Kleiderschrank um und öffnete probeweise die Türen. Dann betrachtete er die Scharniere eindringlich. Das leise Surren seines Akkubohrers erklang und ehe Susan sichs versah, hielt sie die erste Tür in Händen.

Sie stellte sie an die Wand und half Samuel beim Abbau der anderen Tür. Doch dann stockte Samuel, kratzte sich am Hinterkopf, legte den Bohrer beiseite und kniete sich neben den Korpus.

„Die Seitenwände lassen sich nur mit Gewalt trennen. Schade." Er wühlte in seinem Werkzeugschrank und holte ein Brecheisen hervor. Das mürbe Holz der Rückwand zersplitterte in unzählige Einzelteile, nachdem er das Eisen einmal angesetzt hatte. Susan, inzwischen froh darüber, robuste Arbeitshandschuhe zu besitzen, sammelte die ersten, größeren Stücke ein und trug sie hinunter.

Saphira kam ihr im Flur entgegen, offenbar trieb sie die Neugierde an. Ihr roter Verband leuchtete im Halbdunkel und sie schnupperte interessiert an jedem einzelnen Stück, das Susan abstellte. Erfreut stellte sie fest, dass ihre Katze immer besser mit dem Verband zurechtkam. Susan bückte sich und hob Saphira hoch. Liebevoll streichelte ihr über das Fell, genoss es aus tiefstem Herzen, wie sich das Fellbündel an sie schmiegte. Minutenlang stand sie nur da, schmuste mit der Katze und lauschte auf die Geräusche aus der oberen Etage. Stück für Stück schwanden die Erinnerungen an ihre Eltern aus ihrem Leben. Eine Träne landete im Fell von Saphira und Susan blinzelte mehrmals heftig.

***

„So, jetzt nur noch die Kommode!" Samuel stemmte die Hände in die Hüfte, betrachtete das alte, ehrwürdige Stück. „Mal sehen, wie schwer das ist."

Interessiert beobachtete Susan ihn. Bis auf dieses Teil hatten sie inzwischen alles aus dem Schlafzimmer hinuntergeräumt. Von den vielen Möbelstücken blieben nur noch die Flecken an der Tapete zurück. Die stummen Mahner an das, was einmal gewesen war.

Jetzt fehlte nur noch die Kommode, die ihre Mutter einst auf einem Flohmarkt erworben hatte.

Probeweise hob Samuel sie an, aber schüttelte den Kopf, als er sie wieder abstellte. Aufseufzend legte er seine Hände an den unteren Rücken. „Das ist ein beeindruckendes, massives Teil. Garantiert hundert Jahre alt und auch so schwer!"

Er zog die Schubladen heraus. „Die müssen wir einzeln hinuntertragen, anschließend kommt der Corpus an die Reihe – einverstanden?“

Gemeinsam zogen sie den Schrank ein Stück von der Wand und es klapperte laut. Irritiert setzte Susan die Kommode wieder ab. „Was war das?“ Sie spähte in den Spalt zwischen Wand und Kommode.

„Es ist ein Bild.“ Verwundert betrachtete sie die längliche Leinwand, die dahinter lag. „Wie kommt es dahin?“

Samuel streckte sich, griff nach unten und wollte das Bild aus seinem Versteck holen, doch so einfach war es nicht. Susan musste ebenfalls mit anpacken. Dieses Kunstwerk war doch deutlich länger und schwerer als vermutet. Dabei handelte es sich nur um eine Leinwand, der Rahmen fehlte. Verwirrt betrachtete sie die Rückseite. Ein solches Format gab es eigentlich nicht in der Bildersammlung ihrer Mutter.

„Vielleicht stand es vorher hier drauf? Und ist hinuntergerutscht?“

Susan zuckte mit den Schultern. Eine ungeahnte Unruhe überkam sie. „Dreh es einmal um. Ich bin neugierig, was für ein Bild das ist.“

Samuel drehte es um, lehnte es an die Wand und trat einen Schritt zurück. Susan stellte sich neben ihn, ihre Finger tasteten nach den seinen.

„Meine Eltern.“ Sie zog die Luft zwischen den Zähnen hindurch. Die Tränen kamen überraschend und ein mehr als schmerzhafter Stich fuhr durch ihr Herz. „Meine Mutter hat nie Porträts gemalt. Das ist das erste und wahrscheinlich letzte Mal gewesen.“

Fieberhaft wühlte sie in ihren Jeans nach einem Taschentuch. Nichts. Mit tränenverschleiertem Gesicht rannte sie ins Badezimmer und suchte panisch nach einem Tempo, fand in ihrer Hektik allerdings nur ein Papier zum Abschminken. Sie trocknete ihre Tränen, putzte sich die Nase. Der Anblick des Bildes war ein Schock für sie gewesen. Susan setzte sich auf den Badewannenrand, holte tief Luft und zählte langsam bis hundert. Im Nebenzimmer hörte sie Samuel, wie er die Schubladen nach unten trug. Ein Lächeln huschte über ihr Gesicht, froh darüber, dass er sie für ein paar Minuten alleinließ. Als sich ihr Herzschlag beruhigt hatte und sie sich sicher war, dass der Anblick des Bildes bei ihr keinen Nervenzusammenbruch mehr auslöste, ging sie zurück ins Schlafzimmer.

Sein Lächeln, dieser liebevolle Ausdruck in seinen Augen. Das Bild stand mit dem Rücken an der Wand, so dass sie das Motiv nicht gleich wieder erblickte.

Susan zwinkerte Samuel zu. „Danke, das ist lieb von dir."

„Ich dachte, du möchtest die Zeichnung erst betrachten, wenn du dich gesammelt hast."

„Ja, das stimmt. Der Anblick hat alle so mühsam vergrabenen Erinnerungen wieder hervorgeholt. Es war ein Schock, so plötzlich meine Eltern zu sehen."

„Verständlich." Samuel nickte und nahm sie in den Arm. Und Susan schmiegte sich nur zu gern an ihn. Es tat so unendlich gut, sich geliebt zu fühlen.

Wie lange sie so dastanden, konnte Susan nicht sagen, erst als sie sich rührte und ihm zunickte, löste er die Umarmung.

„Wollen wir es uns noch einmal zusammen ansehen?“, fragte Samuel. Susan senkte verhalten den Kopf, steckte sich die Faust in den Mund, um nicht überraschend aufzuschreien. Ein letzter prüfender Blick von Samuel, dann drehte er die längliche Leinwand wieder um. Er stellte sie auf die Kommode und lehnte sie an die Wand. Eine perfekte Position, um das Werk zu betrachten.

Diesmal emotional gewappnet, ertrug Susan den Anblick ihrer Eltern viel besser. Beide lachten sie fröhlich an, ihre Haare waren vom Wind zerzaust, ihre Gesichter in einem gesunden Braun. Nicht so bleich und eingefallen wie am Tag ihres Todes. Sie saßen dicht an dicht, ihr Vater hatte beschützend seinen rechten Arm um die Schulter ihrer Mutter gelegt. Mit ihren beiden Händen bildeten sie ein Herz. Die große Pranke ihres Vaters und die zierlichen Finger ihrer Mutter ... Susan schluckte und betrachtete lieber das Porträt als Ganzes.

Erst nach einigen Minuten bemerkte sie den ungewöhnlichen Hintergrund. Vorhin war sie davon ausgegangen, dass es sich um eine typische Malerei mit Palmen, Wasser und Strand handelte. Doch jetzt? Sie stockte und trat näher heran.

„Samuel, hast du eine Ahnung, was das sein soll? Oder wo das ist?“

Mit den Fingerspitzen strich sie vorsichtig über das Bild, malte die Umrisse der Landschaft nach.

Unsicher zuckte Samuel mit den Schultern, fuhr sich mit seinen Fingern durch das Haar. „Keine Ahnung. Wenn du mich fragst, es ist ein ungewöhnlicher Hintergrund für ein Bild.“ Er wanderte unruhig hin und her. „Aber gleichzeitig kommt es mir bekannt vor." Wenige Atemzüge später ging ein Leuchten über sein Gesicht und er schnipste mit den Fingern.

„Und, hast du eine Idee?", erkundigte sich Susan, die überhaupt keine Ahnung hatte.

„Ja." Er lächelte sie an, deutete auf eine der weißlichen Säulen, die den gezackten Boden mit der ebenfalls unregelmäßigen Decke verbanden.

„Das ist die Grotte in Toirano."

„Alles klar!" Über Susans Gesicht ging ein Leuchten. „Dann kann ich auch das Datum zuordnen, das da unten in der Ecke steht. Es ist der Tag, an dem sie sich kennengelernt haben."

Susan suchte Halt bei Samuel, lehnte sich an ihn an. Vor lauter Aufregung war ihr schwindlig und doch ging es ihr inzwischen ein kleines bisschen besser.

***

„Wann kommen die Händler?" Samuel rieb sich die Hände an den Hosenbeinen ab und betrachtete die unzähligen Teile des Schlafzimmers, die ungeordnet im Flur standen. „Willst du die Sachen in die Schuppen bringen? Oder hier lagern?"

„Nein, bitte nicht noch mehr Chaos." Susan schauderte und wagte einen Blick ins Wohnzimmer, in dem sie aktuell schlief, ihre Büroarbeit machte und es gleichzeitig noch ausräumte. Genauso sah der Raum auch aus und genauso ungeordnet und chaotisch fühlte sie sich. „Lass uns die Sachen im Schuppen verstauen. Der Händler für die Kommode wollte morgen kommen. Die Müllabfuhr erst nächste Woche." Sie zuckte mit den Schultern. „Vom Schuppen zur Straße, das schaffe ich allein."

Zustimmend nickte Samuel und half ihr, ganz Gentleman, beim Verstauen.

Fertig! Keine fünfzehn Minuten später knallte Susan die Schuppentür hinter sich zu und zog die Arbeitshandschuhe aus. Zufrieden drehte sie den Schlüssel um und verriegelte die Tür. Sie betrachtete Samuel triumphierend. „Ein großer Schritt ist geschafft, dank deiner Hilfe."

Sie küsste ihn zärtlich auf die Wange und sah die leichte Röte, die sein Gesicht überzog. Sie betrachtete ihn glücklich. „Wie gesagt – als Nächstes werde ich den Raum renovieren und dann dort mein Schlafzimmer einrichten. Es gibt im Wohnzimmer noch so viel zu tun. Da bin ich froh, wenn zumindest mein Bett woanders steht."

Hand in Hand gingen sie außen herum zur Terrasse. „Du hast dir eine Erfrischung redlich verdient!", sagte Susan und freute sich auf die gemeinsame Pause.

„Da sage ich nicht Nein!"

Auf den Treppenstufen blieb Samuel stehen und legte den Kopf in den Nacken. Lange und ausführlich betrachtete er die neu errichtete Pergola. „Doch, das sieht gut aus. Mit ein bisschen Glück hält diese Konstruktion hundert Jahre."

„Na, übertreib mal nicht." Susan kicherte, stieß ihm wie ein verliebtes Schulkind den Ellbogen in die Seite. Übermütig zog sie ihn die Stufen hoch. „Zwanzig Jahre wären schon super. Und was danach kommt, darüber reden wir dann."

Diesmal hatte Susan vorgesorgt und den Boden sowie Stühle und Tisch feucht abgewischt. Sogar ein paar Polster hatte sie zwischenzeitlich im Schuppen gefunden und auf den Stühlen verteilt. Ein paar blühende Jasminzweige in einer Vase sorgten zusätzlich für Gemütlichkeit.

„Bitte setz dich." Sie deutete auf einen Stuhl und Samuel folgte der Einladung nur zu gern.

„Die Keramikmäuse sind klasse", meinte er anerkennend, während er die zwei tierischen Steinfiguren betrachtete, die sie als Dekoration aufgestellt hatte.

„Danke, ich dachte, die Mäuse passen ganz gut zu Saphira."

Susan huschte in die Küche und kehrte mit dem vorbereiteten Ingwerwasser und mehreren Schalen, gefüllt mit gesalzenen Nüssen, Oliven und Käsestücken, zurück.

Sie spannte einen alten, schon ausgebleichten Sonnenschirm auf und sorgte dafür, dass sie beide einen Schattenplatz bekamen. Susan setzte sich gegenüber von Samuel und genoss das freundliche, frühsommerliche Wetter, das Tanzen der Schmetterlinge und Bienen zwischen den Blumen. Der Entschluss, hier nicht mehr fortzuwollen, festigte sich. Sie wollte sich nicht mehr von Menschenmassen einzwängen lassen, zwischen Häuserschluchten herumhasten und nur einen schmalen Streifen Himmel sehen. Sondern sie wollte sich ins Grüne setzen, so oft sie Lust hatte.

Saphira, die bis eben auf einem sonnigen Plätzchen an der Tür geruht hatte, erhob sich und kam leise maunzend dazu. Susan blinzelte, sah dem inzwischen nicht mehr so mageren Kätzchen zu, wie es die Terrasse inspizierte.

Als es wenig später um Samuels Beine strich, hob er Saphira vorsichtig hoch und setzte sie auf seinen Schoß. Schnurrend machte sie es sich bequem und Samuel kraulte sie hinter den Ohren.

„Sag mal, warst du schon jemals in Toirano? Und hast du die Grotte besichtigt?“, erkundigte sich Susan und knabberte gedankenverloren an einer Nuss. „Mich interessiert es brennend, ob wir die Stelle finden, die auf dem Bild zu sehen ist.“

Die Erinnerung an ihre Eltern ließ Susan schwermütig werden, der bis eben sonnige und wunderschöne Tag wurde schlagartig kalt und grau. Sie umschlang mit ihren Armen den Oberkörper und fühlte sich einsam und verlassen.

Samuel, der offenbar bemerkte, wie es ihr ging, rutschte mit seinem Stuhl ganz nah zu ihr. Sanft legte er seine Hand auf ihren Arm, streichelte sie vorsichtig und murmelte ein paar Liebkosungen.

Saphira, der dieser Ortswechsel unheimlich war, sprang von ihrem Sitzplatz und ging, als ob nichts gewesen wäre, zurück in die Küche.

„Mia cara, wir müssen nicht zur Grotte fahren. Wir können auch woanders hin. Nach Genua zum Beispiel.“

„Nein, die Grotte interessiert mich brennend.“ Susan schüttelte entschlossen den Kopf und verscheuchte die Geister der Vergangenheit. „Auch wenn es schmerzt und die Erinnerungen an meine Eltern weckt. Aber ich finde es spannend, an Orte zu gelangen, die noch nie Tageslicht gesehen haben.“

„Dann ist ja gut.“ Samuel drückte sie erleichtert an sich und Susan genoss aus tiefstem Herzen seine Nähe.

Kapitel 16

Samuel

Er hatte die Playlist mit seinen Lieblingsliedern aufgerufen und sang leise mit. Neben ihm saß Susan und klatschte vergnügt im Takt. Ihr Ausflug war ideal, um weitere Ideen für die Handlung zu sammeln.

Eine abgelegene Grotte, war das vielleicht der perfekte Ort für eine Verfolgungsjagd? Seine Gedanken wirbelten durcheinander und er wog alle Vor- und Nachteile ab. Doch ... Wenn er es geschickt anfing, bot sie eine traumhafte Kulisse. Besonders wenn es unentdeckte Tunnel und Gänge gab, in denen sein Held in Gefahr geriet. Oder vielleicht ein verschütteter Ausgang, der eine sichere Rückkehr unmöglich machte? Samuel klopfte sich in Gedanken auf die Schulter, während er seinen Wagen über die A10 lenkte. Selbst sein stets kritischer Agent würde mit diesen Ideen zufrieden sein.

„Möchtest du etwas trinken?" Susan holte ihn mit ihrer Frage zurück in die Realität.

Er nickte zustimmend und nahm den nach Minze duftenden Tee entgegen.

Was für ein schöner Sonntag. Heute hatte er keine Verpflichtungen und neben ihm saß eine Frau, die ihm inzwischen sehr viel bedeutete.

So früh am Vormittag herrschte noch wenig Verkehr und sie kamen gut voran. Links und rechts rauschte die Landschaft an ihnen vorbei. Samuel erhaschte immer mal wieder einen Streifen vom azurblauen Meer, das in der Sonne leuchtete. Vereinzelt schwammen Segelboote über das glänzende Wasser. Linker Hand erstreckten sich Felshänge, vielfach mit frischem Grün überwachsen. Zwischendurch immer mal Häuser oder Siedlungen.

„Noch ein paar Minuten, dann müssen wir abfahren. Und zwar bei Borghetto Santo Spirito.“ Susan blickte auf das Navi. „Anschließend haben wir noch ein paar Kilometer Landstraße vor uns.“

„Danke, dann sind wir ja bald da.“

Er reichte ihr den leeren Becher zurück und legte seine Hand auf ihren Oberschenkel, streichelte ihn sacht. Susan lehnte sich im Sitz zurück und seufzte verhalten. Ihre Hand lag leicht wie ein Vögelchen auf seiner.

„Was für ein schöner Tag. Es ist eine ganze Weile her, dass ich mich so sehr auf einen Ausflug gefreut habe.“

Zustimmend brummte Samuel, sprach Susan doch das aus, was er empfand.

Samuel blinkte, als die Abfahrt in Sicht kam und verließ die Autobahn, um kurz darauf den Straßenschildern zu folgen.

***

„Jetzt weiß ich, wo wir sind." Susan richtete sich abrupt auf, ihre Hände krampften sich um ihre Handtasche. „Bitte stopp sofort!"

Ihre Stimme klang so panisch, dass Samuel erschrak. War ein Reifen geplatzt und er hatte es nicht mitbekommen? Er bremste stärker ab als beabsichtigt. Ein Fahrzeug, das bis eben dicht hinter ihm gefahren war, hupte protestierend. Samuel zuckte mit den Schultern. Auf die Befindlichkeiten anderer konnte er gerade keine Rücksicht nehmen. Mit überhöhter Geschwindigkeit rauschte der Wagen an ihnen vorbei. Der Fahrer zeigte ihm beim Vorbeifahren einen Vogel und Samuel lächelte freundlich zurück.

Er hatte ein anderes Problem. Wo sollte er nur anhalten? Suchend blickte er die Landstraße entlang, in der Hoffnung, bald einen Parkplatz zu finden.

Kurz musterte er Susan. Noch immer hielt sie ihre Handtasche fest umklammert, saß steif in ihrem Sitz und atmete mit kurzen, hektischen Zügen. Ihr Gesicht war schneeweiß und er sah, wie ihre Halsschlagader pulsierte.

„Susan, alles in Ordnung mit dir?"

Sie reagierte nicht auf seine Frage. Schien sie nicht einmal gehört zu haben, denn noch immer blickte sie starr geradeaus. Er legte seine Hand auf ihren Oberschenkel, streichelte ihn liebevoll. „Mia cara, alles in Ordnung?"

Endlich erspähte er eine winzige Nische, gerade etwas größer als sein Fahrzeug. Nicht perfekt, aber für einen kurzen Stopp geeignet. Er betätigte den Blinker und fuhr an die Seite. Kaum, dass er auf dem Fahrbahnrand stand, drückte er den Knopf für das Warnlicht.

Das klackende Geräusch erklang, unterbrach mit seinem Rhythmus die unheilvolle Stille im Fahrzeug.

„Hier war es. In der Kurve, durch die wir gerade eben gefahren sind." Susans Stimme klang schwach und Samuel musste sich anstrengen, um überhaupt etwas zu verstehen. „Meine Eltern."

Langsam, ganz langsam verstand er, was Susan ihm damit sagen wollte. Er reimte es sich aus den einzelnen Gesprächsfetzen zusammen.

„Du meinst, deine Eltern hatten hier den Unfall?"

„Ja." Susan senkte kaum sichtbar den Kopf. „Monatelang habe ich gegrübelt, warum sie hier unterwegs waren. Nun weiß ich es ... Zumindest kann ich es vermuten."

Sie schniefte und rieb sich ihre Augen. Hektisch wühlte sie in ihrer Handtasche, doch Samuel war schneller. Er holte aus dem Seitenfach ein Taschentuch und reichte es ihr.

„Danke dir."

Minutenlang saß sie regungslos da, nur das Aufschluchzen und ihre zitternden Schultern zeigten ihm, wie schlecht es ihr ging. Sie hatte sich vorgebeugt und ihr Haar fiel wie ein Wasserfall über ihr Gesicht. Selten hatte sich Samuel so hilflos gefühlt. Ein tiefer Seufzer schlüpfte über seine Lippen.

„Mia cara, geht es wieder?", erkundigte er sich nach einer gefühlten Ewigkeit. Sanft streichelte er ihr über den Kopf und ihr Haar. Mit zwei Fingern strich er ihr eine Strähne aus dem Gesicht, erblickte unzählige Tränen, die ununterbrochen über die Wange kullerten.

„Ja, doch. Ich habe mich wieder gefangen. Entschuldige bitte, aber die Erkenntnis kam so überraschend ..."

Susan schnäuzte sich und steckte das Taschentuch in die Jeans. Sie drehte sich zu Samuel um und verzog die Lippen zu einem bemüht fröhlichen Lächeln.

Doch hielt diese verzweifelte Geste nicht lange an. Ihre Lippen zitterten erneut. Samuel wusste sich nicht anders zu helfen, er beugte sich zu ihr hinüber und küsste sie voller Inbrunst auf den Mund. Susan legte ihre Arme um seinen Hals und erwiderte die Zärtlichkeit. Drückte sich mit der verzweifelten Kraft einer Ertrinkenden an ihn. Erst als sein Rücken von der unbequemen Position schmerzte, lösten sie sich schwer atmend voneinander.

„Können wir kurz zu der Stelle gehen?" Susan löste den Anschnallgurt und blickte ihn fragend an. Zustimmend nickte Samuel. Ein paar Meter zu Fuß gehen, kurz durchschnaufen. Warum nicht?

„Selbstverständlich. Wir müssen nur vorsichtig sein, der Verkehr ist hier sehr lebhaft."

Bevor er ausstieg, blickte er in den Außenspiegel, suchte die Straße nach sich nähernden Fahrzeugen ab. Er öffnete seine Tür schließlich vorsichtig und stieg aus. Doch er hatte die Geschwindigkeit des Lastwagens völlig unterschätzt.

Samuel hechtete vom Straßenrand auf den sandigen Seitenstreifen, als der LKW mit wehenden Planen an ihm vorbeifuhr. Der kräftige Wind nahm ihm für einen Augenblick die Luft zum Atmen und er brauchte ein Weilchen, bis er sein Gleichgewicht wiedergefunden hatte.

„Lebhaft, das hast du gut gesagt." Susan zog Samuel an sich und klopfte ihm demonstrativ den Staub von den Hosenbeinen.

***

Wenig später marschierten sie hintereinander am Fahrbahnrand entlang. Jedes Mal, wenn ihnen ein Wagen entgegenkam, wichen sie auf den unbefestigten Grasstreifen aus.

Selbst Samuel, der überhaupt keine Ahnung vom Unfallgeschehen hatte, erkannte die Stelle sofort. Noch immer war die kniehohe Mauer an diesem Ort zerstört und die etwa kindskopfgroßen Steine lagen auf der Seite, nur flüchtig zusammengesammelt. Dazwischen befanden sich größere Mörtelbrocken, noch immer wahllos auf dem roten Boden verstreut. Ein winziges Kreuzchen steckte unweit einer mächtigen Pinie im Boden. Darauf hatte jemand das Datum des Unfalls geschrieben.

„Immer wieder habe ich mich gefragt, was sie hier wollten." Susans Stimme klang fester, als ob sie einem Geheimnis auf der Spur war und allein dieses Wissen ihr Kraft verlieh. „Wahrscheinlich wollte meine Mutter noch mal hinfahren und sich die Grotte genauer ansehen, damit sie das Porträt vollenden konnte."

Susan schwieg und strich über die raue Borke der Pinie. „Doch dazu kam es nicht mehr. Leider."

Sie sah nach oben in die Krone des Baums und schien ein Zwiegespräch mit ihren Eltern zu halten. „Dem Polizeibericht nach muss sie auf dem Heimweg ein Wagen geschnitten haben. Mein Vater ist gefahren und hat beim abrupten Bremsen die Kontrolle über den Wagen verloren. Oder, was die Spurensicherung auch nicht ausschließen wollte, mein Vater hat vielleicht während der Fahrt einen Herzinfarkt erlitten und ist ungebremst gegen die Mauer geprallt."

Susan holte tief Luft. Löste sich vom Baum und sah nun Samuel direkt an. „Die Obduktion hat leider keine Klarheit gebracht. Auf jeden Fall waren sie beide sofort tot.“

Susan

Susan kniete neben dem Wagen. Sie hatte sich eine wetterfeste Jacke übergezogen und schnürte die Wanderschuhe. Auch wenn die Tropfsteinhöhle für Besucher freigegeben war, so trug sie doch lieber festes Schuhwerk.

Auf keinen Fall wollte sie von Samuel durch die Grotte getragen werden. Obwohl ... Sie spielte mit den Schnürsenkeln und lächelte versonnen. Der Gedanke war eigentlich recht reizvoll. Nein, sie sprang auf, es gab bessere Gelegenheiten, um sich nahezukommen.

Samuel zog sich gerade eine dunkelgrüne Barbour-Wachsjacke über. An den abgeschürften Ärmeln sah Susan ihr die vielen Jahre des Gebrauchs an.

In die Brusttasche steckte er sein Handy. Zusätzlich schulterte er eine teure Kamera. Verwundert rieb sich Susan die Augen. Es überraschte sie, was sich Samuel für eine hochwertige Ausrüstung leisten konnte.

„Kommst du?“ Sie streckte die Hand nach ihm aus.

Als er sie ergriff, ging ein Leuchten über sein Gesicht und Susans Herz klopfte einen Takt schneller als gewohnt. Sie freute sich auf den gemeinsamen Ausflug und auf seine Gesellschaft. Auf seine ruhige und beständige Art, die sie inzwischen sehr zu schätzen gelernt hatte. Fast kam es ihr vor, als ob sie schon seit Jahren zusammenlebten. Den fiesen Gedanken, dass sie nie wieder einen Mann wollte, verdrängte sie gekonnt.

„Los komm, die Führung beginnt bald." Sacht zog sie ihn zu sich heran und Samuel nutzte es schamlos aus. Er fiel in ihre Arme, drückte Susan an sich und küsste sie zärtlich auf die Stirn. Tat das gut! Wohlig schmiegte sie sich in die Umarmung, erwiderte seine Liebkosungen und ihre Herzen schlugen im Takt.

„Das Abenteuer ruft." Samuel drückte kurz ihre Hand und zog Susan dann mit sich. „Ich war noch nie in einer Grotte. Was meinst du, erleben wir dort? Vielleicht wartet in den Gängen eine hilflose Jungfrau auf ihre Befreiung? Muss ich sie vielleicht vor dem bösen Drachen retten? Mein Schwert, wo ist mein Schwert?"

Samuel streckte den Arm aus, fuchtelte in der Luft herum und Susan konnte sich nur mit Mühe beherrschen, nicht laut aufzulachen.

Ein vielleicht zehnjähriger Junge mit strubbeligen Haaren und dunkler Haut blieb stehen und starrte Samuel mit offenem Mund an. Neben ihm ging seine Schwester, die ihm zum Verwechseln ähnlichsah, nur dass sie ihr glänzendes dunkles Haar zu einem üppigen Zopf gebunden hatte. Ihnen voraus eilte eine Frau, die aufgeregt in ihr Handy sprach, während sie sich immer wieder nach ihren Kindern umsah.

In seiner rechten Hand hielt der Junge einen Ball, der abwechselnd in allen möglichen Farben blinkte und leuchtete.

Das Mädchen nutzte den Moment, in dem ihr Bruder verwundert zu Samuel blickte und mopste ihm das Spielzeug. Übermütig warf sie es in die Luft und hüpfte dabei selbst auf und ab wie ein Gummiball. Einen Augenblick lang brauchte der Junge, bis er begriff, was passiert war. Wie auf Knopfdruck fing er an zu weinen und rieb sich die Augen.

„Melissa, gib Marcel den Ball sofort wieder zurück", rief die Mutter, ohne ihr Gespräch zu beenden und hob mahnend den Finger.

Das Mädchen zuckte mit den Schultern, warf den Ball in die Luft und Marcel fing ihn mit einem geschickten Griff auf.

Susan zupfte an Samuels Ärmel, hielt ihn zurück, bis die drei vor ihnen waren.

„Samuel, reiß dich zusammen. Nicht, dass der Junge auf dumme Gedanken kommt und er gerettet werden muss, nur weil er sich auf die Suche nach hilflosen Jungfrauen macht. Stell dir die Schlagzeile vor, wenn er später der Polizei erzählt, dass du ihn auf die Idee gebracht hast."

Dieses freche Aufblitzen in Samuels Augen! Susan ahnte Schlimmes. Ihm schien gerade allerhand Unsinn durch den Kopf zu gehen. Sie verpasste ihm einen mehr als kräftigen Stoß mit dem Ellbogen und seinem überraschten Zusammenzucken nach schien es zu wirken.

„Mi scusi, aber ich finde die Idee mehr als reizvoll. Wer weiß, was man in den Höhlen noch alles entdecken kann. Außer Steinen."

Galant hielt er ihr die Tür auf und Susan betrat den Vorraum, in dem sich nicht nur die Kasse, sondern auch Regale mit Büchern und Landkarten, die man käuflich erwerben konnte, befanden.

Der Ständer mit Ansichtskarten erweckte sofort ihr Interesse und sie blieb vor ihm stehen. Nachdenklich drehte sie das Gestell hin und her. „Samuel, guck mal“, rief sie begeistert und zupfte an seiner Jacke. Neugierig stellte er sich neben sie.

„Was meinst du, soll ich Melli eine Karte schreiben?“, erkundigte sie sich und zog zwei schöne Ansichtskarten heraus.

„Warum nicht? Über liebevolle Grüße freut sich doch jeder.“ Samuel nahm ihr die Karten ab und betrachtete sie ausführlich. „Hübsch sind sie ja. Kauf doch beide und entscheide dich, wenn wir zurück sind.“

Zustimmend nickte Susan. Vielleicht schenkte sie die andere Karte Evelina.

„Soll ich dir Geld geben?“ Susan nahm ihr Portemonnaie und suchte nach dem passenden Kleingeld.

„Nein, lass nur. Die Karten und den Eintritt übernehme ich. Du darfst dich beim Abendessen revanchieren. Einverstanden?“

Susan, überrumpelt von seinem Vorschlag, nickte.

„Mama, kann ich ein Eis haben? Bitte.“ Die Stimme kannte sie doch. Neugierig sah sich Susan um. Der Junge von eben zerrte an der Jacke seiner Mutter, sah sie mit flehendem Blick an. Sein Ball blinkte und blitzte in der Hand. „Bitte, nur ein kleines Eis.“

„Tolle Idee.“ Seine Schwester, gerade mal einen Kopf größer als er, stellte sich neben ihn. „Bitte, Mama.“

Auch Samuel sah interessiert zu der kleinen Familie.

„Nein.“ Die Antwort der Mutter klang entschieden und das Kopfschütteln war eindeutig. „Wir wollen die Tropfsteinhöhle besichtigen und nicht nur vor dem Souvenirladen stehen und ein Eis essen. Ich habe uns etwas zum Essen eingepackt, das gibt es nachher. Verstehen wir uns?“

Maulend und mit gesenkten Köpfen folgten die beiden ihrer Mutter, die sich in die Schlange der wartenden Touristen reihte.

„Bleibst du hier stehen? Ich hole uns die Eintrittskarten." Samuel hauchte Susan einen Kuss auf die Stirn und nahm ihr die beiden Postkarten ab. Er stellte sich hinter die kleine Familie und blinzelte dem Jungen vergnügt zu.

Susan beobachtete geduldig, wie ein Besucher nach dem anderen seinen Eintritt löhnte, sich einen Prospekt nahm und sich vor dem Einlass der Höhle sammelte.

Nur die Mutter von eben schien Mühe mit dem Bezahlen zu haben. Susan sah genauer hin. Die Frau kramte umständlich in ihrem Portemonnaie herum und murmelte etwas Unverständliches. Die Kassiererin spielte ungeduldig mit den Eintrittskarten, verzog das Gesicht und tippte etwas in ihr Handy. Die Besucher, die hinter der Frau darauf warteten, an die Reihe zu kommen, knurrten unwillig.

„Mama, was ist?" Der Junge zupfte am Ärmel seiner Mutter und sie scheuchte ihn mit einer knappen Geste fort. „Geh, du störst."

Traurig stand der Junge da, Tränen sammelten sich in seinem Augenwinkel. Seine Schwester nahm ihn in den Arm, flüsterte ihm etwas zu. Der Ball leuchtete in einem blassen Blau.

Mittlerweile war das Gesicht der Mutter gerötet und sie wühlte mit aufsteigender Panik in der Handtasche. Susan erkannte, wie sehr sie unter Stress stand.

„Darf ich Ihnen aushelfen?“ Susan traute ihren Ohren nicht. Der moderne Ritter kam nicht auf einem Schimmel daher, sondern in Wanderschuhen.

Samuel öffnete sein Portemonnaie und drängte sich an der Mutter vorbei. Verblüfft stand die Frau da, das blasse Gesicht mit den ausgeprägten Augenringen glich einem einzigen Fragezeichen. Auch ihre Kinder schienen verwundert, jedenfalls rührten sie sich nicht von der Stelle.

Ganz selbstverständlich, so, als ob er es jeden Tag tat, reichte Samuel fünfzig Euro durch die Sichtluke und nahm drei Karten sowie das Wechselgeld in Empfang.

Bevor die Mutter widersprechen konnte, schob er sie sanft zur Seite und überreichte ihr die Karten zusammen mit dem Restgeld.

„Gönnen Sie sich und Ihren Kindern nachher noch ein Eis – einverstanden?“

Die gestammelten Dankesworte beachtete er nicht weiter, sondern schlüpfte zurück in die Schlange und kaufte schnell zwei Karten, bevor ein Tumult ausbrach.

Wie Trophäen hielt Samuel die Tickets wenig später in die Höhe und winkte Susan damit zu.

„Warum hast du das getan?“ Verwirrt sah sie ihn an und er lächelte. Betont lässig lehnte er sich an eine Ecke der Vitrine und zuckte wie ein ertappter Schulbub mit den Schultern. „Ich wollte einfach etwas Gutes tun.“

„Aber ...“ Susan deutete auf seine Kamera. „Wie kannst du dir das leisten? Du übernimmst den Eintritt für fünf Leute und dann diese teure Kamera. Als Hausmeister in einem Mittelklasse-Hotel?“

„Nun ja.“ Samuels Pupillen weiteten sich für den Bruchteil einer Sekunde. Dann hatte er sich wieder im

Griff. „Ich lebe allein und kann einiges sparen. Und die Kamera habe ich mir von meinem Chef geliehen.“

„Ich verstehe,“ antwortete Susan, obwohl ihr einiges noch immer unklar war. „Aber dennoch war es eine mehr als großzügige Geste. Ich muss für das Geld einige Stunden hart arbeiten.“

„Ich weiß nicht, warum ich es getan habe. Vielleicht, weil die Kinder so enttäuscht geschaut haben.“ Samuel stockte, sah Susan in die Augen, hielt mit seinem Blick den ihren fest. „Nein es hat einen anderen, tieferen Grund. Ich stamme aus Dublin, Irland und wir sind eine große, kinderreiche Familie. Ich habe noch drei Schwestern und einen Bruder. Meine Eltern haben sich viel Mühe gegeben, uns nicht spüren zu lassen, dass das Geld knapp ist. Und doch haben wir es gemerkt. Denn anders als andere Kinder in der Nachbarschaft sind wir nie in den Urlaub gefahren, gab es nie ein Eis extra bei einem Ausflug.“

„Bist du deshalb fort aus Irland?“ Susan nahm Samuel in den Arm, drückte ihn fest an sich und sah in ihren Gedanken den kleinen Jungen, der auf der Straße spielte und neidvoll auf das Nachbarskind blickte, das mit seinem glänzenden neuen Rad durch die Gegend kurvte.

„Ja, wahrscheinlich. Ich liebe Irland, das ist meine Heimat. Doch hier in Italien scheint die Sonne, es ist warm und freundlich. Denke ich an Dublin, sehe ich alles nur in Grau. Aber egal!“

Er streichelte ihr mit dem Zeigefinger über die Wange und Susan spürte ein wohliges Prickeln am ganzen Körper.

„Ich habe das Geld übrig und wenn ich damit ein paar Menschen glücklich machen kann, warum nicht."

Er drängte sich an sie, machte den anderen Besuchern Platz, die an ihnen vorbeigingen.

„Marcel, steck den Ball ein. Die Führung beginnt gleich." Zum Dank winkte die Mutter Samuel noch einmal zu und ging mit ihren Kindern an der Hand voraus.

„Susan, kommst du?"

Nur zu gern ließ sie sich von Samuel zum Eingang der Grotte ziehen. Vor ihnen das blinkende Licht, dessen Farbspiel eine hypnotische Wirkung auf sie ausübte.

***

Die Luft war ungewohnt kühl und feucht. Tief atmete Susan ein und fühlte, wie die Luft bis in die tiefsten Spitzen ihrer Lunge strömte. Sie fröstelte und schloss den Reißverschluss ihrer Jacke bis zum Kinn. Nun bereute sie es, kein Halstuch mitgenommen zu haben. Samuel, der ihre Reaktion bemerkte, nahm sie an die Hand, zog sie zu sich heran und wärmte sie mit seinem Körper.

Rasch gewöhnten sich Susans Augen an das sanfte Licht in der Grotte. Diskret angebrachte Scheinwerfer sorgten für eine magische Umgebung. Leise, sphärische Musik verstärkte den Eindruck. Vor ihnen sammelten sich die Besucher um den Guide. Nach ein paar Minuten trat eine gespannte Stille ein. Mit lauter Stimme begrüßte er die Gäste und fasste in kurzen Sätzen die Geschichte der Höhle Basura zusammen. Er deutete mit weiten, ausschweifenden Bewegungen auf die Steinformationen, die sich links und rechts von ihnen befan-

206

den. Anders als erwartet war die Grotte in diesem Bereich ausgesprochen großzügig und geräumig. Ein befestigter Weg führte in weiten Bögen durch die Grotte, links und rechts gab es ein stabiles Geländer, das unsicheren Wanderern Halt bot. Nur selten berührte es die Felswand direkt.

Diese langgezogene Höhle war wunderschön, die Magie dieses ungewöhnlichen Ortes ging auf Susan über. Neugierig legte sie den Kopf in den Nacken, ließ ihren Blick schweifen. Nahm mit all ihren Sinnen die faszinierenden Formen und Farben wahr.

Der Fels leuchtete in den unterschiedlichsten weißen und gelben Tönen. Dank der unzähligen Tropfen, die das Gestein seit Urzeiten benetzten, war es weich und abgerundet. So angestrengt sie sich auch umsah, Susan entdeckte keine spitzen Formen. Dafür wunderschöne Stalagmiten, die mit ihrer Wellenform an Einhörner erinnerten. Dazwischen immer wieder dickere Stäbe, die wie gestaucht aussahen. Oder versteinerte Wellen, die in Größe und Form miteinander wetteiferten.

Langsam ging es weiter in die Tiefen der Grotte. Mit halbem Ohr lauschte Susan auf die Erläuterungen des Guides, doch in Gedanken weilte sie bei ihren Eltern. Ob die Aufnahme hier beim See gemacht worden war?

„Stell dich mal davor." Samuel riss sie aus ihren Gedanken. Er deutete auf eine besonders schöne Ansammlung von Stalagmiten und den kleinen unterirdischen See. Das Wasser glänzte bläulich und war kristallklar, so dass Susan mühelos bis auf den Grund blicken konnte. Versteckt montierte Scheinwerfer leuchteten das Gewässer aus.

Gut möglich, dass auch ihre Eltern hier gestanden hatten! Vermutlich handelte es sich bei dem hellen Fleck auf der Zeichnung um dieses Gewässer.

Susan lehnte sich wie gewünscht an das Geländer, lächelte glücklich und Samuel ging einen Schritt zurück und holte seine Kamera hervor.

Er machte ein Foto nach dem anderen und winkte sie schließlich zu sich. „Willst du mal gucken?"

Neugierig stellte sie sich neben ihn und spähte auf das kleine Display. Samuel hatte einen guten Blick für interessante Motive und Susan pfiff anerkennend durch die Zähne.

„Ich glaube, wir haben den Ort gefunden." Zustimmend nickte Samuel. Langsam lief Susan weiter, musterte jeden Winkel, in der Hoffnung, ein Zeichen ihrer Eltern zu entdecken.

„Und hier sehen Sie Spuren von Ursus spelaeus." Der Guide war stehen geblieben und deutete in eine Nische. „Die Forscher sind sich relativ sicher, dass hier mehrere Tiere ihren Winterschlaf hielten."

Die meisten Besucher drängten sich um die unzähligen Knochenfragmente des Höhlenbären. Fasziniertes Raunen und Flüstern erklangen und die Handys mussten für unzählige Erinnerungsfotos herhalten. Auch die Mutter mit ihren Kindern nutzte die Gelegenheit und fotografierte fleißig. Dabei schimpfte sie mehrfach mit ihrem Sohn, der seinen leuchtenden Ball weiterhin in den Händen hielt und damit spielte.

Susan stand abseits und wartete geduldig, bis der Guide weiterging und ihm alle anderen folgten. Neugierig trat sie näher und betrachtete die Überreste mit leichtem Schaudern.

„Wenn man überlegt, wie lange das her ist. Mir fällt es immer schwer, mir vorzustellen, wie das wohl früher einmal aussah." Samuel drückte sich an sie, gab ihr einen liebevollen Kuss auf den Scheitel. „Dein Haar ist ganz feucht von den Tropfen und irgendwie ..." Er stockte und leckte sich über die Lippen. „Du schmeckst ein wenig kalkig."

Als er ihr verwundetes Gesicht sah, korrigierte er sich gleich. „Ich meinte das Wasser, was auf deinen Kopf getropft ist. Nicht, dass du alt und verkalkt bist."

„Du Schelm, du."

„Bitte bleiben Sie bei der Gruppe."

Das galt ihnen. Susan schrak zusammen und sie schlossen so schnell wie möglich auf. Wie peinlich, sie hob entschuldigend ihre Hand und der Guide nickte gnädig.

Weiter ging es, immer tiefer ins Labyrinth der Tropfsteinhöhle hinein.

„Bitte passen Sie auf. Die Stufen sind rutschig." Die Warnung des Guides kam gerade noch rechtzeitig.

Mit einer Hand hielt Susan sich am Geländer fest und war schon nach ein paar Schritten froh um diese Hilfe. Die Stufen, so schön angelegt sie auch waren, erwiesen sich als deutlich rutschiger als erwartet. Sie stieg langsam, bewusst Schritt für Schritt, die Treppe hoch.

Vor ihr lief erneut die kleine Familie, auch sie ließ es langsam angehen. Von der fröhlichen Übermütigkeit der Kinder war keine Spur mehr. Ein Schmunzeln huschte über Susans Gesicht. Während Melissa, das Mädchen der Familie, sich dicht an seine Mutter hielt und den Ausführungen lauschte, spielte Marcel weiterhin mit seinem Ball. Immer wieder leuchtete das Licht auf, mal in Rot, mal in Blau. Ununterbrochen wanderte er von der linken in die rechte Hand und wieder zurück.

„Wie lange das wohl noch gut geht?“ Samuel schien den gleichen Gedanken zu hegen wie Susan. Und tatsächlich, als die Gruppe eine Engstelle passieren musste, passierte es.

Marcel passte nicht auf und rutschte aus. Unsanft landete er auf seinen Knien und der Ball hüpfte fröhlich über den Boden.

Mit großen Augen sah Marcel seinem Spielzeug nach, wie es den Weg verließ und mit einem letzten grünen Aufleuchten zwischen zwei Stalagmiten zur Ruhe kam. Zum Glück schwieg Marcel, er blickte dem Ball mit offenem Mund hinterher.

„Warte, da muss ich helfen.“ Samuel, der als Letzter in der Gruppe ging, legte den Finger auf die Lippen. Deutete mit dem Kopf auf die leuchtende Kugel, die nun ihre Umgebung in ein düsteres Rot tauchte. Marcel verstand sofort, was er ihm damit sagen wollte.

Und auch Susan begriff es, als Samuel stehen blieb und nach der Gruppe Ausschau hielt. Ihr stockte der Atem, ein fieser Stich fuhr ihr durch die Brust.

„Stopp, spinnst du?“ Sie packte Samuel unsanft am Arm, wollte ihn zurückhalten. „Das darfst du nicht.“

„Schon klar“, antwortete Samuel, zog die Kamera an ihrem Band über den Kopf. „Bitte halte sie fest, nicht dass sie bei der Rettungsaktion kaputtgeht.“

Noch einmal legte er die Finger auf die Lippen. Marcel nickte hektisch, seine Augen geweitet, und immer wieder drehte er den Kopf, vergewisserte sich, dass seine Mutter ihn nicht vermisste.

Samuel bückte sich und beachtete Susans Widerworte nicht. Erst streckte er das eine Bein durch die Abtrennung, dann tauchte er zwischen den Gitterstäben hindurch und zog das andere Bein nach. Nun stand er zwischen zwei hübsch anzusehenden Stalagmiten, hielt sich an der unteren Querstange fest und streckte sich nach dem Ball. Doch sein Arm war zu kurz.

„Bitte halt mich fest und drück mir die Daumen, dass keine dieser Stangen bricht."

Susan stöhnte auf. Warum wollte Samuel immer Retter spielen? Er reichte ihr seine Hand und notgedrungen packte sie zu, in der stillen Hoffnung, dass er so den Ball erreichen konnte.

Das Licht wechselte ununterbrochen hin und her. Susan stand da, beobachtete das Flackern, nahm mit halbem Ohr wahr, dass die Besuchergruppe langsam weiterging. Nur sie, Samuel und der Junge standen noch hier.

„Beeil dich. Es geht weiter." Susan drehte sich um, versuchte die Gruppe wahrzunehmen. Doch gerade verschwand die letzte Person aus ihrem Sichtfeld und niemand schien sie – bis jetzt – zu vermissen.

„Schon klar. Ich muss nur vorsichtig sein, es ist äußerst rutschig." Samuel löste sich aus ihrem Griff, ging vorsichtig zwei Schritte weiter und dann konnte er endlich nach dem Ball greifen. Zumindest wollte er es.

Das Handy schoss aus seiner Jackentasche und landete mit einem lauten Knall auf dem Boden. Es schlitterte ein Stück zwischen den Tropfsteinen hindurch und blieb direkt neben dem Ball liegen. Susan schloss die Augen, fühlte sich in ihrer Rolle als Mittäterin äußerst unwohl. Sie konnte nur hoffen, dass dieses Abenteuer gut ausging.

Eine bunte Mischung als irischen Schimpfwörtern erklang. Allerdings so leise, dass nur Susan sie hörte. Sie schüttelte den Kopf, biss sich mit aller Macht auf die Lippe, um nicht loszuschimpfen. Wieso kam sie sich wie in einem Kindergarten vor?

Äußerst vorsichtig bückte sich Samuel, hielt sich an einer der Stalagmiten fest und griff erst nach dem Ball und dann nach seinem Handy.

Triumphierend hielt er es hoch, und Susan zeigte ihm den erhobenen Daumen. So schnell wie möglich kehrte er zurück und schlüpfte durch die Abtrennung.

„Wo seid ihr?" Der Guide erschien im Durchgang und blickte sich besorgt um. „Bitte immer zusammenbleiben. Das ist sehr wichtig, nicht, dass Sie verloren gehen."

„Mi scusi", rief Samuel und winkte mit dem Handy. „Ich bin schuld. Ich wollte noch ein Foto von meiner Freundin machen, wie sie vor der Ansammlung von Stalagmiten steht. Aber leider ist mir dabei das Handy heruntergefallen."

Samuel griff nach Susans Hand, drückte sie fest und zog sie mit sich. Ihren überraschten Gesichtsausdruck hatte er bemerkt und auch, dass sie ihm nicht widersprochen hatte. Glücklich ballte er die freie Hand zur Faust.

Als sie bei Marcel vorbeikamen, steckte Samuel ihm den Ball zu.

„Aber nun lässt du ihn in der Tasche, bis wir die Grotte verlassen haben. Verstanden?"

Ein freudiges Strahlen ging über das Gesicht des Jungen. „Versprochen. Und danke, dass Sie mich nicht verraten haben."

***

„Endlich wieder Sonnenschein." Erleichtert tat Susan zwei Schritte weg vom Ausgang und der feuchten und dunklen Höhle. Sie öffnete ihre Jacke und drehte ihr Gesicht zur Sonne. Genießerisch schloss sie die Augen, spürte den sanften Wind, der ihre Wangen liebkoste. Dabei waren sie gerade mal eine gute Stunde unterwegs gewesen.

Gedankenverloren schüttelte sie den Kopf. Der Aufenthalt war spannend gewesen. Aber viel lieber hielt sie sich an der frischen Luft auf.

„Wie sieht es aus?" Samuel berührte sie sanft am Arm. „Wollen wir noch die Ausstellung besuchen oder lieber den Ort besichtigen?"

„Nein." Susan nahm Samuel an die Hand und zog ihn zum Wagen. „Auf den Besuch des Museums verzichte ich dankend. Ich habe für heute genug von Zeitreisen und Abenteuern. Lass uns lieber noch ein bisschen durch die Straßen von Toirano bummeln. Später können wir etwas essen, ich habe uns eine Kleinigkeit eingepackt."

„Einverstanden." Samuel zog seine Wachsjacke aus, auf der die Feuchtigkeit noch immer glänzte. „Auch wenn ich mir zu gern die Exponate angesehen hätte."

Susan spürte deutlich, wie enttäuscht er war, doch diese Reise in die Vergangenheit hatte sie mehr angestrengt als gedacht.

Kapitel 17

Samuel

Die Bilder waren perfekt! Kaum hatte er eine freie Minute zur Verfügung gehabt, war er in die nächste Drogerie geeilt und hatte die Aufnahmen von der Grotte di Toirano ausgedruckt.

Nun lagen vor ihm auf dem Schreibtisch ein Dutzend Fotos von der Höhle. Manche mit Susan, manche zeigten nur die Tropfsteine.

Der perfekte Ort für eine Verfolgungsjagd. Samuel freute sich diebisch, schob die Aufnahmen auf dem Schreibtisch hin und her. Gegen diesen Handlungsort konnte selbst sein immer kritischer Agent nichts sagen. Schon sah er in Gedanken die erste Szene vor sich.

Er rieb sich die Hände. Äußerst zufrieden mit dem gestrigen Tag räumte er die Ausdrucke in eine Klarsichthülle und heftete sie ab. Auf einen Block schrieb er rasch seine Beobachtungen und erstellte einen groben Handlungsverlauf.

Als die Kirchturmuhr läutete, richtete er sich auf und gönnte seinen Unterlagen einen letzten Blick.

Aber nun musste er sich sputen! Vittore erwartete von ihm pünktlichen Arbeitseinsatz und gerade am Montagvormittag stapelten sich die Aufträge.

Der Hotelflur lag verlassen vor ihm. Leise pfeifend, die Hände in den Hosentaschen, schlenderte Samuel zum Aufzug. Mal sehen, welche Aufgaben ihn heute erwarteten.

***

Die Bougainvillea auf dem Parkplatz schneiden! Ein banaler Satz, der zuoberst auf der Liste stand und so harmlos klang.

Samuel legte den Kopf in den Nacken, betrachtete die Ranken mit gemischten Gefühlen. Die anspruchslose, aber wunderschöne Bougainvillea hatte fast die ganze Front erobert. Von der ehemals weißen Fassade kaum noch eine Spur. Vielmehr erblickte er eine grüne Wand, die mit lila Tupfen gesprenkelt war. Die Basis der Pflanze war armdick, erst auf Kniehöhe verzweigte sie sich. Seit wie vielen Jahren sie wohl ohne einen formenden Schnitt wucherte?

Ob er vielleicht doch erst die Fliesen im Bad verputzte? Nein, dem Stand der Sonne nach konnte er jetzt ein bis zwei Stunden im Schatten arbeiten und anschließend im Gebäude weitermachen.

Und die Bougainvillea hatte Vittore zuoberst auf die Liste gesetzt. Mit Ausrufezeichen und mehrfach unterstrichen. Angeblich besonders wichtig, da ständig vertrocknete Blütenblätter umherflogen und den weißen Kies auf dem Parkplatz unnötig verschmutzten.

Verschmutzten. Samuel schnaubte. Vorstellungen hatte sein Chef. Wenn es danach ging, sollte er lieber sämtliche Flächen seines Hotels zubetonieren und Plastikblumen aufstellen.

Er zog seine dicken Lederhandschuhe über, überprüfte noch einmal den sicheren Stand der Leiter und legte sich die Heckenschere zurecht. Ob Michael wohl begeistert wäre, wenn er von seinen gefährlichen Aktionen wüsste?

Langsam stieg Samuel auf die Leiter, achtete penibel darauf, sich nicht an den Dornen der Bougainvillea zu verletzen. Das war ihm einmal passiert, als er sie in seiner Naivität für hübsch und ungefährlich gehalten hatte. Nie wieder!

Ein letzter, prüfender Blick, dann setzte er zum ersten Schnitt an. Dabei mied er jede Berührung mit den Trieben.

Zweig um Zweig fiel zu Boden, Samuel sah den wachsenden Haufen mit gemischten Gefühlen an. Der schlimmste Teil der Arbeit, das Entsorgen des Schnittguts, lag noch vor ihm.

Bald ragte nur noch ein gutes Drittel der Kletterpflanze an der Fassade des Hotels in die Höhe. Der Rest lag, einem bunten Algenteppich gleich, am Boden.

Das sollte genug sein. Samuel stieg hinunter, schob mit den Füßen die Äste zu einem Haufen zusammen, als ob es sich um gereizte Klapperschlangen handelte.

Doch es half alles nichts. Von allein sprangen die Triebe nicht in die bereitliegende Schubkarre. Er seufzte auf und schnitt als Erstes die größeren Zweige klein, so dass er sie besser abtransportieren konnte.

Langsam, aber sicher füllte sich die Karre. Und das ohne eine einzige Verletzung. Zufrieden ballte Samuel die Fäuste. Es ging doch!

„Hier bist du!" Samuel schrak aus seinen Gedanken auf und stach sich an den Dornen. Er zuckte zusammen und sah entgeistert, wie sich ein erster Blutstropfen auf seinem Arm bildete.

„Warum schleichst du dich so an?" Samuel unterdrückte mit Mühe eine Schimpftriade. Seinen Chef in aller Öffentlichkeit zu beschimpfen, das kam nicht so gut.

„Ich dachte, du hast mich gehört." Vittore rieb sich die Hände und Samuel kam der Verdacht, dass er vielleicht ganz zufrieden mit seiner Aktion war. „Wieso stellst du dich so an? Ein kleiner Piks und du jammerst wie ein Rudel Waschweiber! Und du willst Star-Autor sein, der über Leichen geht? Dass ich nicht lache!"

Samuel blickte sich genervt um. Hoffentlich bekam niemand mit, was Vittore da gerade erzählte.

„Nun ja, es ist ein feiner Unterschied zwischen Tun und Erleben." Er hielt Vittore die Gartenschere hin. „Wenn du möchtest."

„Danke, ich habe Wichtigeres zu tun." Vittore trat einen Schritt zurück und hob abwehrend die Hände. „Ich dachte nur, ich guck mal, ob alles glattläuft."

„Das tut es", murmelte Samuel, während er in seiner Arbeitshose nach einem Taschentuch suchte. So ein Mist! Außer einem zerknüllten und eindeutig gebrauchten Etwas hatte er nichts Geeignetes dabei. Mit etwas Spucke und mit Hilfe eines einigermaßen sauberen Zipfels entfernte er die Blutspur.

„Nicht, dass du eine Blutvergiftung bekommst", spottete Vittore und reichte Samuel ein sauberes Taschentuch. „Darfst du behalten."

„Wie großzügig." Samuel schüttelte den Kopf. „Ich kann dich beruhigen, ich bin gegen Tetanus geimpft. Und nur weil ich mal ein bisschen Blut sehe, kipp ich noch lange nicht um."

„Dann ist gut. Ich hatte schon die Befürchtung, den Rettungsdienst rufen zu müssen." Vittore nickte Samuel zu, wollte weiterlaufen, doch dann drehte er sich auf dem Absatz noch einmal um. „Du denkst an das Badezimmer? Die Gäste reisen übermorgen an, bis dahin sollte alles fertig sein!"

„Ich habe schon verstanden!" Wütend auf Vittore und seine Ungeschicklichkeit schnappte sich Samuel die Schubkarre und fuhr das Grüngut ab. Anschließend suchte er den Schuppen auf, räumte die Gartenschere fort und nahm die Rolle Absperrband, die er mal aus einem Impuls heraus gekauft hatte. Wenn die Kacheln so wichtig waren, dann ...

Fünf Minuten später stand er zufrieden da, betrachtete das rot-weiße Band, das im Wind flatterte. Die Bougainvillea, beziehungsweise das, was davon auf dem Boden lag, durfte warten. Sehr gern sogar. Dass er damit einen ganzen Stellplatz blockierte, interessierte ihn nicht im Geringsten.

Fröhlich pfeifend, die Hände an der Hose abreibend, marschierte er zum Hintereingang. Nach dieser schweißtreibenden Arbeit hatte er sich eine Erfrischung verdient.

Susan

Nur noch die dunkleren Ränder auf dem Teppichboden und die regelmäßigen Schatten an der Wand verrieten ihr, wo früher die Möbel gestanden hatten. Spuren der Zeit, die sie entfernen wollte. Susan stand mitten im Schlafzimmer, drehte sich einmal um die eigene Achse. Doch, diese Veränderungen taten ihr gut. Der freie Raum stand symbolisch auch für ihren Neuanfang.

Frohgemut pfiff sie eine Melodie, während sie die Leiter an die Wand stellte, hinaufstieg und mit einem Pinsel großzügig die Tapetenentfernungsflüssigkeit verteilte. Mit jedem Strich durchnässte sie ein weiteres Stück der Wand, sah dem Wasser zu, wie es mal in breiten, mal in schmaleren Streifen zu Boden lief.

Meter um Meter durchnässte Susan die Tapete und bald war auch ihr altes Leinenhemd feucht und fühlte sich klamm an. Immer schneller klatschte sie die Flüssigkeit an die Wand. Sie arbeitete so flott, dass sie zum Schluss atemlos von der Leiter stieg. Geschafft! Susan strich sich eine Strähne aus dem Gesicht und verharrte einige Augenblicke. Sie hörte das Blut in ihren Ohren rauschen, ihren ungewohnt flotten Herzschlag sowie den böigen Wind, der um das Haus strich. Sonst nichts, kein vorbeifahrendes Auto, keine Kirchturmuhr oder die Stimmen von Menschen. Sie war mit sich allein und das tat ihr unheimlich gut.

Laut Gebrauchsanweisung sollte sie zehn Minuten warten. Diese Zeit nutzte sie, um auf ihr Handy zu blicken. Nichts, außer mehreren Anrufen von ihrem Ex-Mann. Frustriert darüber, dass er sie einfach nicht in Ruhe ließ, schleuderte sie das Mobiltelefon in eine Ecke. Fast schon schmerzhaft laut landete es auf dem

Boden, so als ob Frederic sie für ihre Entscheidung bestrafen wollte. Als Nächstes würde sie sich ein anderes Handy mit einer neuen Nummer besorgen und sie nur ihren engsten Freunden geben!

Entschlossen, sich nie wieder auf eine Diskussion mit ihrem Ex-Mann einzulassen, nahm Susan den Spachtel und bearbeitete die erste Ecke.

Langsam löste sich ein Streifen der Tapete von der Wand und fiel zu Boden. Wie schön! Susan lachte erleichtert. Die Arbeit ging besser von der Hand als befürchtet. Manchmal waren es die kleinen Dinge, die einen glücklich machten.

***

„Susa, bist du oben?"

Fast hätte sie den Ruf von Evelina überhört. Doch als sie innehielt und lauschte, vernahm sie die unbeholfenen Schritte ihrer Nachbarin auf der Treppe. „Susa? Bist du hier oben?"

„Si!" Susan stieg von der Leiter, rieb die von Kleister und Tapete verschmierten Finger aneinander. Sie fühlten sich steif und unbeweglich an.

Mit dem Ellbogen stieß sie die Schlafzimmertür auf, wollte rasch noch ins Bad huschen, doch stieß dabei mit Evelina zusammen. Sie versank beinahe in den weichen Rundungen ihrer Nachbarin und nahm den leichten Hauch nach Knoblauch und Schweiß wahr.

„Mia cara, was ist mit dir?" Evelina legte ihre Hände auf Susans Schultern und sah sie prüfend an. „Alles in Ordnung mit dir? Wirklich?"

„Ja." Susan verkniff sich ein Grinsen. „Ich war nur auf dem Weg ins Bad, die Hände waschen."

„Oh." Evelina ließ sie los und Susan verschwand rasch hinter der Tür und drehte den Wasserhahn auf. Während das Wasser plätscherte und sie ihre Hände gründlich mit Seife reinigte, dachte sie an ihren Vater, der damals beim Verputzen der Wände fast verzweifelt war.

Egal, wie sorgfältig er gearbeitet hatte, welchen Putz er auch auftrug, nichts wollte so ebenmäßig aussehen, wie er es sich gewünscht hatte. Deshalb gab es auch nur zwei Seiten im Schlafzimmer, die tapeziert waren. Auf allen anderen Wänden dominierte der farbige Putz. Damals, als ihr Vater schimpfend durch das Haus gehastet war, hatte Susan sich nie getraut, etwas zu sagen. Doch jetzt, da die Entscheidungen einzig und allein bei ihr lagen, war der Fall klar. Der gestrichene Putz mit seinen wechselhaften Strukturen gefiel ihr deutlich besser als eine langweilige Tapete.

Sie trocknete ihre Hände ab, trug etwas pflegende Creme mit leichtem Rosenduft auf und kehrte ins Schlafzimmer zurück.

Evelina, die nie lange stillhalten konnte, hatte schon die Müllsäcke mit den Tapetenresten gefüllt. Mit einer Hand im Kreuz richtete sie sich stöhnend auf.

„Mein Kreuz, es ist nicht mehr so fit wie vor zwanzig Jahren."

„Ja, Evelina, wir werden alle alt." Susan nahm ihr den Sack ab, sammelte die letzten Reste ein. „Genug für heute."

„Das ist ein schöner Raum, wenn auch ein bisschen klein."

„Wie wahr", sagte Susan und knotete den prall gefüllten Sack zu. „Ja, damals war meinen Eltern das große Atelier wichtig und ich kann sie verstehen."

„Wenn du möchtest, nähe ich dir ein paar Vorhänge."

Kurz überlegte Susan, dann nickte sie zustimmend. Ein weiterer Schritt, die Erinnerungen abzustreifen. „Ja, Evelina, sehr gern."

„Komm!" Die Augen ihrer Nachbarin blitzten übermütig. „Hast du schon jemals daran gedacht, den Dachboden umzubauen? Oder willst du ihn so lassen?"

Schnell schüttelte Susan den Kopf. „Nein, ich werde die Aufteilung der Räume so belassen, wie sie ist. Ein großes Atelier ist Gold wert. Besonders, wenn ich darin Kurse abhalten möchte. Stell dir nur vor, was für ein Gedränge es sonst bei acht bis zehn Leuten gäbe. Das Schlafzimmer wird in nächster Zeit mein Rückzugsort sein. Ein Raum, den ich abschließen und in dem ich allein sein kann, wenn ich es möchte."

„Nur der Raum für Übernachtungsbesuch, der fehlt dir." Täuschte sich Susan oder hatte der Blick von Evelina etwas Lauerndes? Nein, sie musste sich irren. Bis jetzt war ihre Nachbarin stets zuverlässig und loyal gewesen.

„Ja, das stimmt. Ich könnte mich natürlich informieren. Garantiert gibt es Vermieter in der näheren oder weiteren Umgebung, mit denen ich zusammenarbeiten kann. Doch mir persönlich wäre ein Paket aus einer Hand lieber, besonders weil dann das Geld komplett in meine Kasse gespült wird."

„Also hättest du Interesse daran, ein entsprechendes Objekt zu mieten?" Wieder war da ein Ausdruck in Evelinas Blick, den sie nicht deuten konnte.

„Wenn du es so siehst, ja. Wenn ich etwas Passendes bekommen könnte ..." Susan zögerte, denn mit diesem

Satz bestätigte sie ihre Zukunftspläne. „Ja, dann würde ich zuschlagen."

Kapitel 18

Samuel

Hatte er die Ausdrucke wirklich so ungeordnet abgeheftet? Eigentlich glaubte er, dass das Bild von Susan und ihm zuoberst gelegen hatte. Samuel zuckte mit den Schultern und holte sein absolutes Lieblingsbild hervor. Prompt klopfte sein Herz ein paar Takte schneller und er freute sich darauf, Susan bald wieder zu sehen.

Er schrieb schnell ein paar Notizen in seine Kladde und fuhr den Laptop herunter, nachdem er seinem Agenten weitere Infos zur geplanten Handlung geschickt hatte. Zufrieden holte er Luft und stellte das Bild gegen seinen Kaffeebecher, so dass er es ständig betrachten konnte. Im Augenblick lohnte es sich für ihn, früh aufzustehen. Die Gedanken sprudelten nur so und im Hotel herrschte himmlische Ruhe.

Doch vor dem nächsten Wiedersehen mit Susan stand das Entsorgen der Bougainvillea auf dem Programm. Vittore hatte ihm gestern vor versammelter Mannschaft erklärt, was er von seiner Aktion gehalten hatte – nämlich nichts! Wie konnte er einfach einen

Parkplatz sperren, wo doch jeder vermietete Quadratmeter Geld in seine Kasse spülte? Und gerade Parkplätze waren bei seinen Gästen begehrt.

Samuel zog eines der robusten Jeanshemden über und schlüpfte in die Arbeitshose. So gekleidet dürfte er jedem Angriff der Pflanze gewappnet sein.

Gut gelaunt und voller Schaffensfreude schob er die Schubkarre zum Parkplatz. Das Flatterband begrüßte ihn knisternd. Die gestern noch so üppigen und saftigen Zweige der Bougainvillea lagen schlapp und vertrocknet am Boden.

Täuschte er sich oder ging ihm die Arbeit heute flotter von der Hand? Ehe er sich's versah, lagen in der Schubkarre ein ganzer Schwung Äste und Zweige. Der Haufen am Boden war sichtbar kleiner geworden.

„Entschuldigen Sie! Hallo, junger Mann!“ Eine sanfte Berührung an seiner Schulter. Samuel richtete sich auf und drehte sich um. Vor ihm stand eine grauhaarige Dame in einer dünnen Jacke über einem Kostüm und Seidenschal. Der Stoff umwehte ihren Kopf, so dass Samuel ihr Gesicht in den unterschiedlichsten Ausschnitten sah. „Können Sie uns mit dem Gepäck helfen?“

Samuel nickte und überflog mit einem raschen Blick den Parkplatz. Eigentlich war Giovanni mit seinem Karren für den Transport von Gepäckstücken zuständig. Doch offenbar hatte er gerade keine Lust oder half anderen Gästen mit ihren Koffern.

„Wir haben einen Pagen, der ist Ihnen gern behilflich.“

„Nein, bitte seien Sie so gut. Wir warten schon seit Ewigkeiten darauf, dass uns jemand hilft und nach der langen Fahrt ..." Die Dame griff in ihre Handtasche, deren Preis Samuel problemlos einschätzen konnte und holte einen Schein heraus. „Ich denke, das entschädigt Sie für Ihre Mühe."

Sie drückte ihm das Geld in die Hand, bevor er etwas sagen konnte. Nun gut, auf das Heckenschneiden hatte er keine Lust, und wie Vittore immer so schön sagte: Der Kunde ist König.

Samuel deutete eine leichte Verbeugung an und ließ den Schein in der Hosentasche verschwinden. „Einen Augenblick bitte, ich hole nur schnell den Gepäckwagen."

Er eilte ins Foyer und lächelte Gina zu. „Gleich kommt Kundschaft. Ich helfe ihnen beim Gepäck."

Verwundert stand Gina da und nickte. Mit dem Transportkarren erreichte Samuel wenig später den Wagen.

„Das ist aber nett, junger Mann." Die Signora deutete auf den geöffneten Kofferraum und Samuel erblickte eine Auswahl an unterschiedlich großen Gepäckstücken. „Mein Mann hat es leider im Kreuz, sonst hätte er unser Gepäck schon getragen." Sie drehte sich zu ihrem Begleiter um, der ein paar Jahre älter war als sie. Oder hatte sie ein paar Schönheitstricks, von denen Samuel nichts ahnte?

Wohlgemut fasste er nach dem ersten Koffer, wollte ihn auf den Karren laden. Er griff mit beiden Händen zu. So schick und zierlich die Gepäckstücke auch aussahen, in ihnen schienen die Gäste Bleiplatten zu transportieren. In Gedanken verfluchte er seine Hilfsbereitschaft. Besonders, als er feststellte, dass alle Koffer ungewöhnlich schwer waren.

Zum Glück waren es nur vier Stück. Schwungvoll schlug Samuel die Kofferraumtür zu und setzte den Gepäckwagen in Bewegung. Die dicken Reifen rollten überraschend gut auf dem Kies und er brauchte nur wenige Minuten, bis er vor der Rezeption stand.

„Gina, hier bringe ich dir die angekündigten Gäste, sie sind soeben eingetroffen."

„Danke, junger Mann." Die Seniorin nahm ihren Schal ab, faltete ihn zusammen und legte ihn in ihre Tasche. Als sie ihre Hand wieder hervorholte, hielt sie einen weiteren Schein zwischen den Fingern. Samuel zuckte zurück. Noch mehr Geld wollte er nicht annehmen, doch die Frau mit ihren eisgrauen Augen ließ sich nicht beirren. Als er wenig später zurück zum Parkplatz ging, war er um weitere zehn Euro reicher. Ob Giovanni immer so viel Trinkgeld bekam?

***

Nur noch eine Fuhre! Samuel schob die Schubkarre samt Rechen und Schaufel zurück zum Parkplatz. Zumindest sah der Bereich rund um die Fahrzeuge nun deutlich besser aus, und den Kleinkram an Blättern und Zweigen zusammenzuharken, das schaffte er locker bis zum Mittagessen.

Prüfend blickte er zur Sonne. Ja, seine Arbeitseinteilung war gut. Am Nachmittag würde er die Fugen im Bad verputzen und dann …

„Entschuldigung!" Ein hochgewachsener Mann mit einem ungesund bleichen Gesicht sprang ihm über den Weg und fuchtelte mit seinem Handy vor Samuels Gesicht herum. Notgedrungen verharrte Samuel in der Bewegung und stoppte die Schubkarre, damit er ihn nicht umfuhr. Die Gartengeräte klapperten protestierend und fielen zu Boden. Sein Gegenüber beeindruckte das nicht. „Vielleicht können Sie mir helfen."

Samuel unterdrückte einen Seufzer. Heute war wohl sein Tag des Helfens.

Der Typ, vielleicht in seinem Alter, aber eindeutig dünner und untrainierter, linste auf sein Handy, nahm es wieder weg und betrachtete Samuel ungeniert von Kopf bis Fuß.

Der kratzte sich am Kopf. Manche Besucher pflegten einen ungewöhnlichen Auftritt, aber dieser Gast hier, der toppte sie alle.

„Womit kann ich Ihnen helfen?" Samuel rechnete schon mit allem Möglichen und stemmte die Hände in die Hüfte. Vielleicht sollte er jetzt einen Stall Hühner ins Hotel schleppen?

„Das ist ja krass!" Das Gesicht seines Gegenübers leuchtete regelrecht auf und ein Hauch Röte überzog es. Erneut tippte der Mann auf seinem Handy herum und blickte dann wieder Samuel an. „Hier sind Sie also! Mit Bart sehen Sie viel besser aus, nur so unter uns." Der Fremde blinzelte ihm vertraulich zu.

Samuel verstand nur Bahnhof. Wollte ihn dieser Mann auf den Arm nehmen?

„Dann stimmt das alles! Ein Wunder wird wahr! Madre dios!"

„Bitte was?" Samuel bückte sich und stellte die Schubkarre wieder auf. Dieser Typ war ihm nicht geheuer, er sollte lieber zusehen, dass er Abstand zu ihm gewann. Warum hatte er die Heckenschere schon aufgeräumt? Die hätte ihm jetzt geholfen!

„Sie sind Simon Ceo, der berühmte Schriftsteller!"

„Nein, da irren Sie sich." Samuel warf die Schaufel so heftig in die Karre, dass das Klirren in seinen Ohren schmerzte. Ein heißer Stich fuhr durch sein Herz. Was erzählte dieser Mann da?

„Nein, ich bin Gärtner. Und nun entschuldigen Sie mich."

Samuel wollte die Karre an dem Besucher vorbeischieben, doch der sprang ihm kurzerhand in den Weg, ließ sich in seinem Wahn nicht beirren.

„Ja, das steht hier auch." Der Unbekannte strich sich durch die kurzgeschorenen Haare, hielt das Handy nur wenige Zentimeter vor Samuels Gesicht und murmelte: „Bitte recht freundlich."

„Was soll das?" Samuel riss dem Mann das Handy aus der Hand. „Ich möchte nicht ungefragt fotografiert werden."

„He, he, nicht gleich aggressiv werden. Ich bin ein Fan von Ihnen, Signore Ceo." Er hob abwehrend die Hände und verzog die Lippen zu einer Grimasse. „Ich habe alle Romane von Ihnen gelesen. Sogar mehrfach, und als ich erfahren habe, dass Sie hier arbeiten, habe ich gleich einen Urlaub gebucht."

Die Wörter rauschten nur so an Samuel vorbei. *Urlaub gebucht, hier arbeiten ...* Er verstand die Welt nicht mehr. War sein Versteckspiel aufgeflogen? Und wenn ja, wieso?

„Bitte, ein Foto mit Ihnen."

„Nein." Samuel drehte seinen Kopf zu Seite. „Ich möchte keine Fotos. Weder von Ihnen noch mit Ihnen. Haben wir uns verstanden?"

„Nein, leider nicht." Und so verwirrt, wie der Typ jetzt dreinblickte, stimmte das auch. „Auf der Homepage stand etwas völlig anderes."

„Ja, man sollte nicht alles glauben, was man liest."

Kopfschüttelnd wollte Samuel dem Gast ausweichen und den Rechen aufheben. Was hätte er nur dafür gegeben, jetzt einsam im Bad zu knien und Fliesen zu verfugen? Vieles, wenn er ehrlich war.

„Aber eine Frage erlauben Sie mir bitte noch."

War es das *Bitte* oder die Hoffnung, dann in Ruhe abziehen zu können? Samuel blieb stehen und nickte verhalten.

„Stimmt es, dass der nächste Roman in der Tropfsteinhöhle Toirano spielt? Wie cool. Das ist eine geniale Idee."

Eine Sicherung brannte bei Samuel durch. Er sah rot und schubste den ahnungslosen Fan so heftig zur Seite, dass er stürzte. Aufgebracht und nicht auf den Typen achtend, eilte er zum Hintereingang des Hotels. Das Wehklagen des Mannes verfolgte ihn.

Er musste ein ernstes Gespräch mit Vittore führen. Nun war er sich mehr als sicher, dass sein Chef ihn ausspioniert hatte. Und sich während seiner Abwesenheit ungehemmt in seinem Zimmer umgesehen hatte, um anschließend all seine Geheimnisse in die Welt hinauszuposaunen!

***

Ohne anzuklopfen, stürmte Samuel ins Büro und schlug die Tür so laut zu, dass nicht nur Vittore, sondern auch Gina erschrocken aufblickten. Der sonst so auf ein makelloses Erscheinen getrimmte Hotelier trat einen Schritt zurück und nahm die Hände von Gina. Sein Gesicht verlor alle Farbe und hektisch steckte er sein Hemd in die Hose. Gleichzeitig zischte er Gina zu, dass sie gehen sollte. Die Empfangsdame eilte mit gesenktem Kopf hinaus, nachdem sie ihren Rock gerichtet hatte.

„Du Schuft! Du elendiger Betrüger!"

Samuel trat so dicht an den Hotelier heran, dass er seine grobporige Haut erkannte. Mit beiden Händen packte er Vittore am Kragen und hob ihn ein paar Zentimeter hoch. Das bis eben eher rötliche Gesicht wurde übergangslos weiß.

„Bitte, ich habe nichts getan. Bitte, Gina wollte nur die aktuellen Buchungszahlen erfahren." Kleine Schweißperlen sammelten sich auf seiner Oberlippe, der Atem ging hektisch. Seine Augen waren unnatürlich geweitet und starr vor Angst. „Bitte, meine Frau darf nichts davon erfahren."

„Nichts davon erfahren!" Samuel war außer sich vor Wut. Was interessierten ihn Liebesgeschichten anderer Männer? „Du bist ein kleiner, gemeiner Heuchler und Lügner. Wen betrügst du noch? Ich habe dir vertraut, habe gern für dich gearbeitet und dann das ..."

Er schubste ihn in seinen Chefsessel, die Lehne kippte nach hinten und Vittore schrie panisch auf. „Bitte, bitte tu mir nichts!"

„Nein, ich garantiert nicht." Samuel wischte mit einer Hand sämtliche Unterlagen vom Schreibtisch. Eine Glaskugel zerbrach in unzählige Teile. Die Splitter versanken im dichten Flor des Teppichs. Eine Tasse landete knapp daneben und tränkte den Boden mit duftendem Kräutertee. Und wie, um einen Mantel des Schweigens darüber auszubreiten, landeten unzählige Papiere in der Pfütze.

Achtlos trat Samuel darauf. Die Blätter knisterten und raschelten bei jeden seiner Bewegungen. Entschlossen drehte er Bildschirm und Tastatur zu sich herum. Mit fliegenden Fingern aktivierte der den Computer.

„Dein Passwort. Sofort!"

Vittore, völlig eingeschüchtert, flüsterte es und Samuel musste sich anstrengen, um etwas zu verstehen. Nach dem dritten Anlauf hatte er Zugriff auf alle Daten des Hotels.

„Was machst du da?" Vittore, der sich offenbar vom ersten Schrecken erholt hatte, beugte sich vor und linste auf den Bildschirm.

„Nichts", knurrte Samuel, während er sich durch die unterschiedlichen Programme klickte. „Du hast Glück, wenn ich dir nicht die Abrechnungen und sonstige digitalen Unterlagen lösche."

Wie gut, dass er sich zumindest ein bisschen mit den sozialen Netzwerken auskannte. Dem Drängen seines Agenten sei Dank! So fand er die Beiträge über seine Arbeit und sich auf Instagram und der hoteleigenen Homepage sofort. Es verschlug ihm regelrecht die Sprache. Vittore hatte nicht nur Einzelheiten vom neuen Roman veröffentlicht, sondern auch Fotos von ihm ins Netz gestellt.

Samuel knurrte unwillig, als er die unzähligen Reaktionen seiner Fans entdeckte. Hin und wieder las er die positiven Rückmeldungen und registrierte, wie begierig die Leser nach Informationen und Hintergrundwissen waren. Egal, es gab keine Veröffentlichung ohne seine Einwilligung.

Und so löschte er konsequent einen Eintrag nach dem anderen und schüttelte dabei erschrocken den Kopf. Wie oft war Vittore in sein Zimmer geschlichen und hatte seine Notizen durchstöbert? Offenbar täglich! Kein Wunder, dass er sich immer wieder über veränderte Unterlagen wunderte.

„Du Schwein, du mieses Schwein!" Alle seine Ideen, alle Entwürfe, sie lagen für jeden sichtbar im Netz.

Samuels Hände erstarrten über der Tastatur, ein Geistesblitz ließ ihn innehalten. Bevor er alles löschte, sollte er Beweise sichern und sie seinem Agenten Töteberg zusenden. Sofort zog er das Handy aus der Hosentasche, machte ein paar Bilder und leitete sie umgehend weiter.

„Bitte Samuel, verstehe mich doch!" Vittore erhob sich, trat um den Schreibtisch und wollte nach der Tastatur greifen.

„Finger weg! Oder ich vergesse mich." Wütend blickte Samuel seinen Chef an und dieser wich sogleich zurück und setzte sich wieder. Er schien mit seinem Sessel regelrecht zu verschmelzen. „Du kannst froh sein, wenn ich dich nicht anzeige!"

„Bitte, Samuel, du ahnst gar nicht, wie begeistert deine Leser sind und wie sehr sie sich für deine Arbeit interessieren. Plötzlich stiegen die Buchungszahlen, und das, obwohl ich die Preise um satte dreißig Prozent erhöht habe."

Mit einem nervigen *Bling*, das Samuels Blutdruck weiter in die Höhe schnellen ließ, fragte das Programm nach, ob er *wirklich* sein Instagram-Profil löschen wollte.

Und ja, er wollte. Mit grimmiger Miene und knirschenden Zähnen bestätigte Samuel die Entfernung des Accounts.

„So, das war der erste Schritt." Samuel richtete sich auf und ballte die Hände zu Fäusten. Vittore öffnete den Mund, wollte etwas sagen, doch Samuel fuhr ihm in die Parade.

„Schweig, sonst platzt mir endgültig der Kragen. Noch nie habe ich mich so hintergangen gefühlt!"

Er durchforstete den Computer weiter, seine Finger huschten wie kleine Kobolde über die Tastatur. Vermutlich hatte Vittore all seine Fundstücke digital gespeichert. Tatsächlich, es genügten ein paar Klicks.

Den Ordner mit den Fotos fand er mühelos, Vittore hatte ihn einfach *Samuel* genannt. Auch diese Datei löschte er, ohne zu zögern. Jetzt fehlte nur noch der digitale Mülleimer. Ein weiterer Klick, und auf der Festplatte fand sich nichts mehr.

„Bitte, lass uns doch ein Geschäft machen." Die Stimme von Vittore klang flehentlich, er hob die Hände, rieb sie unruhig. „Wir teilen den Gewinn unter uns auf. Bitte! Du brauchst mich, ich brauche dich!"

Samuel ignorierte das Gejammer und kontrollierte die Cloud. Dort gab es offenbar keine weiteren Dokumente über ihn.

„Von wegen!" Er schubste die Tastatur so heftig an, dass sie über den Schreibtisch zischte und erst knapp vor der Kante stoppte. „Auf eine solche Zusammenarbeit kann ich gut verzichten! Auf das restliche Gehalt ebenfalls. Falls etwas ist, kannst du mich über meinen Agenten erreichen."

Samuel ging, ohne sich noch einmal umzudrehen.

***

Seine Habseligkeiten waren schnell zusammengepackt. Die Bettdecke strich er zum Abschied noch einmal glatt. Dann ging er mit seinem Koffer und der PC-Tasche über der Schulter zur Rezeption.

Gina blickte ihn mit großen Rehaugen an. Ob sie befürchtete, dass er sie verraten würde? Es war ihm alles so egal. Voller Wut schmiss er den Schlüssel auf die polierte Fläche, registrierte den Kratzer mit einem Schulterzucken und ging.

„Samuel, bitte warte!"

Nein, da mochte Gina noch so sehr bitten und flehen. Er stieg in seinen Wagen und startete ihn mit einem entschlossenen Drehen des Schlüssels. Nachdenklich betrachtete er die vertrockneten Reste der Bougainvillea. Ob sich wohl jemand fand, der dort noch aufräumte?

Als er ein letztes Mal in den Rückspiegel blickte, winkte ihm nur das Flatterband zum Abschied.

***

Er stellte seinen Kleinwagen hinter den von Susan, stieg aus und lief mit schleppenden Schritten zur Tür. Sein Gepäck ließ er im Fahrzeug zurück. Er wollte unbedingt vermeiden, dass Susan sich unter Druck gesetzt fühlte. Erst musste er mit ihr sprechen. Der Kies knirschte bei jedem Schritt. In Gedanken ging er die Worte durch, die er ihr sagen wollte.

Die blecherne Klingel hallte durch das Haus. Samuel hörte Susan rufen und sein Herz tat trotz der Situation einen Freudenhüpfer.

„Samuel, was machst du denn hier?" Susan blickte ihn verwundert an. Mit seinem Erscheinen hatte sie nicht gerechnet. „Alles in Ordnung?"

„Nein. Leider nicht." Erst sah er zu Boden, dann in ihr Gesicht. Unruhig rieb er seine schweißnassen Hände an seiner Arbeitshose ab. „Ich habe eben gekündigt und bin nun ohne Job und ohne Unterkunft."

Oh, wie sehr er sich dafür hasste, sie zu belügen. Wahrscheinlich sah sie ihm sofort an, dass er ihr die Unwahrheit sagte. Dass ein großes Schild mit Leuchtschrift über seiner Stirn aufblinkte und ihn verriet.

„Du Armer! Komm rein!"

Sie trat ein paar Schritte zurück und ließ ihn ein. In ihrem Gesicht sah er keinen einzigen Hinweis darauf, dass sie ihm misstraute oder seiner Erzählung nicht glaubte.

„Du hast Glück, ich war gerade auf dem Weg nach Bussana Vecchia. Aber das verschiebe ich."

Susan lotste ihn in die Küche und deutete auf einen Stuhl. „Setz dich und dann erzählst du mir alles." Während sie das sagte, schmiss sie die Kaffeemaschine an und holte ein paar frische Canestrelli hervor. Ohne, dass Susan es erwähnte, wusste Samuel, dass die Kekse von Evelina stammten.

Susan nahm sich ebenfalls einen Stuhl, setzte sich ihm gegenüber und lauschte aufmerksam. Während er lustlos am Keks knabberte, erzählte er ihr vom Streit mit seinem Chef. Statt des Vertrauensbruchs nahm er die ständige Kritik an seiner Arbeit als Grund für die

Kündigung. Er wollte weiter unerkannt als Schriftsteller arbeiten und in Ruhe sein Werk vollenden. Doch die mürben Canestrelli schmeckten nach Sägespänen und selbst der Kaffee erinnerte ihn mehr an Spülwasser als an ein aromatisches Heißgetränk.

Er atmete einmal tief durch. Jetzt kam die alles entscheidende Frage.

„Darf ich bei dir wohnen? Ich zahle dir selbstverständlich eine Miete. Du sollst dich meinetwegen nicht in Unkosten stürzen."

Susan führte ihre Tasse zum Mund, blies in den dampfenden Kaffee und stellte sie wieder zurück, ohne einen Schluck zu trinken. Samuel musterte ihr Gesicht, versuchte darin zu lesen. Vergeblich. Ihre Miene war ausdruckslos. „Deine Frage kommt etwas überraschend. Gib mir bitte ein paar Augenblicke zum Nachdenken."

Sie stand auf, füllte Saphira Futter in den Napf und lief mit verschränkten Armen auf und ab. Ihr Blick abwesend und gedankenverloren.

Anders Saphira: Kaum hatte sie das vertraute Geräusch der Blechdose gehört, kam sie im flotten Trab heran. Der Verband schien sie nicht mehr sonderlich zu behindern und Samuel schmunzelte zufrieden. Das Näschen hatte sie witternd in die Luft gereckt, die Schwanzspitze zuckte. Voller Begeisterung machte sie sich über die Extraportion Futter her.

Immer noch schweigend setzte sich Susan wieder hin, mied seinen Blick und trank einen Schluck Kaffee. Samuels Finger krampften sich um seine Tasse, auch wenn er schon ahnte, wie ihre Antwort lauten würde.

„Natürlich darfst du gern hier wohnen. Über die Kosten werden wir uns auch einig, da bin ich mir sicher.“ Sie nickte und ließ den Blick durch die Küche schweifen. „Ich denke mal, wenn du mir beim Entrümpeln und beim Renovieren hilfst, haben wir beide etwas davon.“

„Gerne doch.“ Samuels Herz machte einen Hüpfer und eine Welle der Erleichterung durchflutete ihn. „Ich helfe immer gern.“

„Na dann.“ Susan klopfte sich auf die Oberschenkel und sprang auf. „Fühl dich wie zu Hause. Ich muss noch schnell nach Bussana Vecchia fahren. Aturo wartet auf mich und meine Bilder.“

Sie kam auf Samuel zu, legte ihre Arme um seinen Nacken, hauchte ihm einen Kuss auf die Lippen.

„Bis später“, murmelte Susan und gab ihm einen spielerischen Klaps auf die Schulter.

Er sah ihr nach, wie sie mit beschwingten Schritten aus dem Haus eilte.

Ein großer Seufzer schlüpfte über seine Lippen. Samuel liebte diese Frau und war ihr mehr als dankbar für ihre Unterstützung. Und dennoch kam er sich wie ein Schuft vor.

Schwerfällig, als ob ein Tonnengewicht auf seinen Schultern ruhte, stand er auf und streichelte Saphira über den Rücken, die gerade dabei war, an seinen Schuhen zu schnuppern.

Als Erstes musste Samuel dringend mit seinem Agenten sprechen und dessen Meinung zu diesem Vorfall einholen. Sein Herz krampfte. Die Szene in der Grotte di Toirano gefiel ihm so gut, die würde er ungern löschen. Unruhig ging er in der Küche auf und ab. Er griff nach seinem Handy, setzte sich wieder auf seinen Platz und tippte auf das Hörersymbol.

Es schepperte an der Haustür. Sie schwang knarrend auf, leise Schritte erklangen. Samuel erstarrte. Wollte jemand einbrechen? Während das Freizeichen erklang, erhob er sich vom Stuhl.

„Samuel, kannst du mich bitte rauslassen?" Susan! Was machte sie hier? Seine Gedanken rasten. Hatte er etwas übersehen?

Mit geröteten Wangen, den Autoschlüssel in der Hand, stürmte sie in die Küche. „Du hast mich zugeparkt."

Gerade wollte er ihr antworten, als die Stimme seines Agenten erklang.

„Töteberg." Als ob sein Handy aus glühendem Metall bestünde, warf er es auf den Küchentisch. Die Stimme seines Agenten hallte durch den Raum.

„Wer ist das?" Susan blinzelte, lauschte und schüttelte verwundert den Kopf. „Willst du nicht zu Ende telefonieren?"

„Nein, das hat keine Eile." Mit hochrotem Gesicht nahm Samuel das Handy hoch und drückte auf das Hörersymbol. Die Stimme verstummte. „Es war nur ein guter Bekannter, den ich um Hilfe bitten wollte."

„Wegen eines Jobs?" Das Misstrauen in Susans Stimme verflog und Samuel nickte.

„Ja, ich brauche dringend einen neuen Job und deshalb wollte ich mich bei ihm umhören, ob er nicht jemanden kennt, der jemanden kennt ..." Noch einmal Glück gehabt. Susan hegte offenbar keinen Argwohn. Liebevoll legte er seine Hand auf ihre Schulter, griff nach seinem Wagenschlüssel und dirigierte sie zur Tür.

„Aber erst lasse ich dich raus, damit du endlich deine Sachen erledigen kannst.“

***

„Was war das denn?“ Die Stimme seines Agenten hallte durch den Hörer, sodass Samuel ihn ein Stück von seinem Ohr weghielt. Immer wieder nickte er ergeben, so als ob sein Agent neben ihm stünde, während er ihm sein Problem erklärte.

„Susan ist eine tolle Frau.“ Samuel schnaufte einmal tief durch und dachte an sie, an ihr liebevolles Lächeln, ihre Geduld und ihren Humor. „Aber ich bin ein gebranntes Kind. Meine frühere Freundin dachte immer nur an das Geld, das ich mit meinen Romanen verdiene. Täglich starrte sie auf die Verkaufszahlen, erfreute sich an dem Erfolg, den ich hatte und dem Rampenlicht, in dem sie sich sonnte. Ich als Person war nicht interessant für sie. Deshalb habe ich Susan noch nicht verraten, wer ich bin. Für sie bin ich ein Hausmeister, der gerade ohne Job ist.“

„Nun gut, und wie lange gedenkst du, das durchzuhalten?“

Samuel schnaufte, betrachtete eins der Fotos, das im Küchenregal lehnte. Es zeigte sie beide, Arm in Arm mit einem verliebten Gesichtsausdruck in der Grotte. Wenn man ganz genau hinsah, konnte man den unterirdischen See im Hintergrund entdecken.

„Ich weiß es nicht. Im Moment wird mir ja schon anders, wenn ich nur eines meiner Bücher bei ihr auf dem Wohnzimmertisch liegen sehe. Sie ist nämlich ein Fan von mir. Leider.“

240

„Na dann", er hörte Michael lachen. „Pass aber auf, dass dich diese Liebschaft nicht um Kopf und Kragen bringt. Der nächste Roman muss ein Knaller werden. Denk daran."

Damit beendete Töteberg das Telefonat und Samuel saß noch lange am Küchentisch und dachte nach.

***

Verflixt, daran hatte er nicht gedacht! Bei Susan gab es für ihn kein einziges Eckchen, wo er ungestört arbeiten konnte. Er raufte sich die Haare und drehte sich einmal um die eigene Achse. In seiner Wut war er einfach losgefahren. Nun gut! Er musterte sein Gepäck, das aus dem Koffer und seiner PC-Tasche bestand. Seine Unterlagen mit den Fotos, dem Notizblock und der Aktenordner lagen zuunterst. Gut versteckt zwischen schmutziger Wäsche und seinen Arbeitsschuhen. Da dürfte Susan sie so schnell nicht erblicken.

Unruhig wanderte Samuel durch das Wohnzimmer, bis er vor der Panoramascheibe stehen blieb. Er sah hinaus, betrachtete die Landschaft und versuchte sich zu beruhigen. Der Himmel war strahlend blau, auf dem Meer tanzten kleine, weiße Schaumwolken und das Sonnenlicht spiegelte sich im Wasser. Zwischen dem Fenster und dem Meer erblickte er das satte Grün aus Pinien und Zitronenbäumen, in unregelmäßigen Abständen unterbrochen von den grauen Streifen der Gewächshäuser.

Eigentlich ein perfekter Nachmittag, um auf der Terrasse zu sitzen und am Roman zu schreiben oder im Garten zu arbeiten.

Sein Blick fiel auf das Grundstück, das sich direkt vor ihm erstreckte. Bis jetzt hatte er immer nur die Terrasse und das bisschen Land vor dem Haus kennengelernt, doch offenbar gehörte noch mehr dazu. Er trat dichter ans Fenster, stützte die Hände am Sims ab und musterte den Garten. Wenn er es richtig erkannte, gab es einige beeindruckende Bäume und dahinter versteckt einen kleinen Pavillon, der als weißer Punkt im satten Grün aufleuchtete.

Neugierig geworden ging er in die Küche und öffnete die Terrassentür. Die warme Luft umfing ihn, er ließ sie einen Spalt offenstehen und stieg die Treppe hinunter. Den Weg hinüber zu Evelina, der rechtsherum führte, den kannte er schon.

Neugierig ging Samuel weiter. Wie so oft in Ligurien war der Garten in unterschiedlichen Ebenen angelegt. Links und rechts befanden sich Beete, dazwischen locker verstreut einzelne Orangen- und Zitronenbäume. Doch der von Susans Eltern liebevoll angelegte Garten ... Von ihrer früheren Arbeit war nur noch wenig zu sehen. Die unzähligen Lavendelsträucher reichten Samuel fast bis an die Hüfte, der untere Teil der Pflanzen war völlig verholzt. Auch andere Büsche und Sträucher wucherten fröhlich und hatten sich mittlerweile im Beet sowie auf den Wegen breitgemacht.

Sobald Susan das Haus hergerichtet hatte, wartete der Garten auf sie. Doch anders als beim Hotel *La Passony* freute er sich darauf.

„Hallo, was machen Sie da?" Diese Stimme kannte er. Samuel blieb stehen und drehte sich um. Das pinke Kleid der Trägerin stach im Grün der Pflanzen und

Bäume hervor. Samuel blinzelte und hob grüßend die Hand.

„Hallo Evelina, ich bin es, Samuel.“

Evelina kam mit kleinen Schritten auf ihn zu, beschirmte mit der rechten Hand ihre Augen. In der anderen hielt sie einen Strohbesen. Ob sie damit Einbrecher verjagen wollte? Oder hatte er sie gerade bei der Arbeit gestört?

„Jetzt erkenne ich dich, entschuldige bitte. Im ersten Moment dachte ich, es treibt sich ein Fremder im Garten herum.“ Sie ließ die Hand mit dem Besen sinken und guckte Samuel verwundert an. „Du bist allein? Wo ist Susan? Ich dachte, sie ist auf den Weg nach Bussana Vecchia.“

„Ja, das ist sie auch. Sie wollte weitere Bilder an Aturo liefern.“ Samuel zuckte mit den Schultern, kam sich irgendwie ertappt vor. „Ich warte darauf, dass sie zurückkommt, und die Zeit nutze ich gerade, um mich ein bisschen im Garten umzusehen.“

„Da gibt es viel zu tun.“ Evelina rupfte ein paar Blätter Minze ab und zerrieb sie zwischen ihren Fingern. Der frische Duft erfüllte die Luft und Samuel atmete tief ein. Vielleicht sollte er ein paar Zweige pflücken und einen Tee zubereiten?

„Dieser Garten ist ein toller Ort, der so viele Möglichkeiten bietet. Besonders, wenn Susan einmal Kurse für Künstler anbieten will.“

Samuel drehte sich um und deutete in Richtung Meer. „Vielleicht lässt sich auch der kleine Pavillon herrichten? Ich habe vom Wohnzimmer aus nur das Dach gesehen, aber das wäre ein perfekter Ort, um zu malen und zu philosophieren.“

„Sí, das ist er." Evelinas Gesichtsausdruck bekam etwas Träumerisches. „Du ahnst gar nicht, wie viele Gläser Wein ich mit Susans Eltern dort unten getrunken habe. Was für tolle Gespräche wir hatten. Aber was vorbei ist, ist vorbei." Sie zuckte mit den Schultern. „Ein neuer Lebensabschnitt beginnt."

„Wie wahr." Samuel stockte und dachte an seine eigene Situation. Vielleicht sollte er die Ruhe nutzen und auch noch etwas arbeiten?

Er hob zum Abschied die Hand und wollte zurück zum Haus, das mit seinen grauen Steinen und dem dunklen Dach wie eine kleine, trutzige Burg wirkte.

„Warte kurz." Evelina legte ihre schwielige Hand auf seinen Arm. „Wenn Susan Zeit hat, würde ich gern mit ihr etwas besprechen. Kannst du ihr das ausrichten?"

Susan

Mit der Post in der einen Hand, die Einkäufe in der anderen, betrat Susan den Flur. Eine Jacke am Haken, fremde Schuhe im Flur. Einen Atemzug lang stockte sie und wunderte sich über den Besuch. Dann fiel ihr wieder ein, dass ab jetzt Samuel bei ihr wohnte. Über ihr Gesicht ging ein Aufleuchten, in ihrem Magen kribbelte es. Sie freute sich darauf, ihn in den Arm zu nehmen und seine Nähe zu spüren.

„Ich bin zurück." Susan stieß die Tür mit ihrem Absatz zu und hing die Handtasche an den Haken.

Suchend blickte sie sich um. Wo steckten Samuel und Saphira? Die Katze kam, kaum dass sie ihre Schritte vernommen hatte, aus dem Wohnzimmer, und strich maunzend um ihre Beine.

Eindeutig, da hatte jemand Hunger.

„Samuel, wo bist du?" Susan legte die Post sowie die Einkäufe achtlos auf die Küchenablage. Darum würde sie sich später kümmern.

„Hier, ich bin draußen."

Vor lauter Vorfreude machte ihr Herz einen kleinen Hüpfer und sie wollte auf die Terrasse eilen. Doch noch in der Tür blieb sie erschrocken stehen und musste erst einmal tief Luft holen. Was war das? Was war während ihrer Abwesenheit passiert? Wollte jemand die Terrasse abreißen oder hatte randaliert?

Mit der linken Hand hielt sie sich am Türrahmen fest, Schwindel überfiel sie. Susan schloss die Augen, garantiert träumte sie nur. Doch auch als sie wenig später wieder hinsah, hatte sich an dem chaotischen Bild nichts geändert.

Statt wie gewohnt gemütlich in einer Ecke standen Stühle und Tisch nun übereinandergestapelt da. Die beiden Steinfiguren dicht gedrängt daneben.

Dafür stand ein großer, schäbiger Plastikbottich mitten auf der Terrasse, ebenso wie die Werkzeugkiste ihres Vaters. Dazwischen, völlig verstaubt und auf dem Boden kniend, Samuel.

Susan brauchte eine Weile, bis sie begriff, was gerade passierte. Offenbar hatte er sich während ihrer Abwesenheit erbarmt und angefangen, die losen Fliesen einzusammeln und zu reinigen.

Jetzt, als er sie sah, erhob er sich, klopfte sich den Staub von der Arbeitshose und stand mit einem schuldbewussten Gesichtsausdruck vor ihr.

„Bitte nicht schimpfen." Auch wenn er zu Boden blickte, sah sie doch, wie seine Mundwinkel zuckten. „Ich konnte nicht die ganze Zeit einfach nur stillsitzen und auf dich warten."

„Musste das sein?" Susan ballte die Fäuste, bemühte sich um Beherrschung. Garantiert war es nett gemeint. Aber es war ihr Haus, ihre Entscheidung, wann etwas gemacht wurde. Und er hatte es nur getan, weil ihm langweilig war?

„Das ist keine Ausrede." Susan blickte ihm in die Augen und bemühte sich redlich, nicht zu schreien. Die bitteren Erinnerungen an Frederic kamen wie Galle hoch. „So fing mein Ex auch an. Er traf die Entscheidungen, er erledigte alles, ob ich wollte oder nicht. Deshalb ..."

Eins, zwei, drei. Ganz langsam zählte sie bis zehn und bemühte sich, ihre Wut zu bändigen. „Deshalb mach immer nur etwas, das wir abgesprochen haben. Sonst hat unsere Beziehung keine Chance."

Ohne Samuel zu Wort kommen zu lassen, drehte sie auf dem Absatz um und ging zurück in die Küche. Die schlichten Briefumschläge auf der Ablage weckten ihr Interesse und boten ihr die perfekte Gelegenheit, sich abzulenken. Rasch blätterte sie ihre Post durch, Abrechnungen, Prospekte und ein dicker Brief von – Frederic. Mit Kugelschreiber hatte er quer über den Umschlag geschrieben:

Wichtig! Sofort öffnen!

Was wollte er? Schickte er ihr endlich die Scheidungsunterlagen? Mit zitternden Fingern riss Susan den dicken Umschlag auf und zog die Papiere heraus.

Ein wunderschönes Bild von Seerosen, die in einem Teich schwammen. Ein asiatischer Tempel im Hintergrund und der Aufdruck einer bekannten Wellnessoase in New York.

Wollte Frederic sie auf so eine billige Art kaufen? Kurz drehte Susan die Karte um. Tatsächlich, ein Gutschein über mehrere Hundert Dollar für ein romantisches Wochenende zu zweit!

Nichts da! Sie zerriss den Brief, erst einmal quer, dann in unzählige Schnipsel. Wie Schneeflocken rieselten sie zu Boden. Den dazugehörigen Bikini zerschnitt sie mit fliegender Hast. Als sich der Stoff in der Schere verklemmte, riss Susan mit aller Kraft daran. So heftig, dass sie sich bei einer ungeschickten Bewegung in den Finger schnitt.

Weinend sank sie zu Boden, mit dem Rücken zur Wand, und umschlang ihre Knie mit den Händen. Das Blut tropfte auf die Fliesen, auf die vielen Papierfetzen, doch es kümmerte sie nicht.

„Darling, mein großer, tapferer Darling!" Schmutzig, wie er war, hockte sich Samuel zu ihr, umarmte sie liebevoll und hauchte ihr einen Kuss auf die Stirn.

Wie lange Susan dagesessen hatte? Es schien für sie eine Ewigkeit gewesen zu sein. Ihre Tränen waren versiegt, Samuel kniete neben ihr. Hielt sie fest mit seinen Armen umschlungen und wiegte sie sacht hin und her.

„Geht es wieder?" Besorgt musterte er sie und Susan blinzelte ihm zu.

„Ja, jetzt geht es mir wieder besser. Danke dir."

Er kramte in seiner Hosentasche und reichte ihr ein Päckchen Taschentücher. „Ich glaube, du solltest deinen Finger verbinden. Der Schnitt ist recht tief."

Tatsächlich, jetzt, nachdem Samuel sie darauf aufmerksam gemacht hatte, bemerkte Susan, dass der Zeigefinger schmerzte.

„Danke, das geht schon. Oben im Bad habe ich Pflaster." Steif vom langen Sitzen erhob sie sich. „Bis gleich."

Susan ließ das Wasser etwas länger laufen als nötig und hielt den blutenden Finger darunter. Nach diesem Gefühlsausbruch brauchte sie ein Weilchen für sich. Dann, nach unzähligen Ladungen kaltem Wasser im Gesicht und einem großen Pflaster über der Schnittwunde, kehrte sie zurück in die Küche. Sofort fiel ihr auf, dass Samuel die Überreste vom Brief und Bikini in den Müll geworfen und die Blutstropfen von den Fliesen gewischt hatte.

„Ich habe mir erlaubt, Wasser für einen Tee zu kochen." Samuel, von ihrem Ausbruch noch immer etwas verwirrt, musterte sie fragend. Wahrscheinlich in der Sorge, dass seine Aktivitäten wieder ihren Unwillen erregen würden. Doch Susan freute sich einfach nur über sein umsorgendes Verhalten, akzeptierte es als das, was es sein sollte: ein liebevolles Kümmern um eine Person, die ihm wichtig war.

„Danke, das ist lieb von dir." Susan nahm den Kessel vom Herd und goss das kochende Wasser auf die frischen Kräuter. Die Blätter wirbelten im Becher, tanzten hin und her und verfärbten die Flüssigkeit in ein zartes Grün.

„Hat Evelina sie vom Markt mitgebracht?“ Susan deutete auf das Bündel Kräuter, das in einem Wasserglas stand.

„Nein, die sind aus deinem Garten. Da ich ja ein bisschen Zeit hatte, habe ich ihn mir einmal angesehen.“

„Und, eine einzige Wildnis – oder?“ Schon allein bei dem Gedanken an die viele Arbeit grauste es ihr.

„Ja und nein.“ Mit einem Becher in der Hand kam Samuel zu ihr. Vorsichtig pustete er, und ein Hauch von Minze lag in der Luft. Genießerisch schnupperte Susan und nahm sich den anderen Becher. „Es ist nicht an einem Nachmittag erledigt. Aber ich denke, wenn wir uns ein oder zwei Wochen nur darauf konzentrieren, ist der Garten bald wieder vorzeigbar.“

„Würdest du mir helfen?“ Unsicher darüber, wie er reagieren würde, stellte Susan den Becher zurück auf die Ablage und beobachtete Samuel aufmerksam.

„Wenn du möchtest, gern.“ Langsam hob er seine Hand und streichelte sanft mit der Daumenkuppe über ihre Wange, küsste sie liebevoll auf die Lippen. „Und ich verspreche dir, dass ich nie wieder etwas anfange, ohne dich zu fragen.“

„Danke, das ist lieb von dir.“ Ein großer Kloß löste sich in Susans Kehle. „Weißt du, mein Mann hat sich immer in mein Leben eingemischt. Er wollte mir ständig sagen, wie ich zu leben habe, welche Kleider ich tragen sollte, wann und wohin wir in den Urlaub fahren. Am liebsten hätte er mir auch noch meine Tätigkeit im *More Honey and Love* verboten. Doch nun ist es aus und vorbei und zwar endgültig.“

***

Die Garnelen brutzelten in der Pfanne, der Knoblauch wurde langsam glasig und verbreitete einen angenehmen Duft. Susan schnupperte genießerisch. Dazu gab es dampfend heiße Spaghetti und etwas Parmesan.

Ein Abendessen ganz nach ihrem Geschmack.

„Hast du einen Wein im Haus?" Samuel trat hinter sie, umfasste zärtlich ihre Schultern, küsste sie sanft in den Nacken. Glücklich schmiegte sich Susan an ihn. Genoss die Nähe, seine Liebkosungen. Dass sie sich neu verlieben würde, das hatte sie vor ein paar Wochen noch nicht geahnt.

„Ja, einen Rest Sciachetrà habe ich noch da. Hoffentlich reicht er."

Samuel brummte zustimmend und trat zum Kühlschrank. Das Licht blitzte auf, Gläser klirrten leise, als Samuel die Tür öffnete.

„Wie sieht es aus?" Susan drehte sich um, sah, wie Samuel mit dem Wein in der Hand dastand und die Flasche gegen das Licht hielt.

„Super. Für uns zwei und diesen Abend sollte es ausreichen. Ich trinke dazu gern ein Glas Wasser, schließlich ist der Alkoholgehalt nicht zu verachten."

Er stellte die Flasche ab und half Susan beim Tischdecken. Wenig später saßen sie am Tisch und er reichte ihr die Schüssel mit den Spaghetti.

„Bevor ich es vergesse, ich habe Evelina vorhin getroffen. Sie wollte dich dringend sprechen."

Mit dem Löffel in der Hand erstarrte Susan in der Bewegung. „Und warum? Hat sie dir etwas gesagt?"

Samuel zuckte mit den Schultern. „Leider nein. Es schien ihr aber wichtig zu ein. Zumindest deutete sie etwas in der Art an. Vielleicht hat es etwas mit deiner neuen Geschäftsidee zu tun. Aber ich weiß es nicht. Du wirst es schon erfahren."

Am liebsten wäre Susan sofort aufgesprungen und zu ihrer Nachbarin geeilt, doch draußen war die Dunkelheit hereingebrochen und so spät am Abend wollte sie Evelina nicht mehr stören. Ihre Gedanken rasten, fahrig nahm sie ein paar Nudeln auf, schob eine Garnele auf dem Teller hin und her. So schwer es ihr auch fiel, sie musste sich noch ein paar Stunden gedulden.

***

„Dieses Sofa." Samuel schüttelte die Decke aus und drehte sich zu Susan. „Darauf zu schlafen ist eine Qual. Das ist dir doch bewusst?"

Susan, die ihm eben seine Bettwäsche gebracht hatte, verkniff sich mit Mühe ein Grinsen. An die Rückenschmerzen der ersten Tage erinnerte sie sich nur zu gut.

„Trag es mit Fassung. Nach zwei Nächten hatte sich mein Rücken daran gewöhnt." Sie drehte sich um, zog ihr T-Shirt über den Kopf und griff nach dem Nachthemd. Obwohl sich alles so vertraut und gut anfühlte, befiel sie eine unerklärliche Scham. Die spitzen Bemerkungen Frederics über ihre flache Brust, ihren unperfekten Körper hallten in ihr nach.

Hastig schlüpfte sie ins Nachthemd und zog anschließend die Hose aus. Sie warf einen verstohlenen Blick zu Samuel, der sich die Schuhe abstreifte und sie ordentlich an die Seite stellte. Wie gut, er hatte sie nicht beobachtet.

Nachdem sie den großen Deckenstrahler ausgeknipst hatte und nur noch eine kleine Leselampe brannte, huschte sie zwischen die kühlen Laken. Die zweite Nacht mit einem Mann an ihrer Seite, den sie noch nicht lange kannte. Und doch, sie fühlte sich wohl dabei.

„Morgen sehen wir uns nach einem geeigneten Bett um. Einverstanden?“ Samuel, nur noch mit einer knappsitzenden Boxershorts bekleidet, stand vor ihr. Mit einem Aufseufzen schlüpfte er unter die Decke und verschränkte die Arme über seinem Kopf. „Sonst falle ich als Arbeitskraft aus und das möchtest du garantiert nicht.“

„Nein.“ Susan kicherte leise vor sich hin. „Wobei du Pech hast mit dem Möbel kaufen. Aussuchen können wir sie gerne, aber erst müssen wir das Zimmer fertig renovieren.“

„Wirklich?“ Aufseufzend verdrehte Samuel die Augen. „Und ich dachte, das ist längst erledigt und ich kann mich ins gemachte Nest legen.“

„Leider nein.“ Sie gab ihm einen zärtlichen Kuss auf die Nasenspitze und kuschelte sich an ihn. Freute sich unbändig darüber, nicht allein zu sein.

Susans Herzschlag stieg, in ihrer Magengegend kribbelte es und sie hoffte, dass Samuel auch Lust auf das unaussprechlich Schöne hatte.

Langsam ging ihre Hand auf Wanderschaft. Erst streichelte sie seinen Arm, dann seine Brust. Wohlig seufzte Samuel auf, drehte sich ein kleines bisschen mehr zu ihr und schmiegte sich an sie. Sein Arm umfing sie, drückte sie sanft an sich.

„Ich dachte, du bist so müde." Susan sah in seinem Blick die nur schwer zurückgehaltene Lust. „Aber wenn du möchtest."

Sie musste nicht antworten, Samuel verstand sie auch so.

Seine Lippen suchten die ihren, seine Bartstoppeln kratzten erst an ihrer Oberlippe, wenig später, als er sie mit unzähligen Küssen eroberte, pikste es im ganzen Gesicht. Und in ihrem Körper erwachte die Leidenschaft.

Kurz befreite sie sich aus der Umarmung, zog das Nachthemd aus und präsentierte ihren nackten Oberkörper. Samuels Atem stockte, scharf zog er die Luft ein. Mit der Zunge fuhr er über seine Lippe, bevor er ihre Brustwarzen mit kleinen, sanften Küssen bedeckte.

„Du bist so wunderschön. Hat dir das jemals jemand gesagt?"

Wie hatte ihr das gefehlt! Diese Nähe, dieses gegenseitige Vertrauen. Begierig erwiderte sie seine Küsse, wanderte mit ihren Händen an seinem Rücken hinunter, massierte seine muskulösen Pobacken.

Und dann versanken sie in einer Welt aus Liebe und Leidenschaft.

Kapitel 17

Samuel

„Ich fahre nach Sanremo und komme erst heute Nachmittag wieder.“ Samuel gab ihr einen Kuss auf die
Wange und schulterte seine PC-Tasche. „Ich muss ein
paar wichtige Sachen erledigen und mit meinem Ag…“

Er hustete überraschend und Susan blickte ihn erschrocken an. Vorsorglich klopfte sie ihm auf den Rücken, bis er ergeben die Hände hob und sich mit einem
Zipfel vom Hemd die Tränen wegwischte. Saphira, die
bis eben noch zu seinen Füßen gesessen hatte, huschte
in das angrenzende Wohnzimmer.

„Was ist los? Alles in Ordnung mit dir?“ Mit großen,
vor Sorge geweiteten Augen blickte Susan ihn an. „Soll
ich dir etwas zu trinken holen?“

„Alles gut. Ich habe mich nur verschluckt, eine Fliege
ist mir in den Hals geflogen.“ Samuel hustete noch einmal demonstrativ und rieb sich die Augen.

Wie sehr er es hasste, sie zu belügen. Doch im Moment war es das Beste für sie beide. „Wollen wir später

zusammen losfahren, nach einem Bett gucken und anschließend etwas zu Abend essen? Ich möchte dich gern einladen."

„Einverstanden." Susan drückte ihn ein letztes Mal an sich und er spürte, wie seine Jeans im Lendenbereich enger wurde. Zu gern würde er sie wieder ins Bett ziehen, ihren Körper entdecken, bis sie vor lauter Lust nicht mehr wusste, wo oben und unten war. „Bis dahin habe ich die Wände frisch gestrichen und den Teppichboden entfernt."

Verflixt, jetzt waren seine Gedanken völlig abgeschweift. Er nickte bestätigend und hoffte, dass ihr das nicht aufgefallen war.

„Super, und morgen Nachmittag helfe ich dir. Damit du nicht alles allein machen musst."

Sie strich ihm über das Haar, küsste seine Halsbeuge, und Samuel fiel es noch schwerer, sich umzudrehen und zu seinem Auto zu laufen.

„Es ist in Ordnung für mich, wenn du vormittags unterwegs bist und dich auf die Suche nach einem Job begibst."

„Danke." Samuel winkte ihr zum Abschied zu, legte seine Computertasche auf den Rücksitz und stieg ein.

Wenig später lenkte er den Wagen aus der Ortschaft und überlegte fieberhaft, wo er am besten arbeiten konnte.

Das kleine Café unweit der Kirche San Siro kam ihm in den Sinn, während er der Straße nach Sanremo folgte. Vielleicht probierte er es heute einmal dort? Er zuckte mit den Schultern. Warum nicht?

Evelina wollte sie dringend sprechen! Seit dem Frühstück ging ihr der Gedanke ununterbrochen durch den Kopf. Was wollte die Nachbarin von ihr? Susan hatte keine Ahnung und genau das ließ sie unruhig werden.

Kaum, dass Samuel in seinen Wagen gestiegen war, lief sie ums Haus herum und betrat durch die windschiefe Pforte das Grundstück von Evelina.

Auf dieser Seite war sie noch nie gewesen, das wurde ihr schlagartig bewusst. Immer war es Evelina, die zu ihr ins Haus kam und sie besuchte. Entsprechend neugierig sah Susan sich um.

„Evelina, wo bist du?"

Der Garten ihrer Nachbarin war gepflegt, die Wege aus rotem Sand festgestampft und frei von jeglichem Unkraut. Jede noch so kleine Blume, jede Pflanze hatte ihren Platz in der Grünanlage. Eine prächtige Agave, sicher mehr als zwei Meter hoch und mit beeindruckend silbrigen Blättern saß im Zentrum des Gartens und wurde von mehreren Zitronenbäumen umzingelt.

Sich aufmerksam umsehend, ging Susan weiter. Die Tür vom Gewächshaus stand einen Spalt offen. War Evelina vielleicht dort? Susan ging dichter heran und spähte hinein. Im Gewächshaus reiften Tomaten und Auberginen und luden zur sofortigen Ernte ein. Doch von Evelina und ihren farbenprächtigen Kleidern keine Spur. Aber immerhin, der Boden rund um die Pflanzen war feucht, gerade frisch gewässert. Also musste sie in der Nähe sein.

Etwas zuversichtlicher drückte Susan die Tür wieder zu und drehte auf dem Absatz um. Mit flotten Schritten stieg sie die Holztreppe hoch auf die überraschend kleine Terrasse. Dort standen ein Liegestuhl sowie ein zierliches Tischchen mit einem aufgeschlagenen Buch darauf. Immer wieder blätterte der Wind einzelne Seiten um, so als ob er sich draus einen Spaß machte.

„Evelina, wo bist du?" Susan trat an die angelehnte Terrassentür, die ins Wohnzimmer führte. Vorsichtig klopfte sie gegen die Scheibe, beschattete mit ihrer Hand die Augen und sah in den Raum.

Dort saß Evelina mit einer altmodischen Hornbrille auf der Nase und studierte Briefe, die auf ihrem Schoß lagen. Als Susan die Frau im Sessel sitzen sah, musste sie an ihre Großmutter denken, die sie nie kennengelernt hatte. Es gab nur zwei Bilder von ihr, die sie zusammen mit anderen Familienfotos aufgehoben hatte.

Noch einmal klopfte Susan, diesmal etwas lauter und energischer.

„Komm rein." Evelina winkte ihr zu, legte die Papiere zur Seite und stand auf. Susan ließ es sich nicht zweimal sagen, sie schob die Tür auf und trat ein.

Neugierig blickte sie sich um, unschlüssig darüber, was sie für eine Einrichtung bei Evelina erwartet hatte. Anders als in ihrem Garten war das Wohnzimmer überladen mit Krimskrams. Die deckenhohen Regale quollen über vor Büchern, Aktenordnern und gehäkelten Tieren. Fast so, als ob Evelina jedes Mal, wenn sie etwas in die Hand bekam, es einfach irgendwo hinlegte. An den Wänden, zumindest dort, wo ein bisschen Platz war, hingen Bilder kunterbunt durcheinander.

Susan erkannte sofort zwei Werke ihrer Mutter, daneben Fotos von Familienangehörigen. Zumindest vermutete sie dies. Denn Evelina hatte ihr gegenüber noch nie erwähnt, dass sie eine Familie besaß.

„Guck dich nur um." Evelina kam näher, befreite den Tisch von gelesenen Zeitschriften und benutztem Geschirr. „Ich hole uns etwas zu trinken."

Die liebevoll gemeinten Worte holten Susan zurück in die Realität und beschämt senkte sie den Blick. So offensichtlich neugierig war sie sonst nicht.

Sie setzte sich auf einen Sessel, dessen Armlehnen mit Häkeldecken verunstaltet waren und lauschte auf Evelina, die in der Küche werkelte.

Wenig später kam ihre Nachbarin mit leicht hinkenden Schritten zurück, in den Händen zwei Gläser mit perlender Limonade. Sie stellte die Getränke vor Susan ab und schob ihren Stuhl näher an den Tisch.

Mit scharfem Blick musterte Evelina sie von Kopf bis Fuß. Susan traute sich nicht zu atmen oder gar nach ihrem Glas zu greifen. Dabei hätte sie jetzt gern einen Schluck getrunken, ihr Mund glich einer ausgetrockneten Quelle, die Zunge klebte unangenehm am Gaumen.

„Trink und hör mir zu." Diese Einleitung klang spannend. Susan knabberte an ihrer Unterlippe, vergrub ihre Hände zwischen den Oberschenkeln. Was wollte ihre Nachbarin von ihr?

Evelina nahm ihr Glas, drehte es in ihren Händen und betrachtete Susan interessiert. „Dein Entschluss steht fest, du möchtest hier in Ligurien bleiben und ein neues Geschäft eröffnen?"

Susan nickte. Noch immer hatte sie keine Vorstellung, was Evelina von ihr wollte. „Ja, so ist mein Plan.

Allerdings weiß ich noch nicht, wie ich ihn realisieren soll. Mein Rustico ist zu klein, um Gäste aufzunehmen und sie zu beherbergen."

Ihre Nachbarin beugte sich vor, nahm das Glas von Susan auf und reichte es ihr. „Du solltest etwas trinken, du bist arg blass."

Sah sie wirklich so schlecht aus? Egal, sie führte das Glas an die Lippen und nahm mehrere große Schlucke. Ihre Anspannung löste sich etwas.

„Gut, vielleicht kommen wir ins Geschäft." Dieses Aufblitzen in Evelinas Augen, so als ob sie etwas ausheckte. Susan nippte erneut am Getränk, innerlich auf alles Mögliche vorbereitet.

„Ich wollte dich fragen, ob du mein Rustico möchtest."

Susan verschluckte sich und ein heftiger Hustenreiz quälte sie. Vergeblich versuchte sie, ihn zu unterdrücken, doch die Flüssigkeit spritzte in alle Richtungen, sprenkelte den Tisch und ihren Rock. Vor Scham wäre Susan am liebsten im Boden versunken. Doch Evelina schien es nicht zu stören. Sie stand auf, verschwand kurz und kehrte mit einem feuchten Tuch zurück. Dankbar reinigte Susan erst ihre Kleidung, dann Tisch und Boden.

Dabei rasten ihre Gedanken, und sie versuchte die Bedeutung der Worte zu verstehen.

„Noch einmal, bitte, Evelina." Diesmal ohne das Glas in der Hand lehnte Susan sich im Sessel zurück und lauschte aufmerksam. Ungläubig sah sie ihre Nachbarin an, als sie geendet hatte.

„Evelina, habe ich dich richtig verstanden?"

„Ja, Susa, du hast mich richtig verstanden." Dabei nickte sie bekräftigend, ihr Kleid raschelte leise. „Ich habe jemanden kennengelernt und möchte nun mit ihm zusammenziehen. Dieses Haus würde dann leer stehen. Und du weißt ja, das bekommt keinem Gebäude und deshalb ..."

Bedeutungsvoll ließ sie ihren Blick schweifen. „Du hast tolle Ideen, einen Mann, der zu dir passt und gemeinsam schafft ihr es mit Sicherheit, dieses Rustico zu neuem Leben zu erwecken."

„Aber die Kosten. Evelina, ich kann dir beim besten Willen keine Miete zahlen, bis ich finanziell einigermaßen auf sicheren Beinen stehe. Deshalb muss ich dir absagen. Leider."

Samuel

Nein, das ging nicht! Entnervt stand Samuel wieder auf und packte seinen Laptop zurück in die Hülle. Hier war zu viel Betrieb, ständig kamen Gäste, andere gingen. Manch einer der Besucher stieß ihn achtlos an, andere warfen neugierige Blicke auf das, was er tippte.

Er ließ etwas Kleingeld für den Espresso liegen und verließ völlig genervt das Café.

Die Ablenkung war einfach zu groß für ihn. Dabei drängte sein Agent Töteberg, und auch ihn kribbelte es in den Fingern. Er wollte schreiben, er wollte seine Figuren zum Leben erwecken.

Es sollte doch irgendwo einen Ort geben, wo er sich in Ruhe hinsetzen und schreiben konnte. Vielleicht gab es ein Internetcafé, in dem er arbeiten konnte? Oder eine Bibliothek?

Unzufrieden mit der gegenwärtigen Lage irrte Samuel durch die Gassen der malerischen Altstadt, getrieben von der Hoffnung, dass ihm endlich die zündende Idee kam. Sein Blick schweifte über die dicht an dicht stehenden Häuser und die malerischen Fassaden. Die Touristen zwängten sich an ihm vorbei und blieben alle naselang stehen, um eine schlafende Katze zu fotografieren oder Wäsche, die zum Trocknen draußen hing. Dabei vernahm er Sprachen aus aller Herren Länder, Begeisterungsausrufe und ununterbrochen die Aufforderung *Cheese*.

Nein, in der historischen Altstadt würde er garantiert nicht fündig werden. Lieber versuchte er es in einem anderen Teil der Stadt.

Flott eilte er weiter, lenkte seine Schritte hinunter zum Yachthafen. Seine PC-Tasche schlug im Takt gegen seinen Rücken, spornte ihn an, endlich einen ansprechenden Platz zu finden.

***

Das war es! Samuel ballte vor Erleichterung die Hände zur Faust, fast hätte er einen Freudentanz hingelegt. Direkt vor ihm befand sich ein Hotel, das mit einer großen Lobby ausgestattet war. Er blieb stehen, musterte den Eingangsbereich, vergewisserte sich, dass nur wenig Betrieb herrschte. Ja, außer einem Gast, der versunken in einer Zeitung las, war der Raum leer. Dort konnte er garantiert in Ruhe arbeiten.

Beschwingten Schrittes stieg er die drei blankpolierten Stufen hinauf und ging durch die sich automatisch öffnende Glastür. Dezente Hintergrundmusik empfing ihn, vermittelte ihm das Gefühl, willkommen zu sein.

Das Hotel war schön und modern. Und damit so völlig anders als das *La Passony*, in dem Vittore residierte. Bewundernd sah sich Samuel um. Hier gab es keinen Stuck an den Decken, keine verschnörkelten Leuchter. Vielmehr war alles in Weiß gehalten, einzelne graue Areale sorgten im Zusammenspiel mit modernen Bildern für ein elegantes Ambiente. Die Beleuchtung war äußerst diskret, aber effektiv.

Samuel nickte dem Rezeptionisten freundlich zu und strebte eine der Nischen an, die ihm Ruhe und Geborgenheit versprachen.

Keine zehn Minuten später saß er am Laptop und schrieb die erste Seite.

Staub

Er floh durch die Grotte. Der Commissario warf seinen Mantel fort, folgte dem Verbrecher mit zusammengebissenen Zähnen. Warum musste die Übergabe der Diamanten ausgerechnet in der Grotte Toirano stattfinden?
Der Dealer turnte um die Stalagmiten herum, als seien es Streichhölzer, manch eine der alten Formationen brach unter der gewaltigen Beanspruchung.
Der Commissario hechtete über eine Stalagmite, rutschte auf dem feuchten Boden aus und verhinderte nur mit Mühe einen Sturz.

„Mi scusi, darf ich Ihnen noch etwas bringen?"
Samuel schrak aus den Gedanken hoch und klappte sofort seinen Laptop zu, so dass der Herr vom Service

keine Chance hatte, auch nur ein einziges Wort von seinem Roman zu erhaschen.

„Danke, das ist nicht nötig." Gefühlt war dies der dritte Besuch des Mannes an seinem Arbeitsplatz. Vermutlich war es ihm nicht ganz geheuer, dass Samuel hier stundenlang saß, hektisch etwas in seinen Laptop tippte und den Eindruck erweckte, als ob er kein Interesse an der Umwelt hatte. Oder ob der Rezeptionist vielleicht befürchtete, dass er hier seine Zelte aufschlagen wollte?

„Ich störe Sie ungern. Erwarten Sie Besuch? Soll ich Ihnen einen Tisch im Restaurant reservieren lassen?"

Nur mit Mühe unterdrückte Samuel ein Grinsen. Diese Frage kam ja fast einem Rauswurf gleich.

„Danke der Nachfrage. Aber für heute bin ich fertig." Samuel griff in seine Hosentasche, holte sein Portemonnaie hervor und zückte einen Zwanzig-Euro-Schein. Deutlich mehr, als er hier während seines Aufenthalts konsumiert hatte. „Ihr Service ist perfekt. Garantiert beehre ich Sie wieder." Und während er es sagte, überreichte er dem Angestellten das Geld.

„Grazie." Ein kurzes Aufleuchten in den Augen, ein zufriedenes Lächeln auf dem Gesicht. Damit hatte der Mann wohl nicht gerechnet. Mit dem großzügigen Trinkgeld hatte Samuel sich zumindest für heute Freunde geschaffen und konnte noch ein paar Minuten in Ruhe arbeiten.

Er klappte den Laptop wieder auf und beendete die Szene.

Geschafft! In Gedanken klopfte Samuel sich zufrieden auf die Schulter. Sein Commissario entwickelte schon jetzt das notwendige Gespür, um den Fall zu lösen.

Er speicherte den ersten Entwurf ab und beendete das Programm. Erst jetzt holte er sein Handy hervor, las die Nachrichten, die ihm seine Schwester aus der fernen Heimat geschrieben hatte, und antwortete ihr rasch. Wie gut, dass sie sich um ihre alten Eltern kümmerte und froh darum war, dass er ihnen regelmäßig eine finanzielle Unterstützung zukommen ließ.

Susan

Ein letzter Blick auf Saphira, die entspannt auf der Fensterbank lag und schlief. Susan nahm allen Mut zusammen, trank einen großen Schluck vom Mirabellen-Likör und drückte sich selbst die Daumen. Entschlossen wählte sie die Rufnummer ihres Ex und lauschte auf das Freizeichen.

Unruhig wanderte sie im Wohnzimmer hin und her, ein zentnerschwerer Stein schien in ihrem Magen zu liegen. Ihr Mund fühlte sich staubtrocken an. Noch immer lagen Stapel von ungeöffneten Schachteln und Fotoalben im Schrank, doch eine erste Fuhre an Erinnerungsstücken und alten Briefen hatte sie zwischenzeitlich entsorgt. Langsam, sehr langsam ging es voran.

„Hallo Susan, schön, von dir zu hören." Leises Lachen am anderen Ende der Leitung, Frederics Stimme klang wie gewohnt unangenehm ölig. Susan schüttelte sich vor Ekel. Inzwischen war es für sie unverständlich, dass sie sich jemals in ihn hatte verlieben können.

„Ich möchte die Scheidung. Nicht mehr und nicht weniger!“

Sie sparte sich die Begrüßung, schließlich wollte sie das Gespräch so schnell wie möglich hinter sich bringen.

„Liebling, bitte sei mir gegenüber doch nicht so unhöflich. Ein kurzes *Wie geht es dir?* wäre sehr nett. Abgesehen davon, steig einfach in den Flieger und komm zurück zu mir!“

Susan hörte, wie ihr Ex-Ehemann am anderen Ende der Leitung mit jemandem sprach und eine Tür leise ins Schloss fiel.

„Ich bin dir auch nicht böse.“

„Nein, da hast du dich geschnitten, zu dir kehre ich nie wieder zurück. Ich werde mir hier eine neue Zukunft aufbauen!“ Wütend ballte Susan die freie Hand zur Faust und schlug auf ein Sofakissen ein. Nie wieder wollte sie sich von einem Mann so demütigen lassen.

„Und warum nicht? Hast du jemanden kennengelernt, der mehr Geld hat und dir dein Luxusleben finanziert? Los, raus mit der Sprache!“

„Du irrst, ich kann auf meinen eigenen Beinen stehen und für mich sorgen.“

Die Haustür schwang auf und Susan fuhr ein eisiger Schrecken durch die Glieder. Samuel! Er kam früher zurück als gedacht.

„Hallo Schatz!“ Seine Stimme hallte durch die Wohnung. Verzweifelt hoffte Susan, dass ihr Ex-Mann nichts davon mitbekommen hatte.

„Oh, ich höre eine männliche Stimme. Also lebst du nicht allein. Ist es immer noch der Kerl, der im Hotel als Hausmeister arbeitet? Dieser Samuel? Ist er gut im

Bett? Und sieht er gut aus und hat er ein ordentliches Plus auf dem Konto?“

„Von allem mehr als genug. Danke der Nachfrage.“ Susan fauchte in den Hörer und gab Samuel, der gerade zu ihr kommen wollte, ein Zeichen, wieder zu verschwinden. Samuel stockte und schien einen Augenblick verwirrt. Dann aber hob er verstehend den Daumen, verließ das Wohnzimmer und schloss die Tür hinter sich.

„Du irrst. Ich brauche keinen Mann mit viel Geld. Mir genügt jemand, der gerne mit mir zusammen lacht und sich daran erfreut, gemeinsam am Tisch zu sitzen und den Sonnenaufgang anzusehen. Samuel war Hausmeister im Hotel *La Passony* und nun lebt er bei mir. Nicht mehr und nicht weniger.“

„Interessant. Samuel gibt dir all das, was ich dir angeblich nicht geben kann.“ Wieder lachte Frederic schmutzig und Susan sah sein feistes Gesicht vor sich, wie er sich über seine Augenbrauen strich und auf sie herabsah. „Pass bloß auf, dass du mit ihm keine unschöne Überraschung erlebst. Hausmeister, dass ich nicht lache.“

„Weißt du, wie froh ich bin, dass ein ganzer Ozean zwischen uns liegt?“ Susan nahm das unschuldige Sofakissen und warf es durchs Wohnzimmer. Saphira, von ihrem hektischen Gebaren aufgeschreckt, hob den Kopf und flüchtete in eine andere Ecke. „Ich möchte nur noch eins – die Scheidungsunterlagen. Bitte beauftrage deinen Lieblingsanwalt damit und sende mir die Unterlagen umgehend zu!“

Bevor ihr Ex noch etwas antworten konnte, beendete sie das Gespräch, stellte den Ton aus und warf das Handy auf die Polster.

Im Flur hörte sie die Schritte von Samuel, wie er die Treppe hinaufstieg und wenig später das Wasser in der Dusche rauschte. Also hatte sie noch ein paar Minuten für sich.

Susan griff nach ihrem Handy und stellte erleichtert fest, dass Frederic nicht versucht hatte, sie anzurufen. Entschlossen, endlich Nägel mit Köpfen zu machen, wählte sie die Nummer von Melli.

„Hallo, Susan!" Die fröhliche Stimme ihrer Partnerin erklang. „Meldest du dich auch mal wieder."

„Ja, ich wollte doch mal wissen, wie es dir ergeht und ob das Geschäft läuft."

„Alles bestens, gerade bin ich dabei, weitere Themen-Abende zu entwickeln. Seitdem ich einen Bericht über die *Nacht der Schmetterlinge* auf die Homepage gestellt habe, bekomme ich Anfragen über Anfragen." Melli kicherte albern und schien mit mehreren Personen im Büro zu sprechen. Susan spitzte die Ohren, versuchte etwas von den Gesprächsfetzen mitzubekommen, doch vergeblich.

„Ich habe gerade Besuch, vielleicht hast du es mitbekommen?" Wieder aufgeregte Stimmen im Hintergrund, und Susan wünschte sich, per Video mit ihrer Freundin reden zu können. So blieb ihr leider nur übrig zu raten, mit wem sie sich gerade unterhielt. „So, jetzt habe ich Zeit. Ich bin wieder allein."

Die Stimme von Melli klang geschäftig, scheinbar huschten ihre Finger über die Tastatur, während sie mit ihr plauderte. „Ich führe gerade Vorstellunggespräche, da ich dringend jemanden brauche, der mich im Büro entlastet. Langsam fehlst du mir nämlich sehr.“

Schweigen am anderen Ende der Leitung. Susan musste schlucken und setzte sich auf den Rand ihres Sessels. Offenbar wurde sie auf der anderen Seite des Atlantiks immer weniger benötigt. Ein Zeichen? Ein Zeichen dafür, dass sie in den Flieger steigen und das vertraute Leben in den Staaten fortführen sollte? Oder dafür, sich endlich in Ligurien niederzulassen?

„Das passt gut.“ Susan dehnte die Wörter ganz bewusst, wollte sich so noch einen Moment mehr Zeit verschaffen. Schließlich gab sie sich einen Ruck. „Möchtest du unser *More Honey and Love* übernehmen und mich auszahlen?“

„Uff, das kommt jetzt überraschend.“ Obwohl Melli recht atemlos ins Telefon hauchte, hörte Susan deutlich heraus, wie sehr sich ihre Freundin darüber freute. Offenbar hatte sie schon damit spekuliert. „Wie stellst du dir das vor?“

„Ehrlich gesagt, habe ich noch keine Ahnung.“ Susan sprang von ihrem unbequemen Sitz auf und nahm ihre Wanderung wieder auf. „Mach mir ein Angebot, geh zu unserem Steuerberater und hole Informationen ein. Ich bin mir sicher, wir finden eine Lösung, die gut für uns beide ist.“

***

Eine glückliche Geschäftspartnerin! Susan warf ihr Handy auf das improvisierte Bett, öffnete die Wohnzimmertür weit und lief in die Küche. Dort saß Samuel mit noch feuchten Haaren und studierte einen Werbeflyer, den sie von einem ihrer letzten Einkäufe mitgebracht hatte.

„Alles in Ordnung bei dir?" Samuel erhob sich, schloss sie in die Arme und Susan nahm den dezenten Duft nach Bergamotte wahr. Verliebt schmiegte sie sich an ihn, genoss das Gefühl, von ihm gehalten zu werden. Zärtlich küsste er sie auf die Stirn.

„Kommt darauf an. Erst habe ich mit meinem Mann telefoniert und ihm gesagt, dass ich endlich die Scheidung möchte. Anschließend habe ich mit Melli gesprochen und mit ihr erste Details für eine Übernahme besprochen."

Susan hielt inne, atmete einmal bewusst ein und aus. Mit geschlossenen Augen stand sie da, spürte, wie sich langsam ihre Anspannung löste, wie in ihr die Zuversicht wuchs. Ja, auch diesen Neuanfang konnte sie meistern.

„Und was ist mit Evelina? Hast du auch mit ihr gesprochen?" Liebevoll strich Samuel ihr über den Rücken, löste sich von ihr und blickte sie fragend an. „Was wollte sie?"

Unschlüssig zuckte Susan mit den Schultern, nahm den Flyer und betrachtete die Schlafzimmermöbel, die darauf abgebildet waren. „Sie hat mir ihr Haus angeboten und ich habe abgelehnt."

Nun war es an Samuel, überrascht zu gucken. „Du hast abgelehnt? Warum?"

Er zog die Küchenstühle unter dem Tisch hervor, dirigierte Susan zum erstbesten Platz und setzte sich ebenfalls. Verblüfft sah er sie an. „Das musst du mir genauer erklären."

„Da gibt es nicht viel zu erklären." Unsicher zuckte Susan mit den Schultern, faltete den Flyer zusammen und wieder auseinander. Sie mied es, Samuel direkt anzusehen. „Sie hat angedeutet, dass sie ausziehen will und mir ihr Haus zur Miete anbietet."

„Das wäre doch super", meinte Samuel und sprang auf. Er schenkte ihnen etwas zu trinken ein und stellte die Gläser auf den Tisch. „Und warum hast du abgelehnt? Verstehe ich nicht."

Warum hatte sie abgelehnt? Diese Frage kreiste seit Stunden in ihrem Kopf herum. Aus Angst vor der Herausforderung, der vielen zusätzlichen Arbeit oder aus Angst vor den zusätzlichen Kosten?

Susan zog eine Grimasse, bei der ihre Mundwinkel leicht zitterten und zerriss den Flyer in unzählige Schnipsel. „Wenn ich das mal genau wüsste. Wahrscheinlich, weil ich Angst vor der Herausforderung habe."

„Mia cara, was sagst du nur!" Die Stimme kannte sie. Erschrocken fuhr Susan herum. In der Tür stand Evelina. Sie war unbemerkt hereingekommen. Und statt wie gewohnt mit Gemüse in der Hand trug sie heute eine voluminöse Tasche. Ihre Haare hatte Evelina mit einem schwarzen Samtband zusammengenommen und ein Kleid in zarten Rosatönen angezogen. Verwundert blinzelte Susan zweimal, denn das sah ungewohnt elegant an ihr aus.

„Ciao, Evelina, was machst du hier?"

Ganz Gentleman erhob sich Samuel und bot Evelina seinen Platz an. Aufschnaufend setzte sie sich und legte die Tasche auf den Tisch. Erste Stoffstreifen rutschten durch die Öffnung und Susans Herz machte einen kleinen Hüpfer.

„Sind das die Vorhänge, die du mir versprochen hast?", erkundigte sich Susan und schmiegte sich an Samuel, der hinter sie getreten war und ihr die Schultern massierte. Diese sanften Berührungen, das liebevolle Kneten der verspannten Muskulatur. Da schien jemand zu ahnen, wie angespannt sie war.

„Ja, Susa. Extra für dich und dein neues Schlafzimmer gefertigt."

Evelina sah Samuel herausfordernd an. „Sind Sie so gut und geben mir auch etwas zu trinken? Ich glaube, es dauert ein Weilchen, bis ich wegkomme."

Sofort lief Samuel zur Anrichte, nahm ein sauberes Glas und füllte es mit frischem Wasser. Dankend nickte Evelina.

„Also, dann noch einmal ganz von vorn." Entspannt lehnte sich Evelina im Stuhl zurück und betrachtete Susan ausführlich. Unter diesem Blick wurde ihr ganz anders und sie umklammerte hilfesuchend ihr Glas, trank hektisch einen Schluck. Samuel, der ihre Unruhe bemerkte, nickte ihr zu, hob sacht seine Hände und signalisierte ihr so, dass alles in Ordnung war.

„Also, ich werde in den nächsten Tagen zu Aturo ziehen." Die Bombe platzte ohne Vorwarnung und Susan musste sich beherrschen, um sich nicht zu verschlucken. Deshalb hatte sie vor ein paar Tagen dort Evelinas Schal gesehen. Deshalb war ihre Nachbarin so gut über ihre Vorstellungen und Wünsche informiert.

„Warum hast du mir das nicht früher gesagt?" Ungläubig schüttelte Susan den Kopf. So ganz verstand sie noch nicht, was da vor sich ging. „Trotzdem bleiben die

Kosten. Ich kann mir doch nie und nimmer die Pacht für ein so großes Haus leisten!"

„Mia cara." Nun war es an Evelina, ihr die Hand auf den Arm zu legen. „Du hast ja bis jetzt nicht mal gefragt, was ich verlangen würde."

„Stimmt." Susan hob den Kopf und wagte es, vorsichtig zu lächeln. „Ich sitze, du darfst mich gern überraschen. Aber bitte nicht böse sein, wenn ich Nein sage."

„Also." Evelina zog die Vorhänge hervor, die in einem Eierschalenweiß gehalten waren und eine Bordüre aus einem kräftigen Bordeauxrot hatten. „Also wenn du diese Vorhänge aufhängst, dann ..."

Vor lauter Aufregung krampften sich Susans Finger um das leere Glas. So stark, dass sie sämtliche Knochen unter ihrer Haut erkannte.

„Also, im ersten Jahr möchte ich nichts von dir. Dann ..." Evelina, der sehr wohl bewusst war, wie nervös Susan neben ihr war, sprach weiter. „Dann ein paar Hundert Euro im Jahr. Das mache ich aber abhängig davon, wie gut du ausgebucht bist und wie deine Malschule läuft."

Sorgsam faltete Evelina die Vorhänge zusammen und Susan war froh darum, ein paar Augenblicke für sich zu haben.

„Das klingt mehr als fair." Der Druck von Samuels Händen ließ nach, er ging um den Tisch herum. „Ich denke mal, beim Entrümpeln helfen wir dir?"

„Ja, so ungefähr dachte ich es mir. Vieles, das sich über die Jahre angesammelt hat, brauche ich nicht mehr. Zu Aturo nehme ich nur das Notwendigste mit. Alles andere kann fort." Evelina sprang auf, holte den Haustürschlüssel aus den Untiefen ihres Kleides und reichte ihn Susan. „Das Renovieren überlasse ich euch ebenfalls. Aber wie gesagt, alles andere ist Verhandlungssache. Und nun entschuldigt mich. Ich bin verabredet.“

Damit winkte sie Susan zum Abschied zu und verschwand. Wäre nicht die Tasche mit den Vorhängen, hätte Susan geglaubt, dass sie träumte.

***

Der Wind pfiff um das Haus, im Garten rauschten die Bäume bei jeder Böe und eine lose Dachlatte klapperte. Susan kuschelte sich tief in ihre Decke und blinzelte verschlafen. Neben ihr lag Samuel, sein Mund war geöffnet, er schnarchte leise. Dem schummrigen Licht im Zimmer nach war es früh am Morgen und im Augenblick hatte Susan noch keine Lust aufzustehen.

Zusammen mit dem Wind kam auch der Regen, bei jeder Böe klatschte das Wasser mit aller Wucht gegen die Fenster.

Sie tastete nach Samuels Fingern und fand sie nur wenige Zentimeter von ihr entfernt. Minutenlang hielt sie seine Hand fest, beobachtete seine entspannten Gesichtszüge und dachte über ihre mögliche gemeinsame Zukunft nach.

Seine Lider flatterten, Samuel gähnte und rieb sich die Augen. Noch völlig verschlafen musterte er Susan. „Guten Morgen, mia cara. Kannst du nicht schlafen oder warum liegst du wach im Bett?“

Verlegen zuckte sie mit den Schultern, streichelte mit ihren Fingerspitzen über seine Schulter und genoss das Gefühl seiner warmen und weichen Haut.

„Danke der Nachfrage. Ich habe gut geschlafen. Doch all die Ereignisse lassen mich nicht richtig zur Ruhe kommen." Sie beugte sich zu ihm hinüber, küsste ihn auf die Lippen, und er nahm ihre Annäherung als Zeichen, dass sie mehr wollte. Sacht gingen seine Lippen auf Reisen, erkundeten ihre Brust, und Susan rann ein Schauer nach dem anderen über die Schulter. Bis sie aufstehen mussten, hatten sie noch Zeit für andere schöne Dinge.

***

„Möchtest du noch etwas trinken?" Samuel nahm ihren Becher und lief zur Kaffeemaschine. Ohne auf eine Antwort zu warten, verteilte er den restlichen Kaffee. Zusammen mit den Bechern und der Obstschale setzte er sich wieder an den Tisch.

„Wenn ich heute Nachmittag zurück bin, wollen wir uns dann das Haus von Evelina ansehen und Pläne schmieden?"

„Gerne." Susan nahm sich eine Banane und schälte sie bedächtig. „Du musst nur wissen, das Haus ist vollgestellt mit Zeugs, das wird viel Arbeit, bis wir die Räume nutzen können. Allerdings ..." Susan sah aus dem Fenster, betrachtete versonnen die Terrasse, die nach dem Regen feucht glänzte. „Allerdings bleibt die Frage, ob das Haus überhaupt zu meinem Projekt passt."

„So wie ich Evelina kenne, ja. Wenn sie das nicht glauben würde, hätte sie dir ihr Haus nie angeboten."

„Stimmt." Susan sah zu, wie sich Samuel erhob und nach seiner Computertasche griff. Sie grübelte. Er hatte die Mappe den ganzen Abend dort liegen gelassen und kein einziges Mal hineingesehen. Warum? „Aber das können wir später noch entscheiden. Wo fährst du heute hin?"

„Ich wollte in den Hafen. Ein alter Kumpel von mir kennt jemanden, der Hilfe auf seiner Yacht benötigt."

Saphira, die bis jetzt geduldig neben ihrem Futterplatz gesessen hatte, erhob sich maunzend und strich Samuel um die Beine. Er bückte sich und kraulte die kleine Katze im Nacken.

„Verstehe. Willst du nicht lieber deine Arbeitssachen anziehen und nicht das gute Hemd?" Susan erhob sich nun ebenfalls und griff nach der Dose mit dem Katzenfutter. Saphira sprang sofort herbei, maunzte fordernd und beobachtete jede ihrer Bewegungen. Während Susan gespannt auf eine Antwort wartete, löffelte sie eine große Portion Futter in die Schale.

„Nein, nicht nötig. Heute wollte ich mich erst einmal informieren und kann dann mit ein bisschen Glück morgen loslegen."

Sprach er hastiger als sonst? Warum wirkte er nur so nervös? Eine Wolke schob sich vor den bis eben hellen Himmel und verdeckte die Sonne. Schlagartig wurde es dunkel im Raum. Ein ungutes Gefühl machte sich in Susan breit.

„Abgesehen davon suche ich online nach Stellenausschreibungen und verschicke eine Bewerbung nach der anderen. Schließlich möchte ich etwas Langfristiges an Land finden."

Wie zur Demonstration hob er die Laptoptasche, trat ganz nah an Susan heran und hauchte ihr einen Kuss auf die Wange.

„Bis später, mia cara."

Samuel

„Ich möchte ein Zimmer." Samuel griff nach seiner Jacke, in der er seinen Pass verwahrte und legte ihn auf den Tresen. „Für eine Woche, bitte ruhig gelegen."

„Gerne. Reisen Sie allein?" Der Rezeptionist nahm den Pass, trug die Daten ein und gab ihn wenig später samt einer Zimmerkarte zurück.

„Ja, ich bin geschäftlich unterwegs." Samuels Finger bewegten sich nervös. Dass er sich mal ein Zimmer nur zum Schreiben mieten würde, das hätte er auch nicht gedacht. Aber das war zumindest für die nächste Zeit die optimale Lösung.

„Im ersten Stock, Zimmer einhundertsieben. Soll ich Ihr Gepäck hochbringen lassen?"

„Danke, das ist nicht nötig", antwortete Samuel, nahm die Karte und ging zum Aufzug. Er spürte den verwunderten Blick des Mannes, bis die Türen sich hinter ihm schlossen. Wie gut, dass Diskretion in Hotels großgeschrieben wurde!

Susan

„Das ist für Sie." Der Bote überreichte ihr ein Päckchen, das sich überraschend schwer anfühlte. Verwundert wog Susan es in der Hand. Der Absender war … hätte sie etwas anderes vermutet?, ihr Mann. Wie beim letzten Mal stand in dicken Lettern *Wichtig! Sofort öffnen!* darauf.

Die Scheidungsunterlagen? Vielleicht, allerdings
hätte Susan eher mit einem klassischen A4-Umschlag
gerechnet und nicht mit einem Päckchen. Vielleicht
hatte Frederic ihr einige persönliche Sachen eingepackt?

Sie ging in die Küche, gefolgt von Saphira, die sich
eine weitere Portion Futter erhoffte. Susan legte die
Sendung auf die Ablage, ignorierte tapfer die aufgeregt
maunzende Katze und griff nach der Schere.

Mit zwei gekonnten Schnitten öffnete sie das Paket.
Ein Blatt Papier mit Großbuchstaben fiel ihr als Erstes
in die Hände.

*KOMM ZU MIR ZURÜCK. DU WIRST ES NICHT BE-
REUEN. WAS WEISST DU ÜBER DEINEN MITBEWOH-
NER? ER BELÜGT DICH!*

Was sollte das? Susan legte den Zettel beiseite und
runzelte die Stirn. Ein ungutes Gefühl machte sich in
ihr breit und die Erinnerung an die dunkle Wolke am
Morgen schob sich in ihre Gedanken. Mit schweißnassen Händen streifte sie das Packpapier ab. Mehrere
schlechte Fotokopien von Zeitungsartikeln lagen zuoberst. Darunter ein Briefumschlag, weitere Ausdrucke
und ein älteres, fast schon antiquarisches Buch. Sofort
erkannte sie, dass es sich um einen Thriller von Simon
Ceo handelte. Seit wann interessierte sich Frederic für
Thriller?

Susan runzelte die Stirn, überlegte fieberhaft, was ihr
Ex-Mann ihr damit sagen wollte. Sie nahm die erste
schlechte Fotokopie, versuchte etwas auf dem Bild zu
erkennen. In Rot hatte Frederic darauf vermerkt:

Doch das Bild war zu schlecht, um etwas erkennen zu können außer mehrerer Personen in einem Raum. Mühsam entzifferte Susan die ersten Worte:

Heute stellte der junge Autor Simon Ceo sein Werk Stein *vor.*

Okay, ein Artikel über Simon Ceo. Doch was hatte das mit Samuel zu tun?

Susan legte die Fotokopien beiseite, blätterte den Roman durch. Auch hier nichts, was ihr neu war. Verwundert tastete sie den Umschlag ab. Es schienen Fotos zu sein. Mit fliegenden Fingern riss sie den Umschlag auf und erkannte sofort Samuel! Kein Zweifel, er war es! Er signierte ein Buch und schaute dabei in die Kamera. Ihr Atem stockte, sie konnte nicht glauben, was sie sah.

Hastig blätterte sie die Farbkopien durch, die ebenfalls im Umschlag steckten. Offenbar Ausdrucke von einer Hotelwebsite. Unschwer erkannte sie den Schriftzug *La Passony* und darunter Bilder von Samuel bei der Arbeit, seine Unterlagen, die er angeblich für den Hotelprospekt benötigte.

Die Erkenntnis war ein Schlag in den Magen. Samuel war Simon! Und Simon ein berühmter Autor, der seit Jahren viel Geld mit seiner Arbeit verdiente. Und der sie seit Wochen schamlos belog.

Die Nachricht traf Susan wie ein Schock. Laut brüllte sie auf, schrie ihre Wut und ihre Schmerzen hinaus in die Welt. Wieder hatte ein Mann sie betrogen und belogen!

Das Bett zeigte sich unberührt, im Waschbecken gab es keine Zahnpastaspucke und auch die obligatorische Zahnbürste fehlte. Samuel betrachtete zufrieden sein Spiegelbild, grüßte es freundlich, während er sich die Hände wusch.

Mit dem Handtuch in der Faust betrat er das Hotelzimmer, warf es nachlässig aufs Bett und kontrollierte sein Handy. Kein Anruf, keine Nachricht von seiner Schwester oder seinem Agenten. Komisch, auch von Susan kein Lebenszeichen. Er legte den Kopf schief.

Wahrscheinlich meldete sie sich erst später, weil sie davon ausging, dass er emsig auf Jobsuche war. Er schaltete das Handy aus und kehrte zurück an seinen Arbeitsplatz.

Der Vormittag schien ein voller Erfolg zu werden! So ließ es sich als Autor gut leben. Samuel setzte sich in den Stuhl, der überraschend bequem war und sah hinaus. Der Blick auf den Hafen bot ihm viele interessante Perspektiven und lud zum Träumen ein. Und dazu die Ruhe im Hotel, einfach göttlich. Nur hin und wieder vernahm er das Zufallen einer Tür, manchmal das Brummen eines Staubsaugers. Damit er nicht von einem Zimmermädchen überrascht wurde, hatte er das Bitte-nicht-stören-Schild aufgehängt. Auch die ständigen Überraschungsbesuche von Vittore vermisste er nicht. Samuel verschränkte die Arme vor der Brust und beobachtete eine Möwe, die in weiten Bögen durch die klare blaue Luft kreiste.

Seine Gedanken gingen auf Reisen und schon bald huschte ein wissendes Lächeln über sein Gesicht. Genau, der Hafen passte perfekt in die Handlung! Geschwind notierte er seine Ideen und das leise Klappern der Tastatur beflügelte ihn. Der Vormittag verging wie im Fluge, und erst als sein Magen vernehmlich knurrte, blickte er auf.

Für heute hatte er genug gearbeitet. Zufrieden mit den zwei Seiten Handlung speicherte Samuel das Dokument ab und schickte es zusammen mit weiteren Entwürfen und Ideen an seinen Agenten.

***

Nur eine geplünderte Minibar, das war alles, was er am heutigen Tag zurückließ. Drei leeren Colaflaschen standen in einer Reihe, ebenso wie das offene Erdnusspäckchen und das Papier des Schokoladenriegels. All die Kleinigkeiten, die er verzehrt hatte, während er an seinem Roman schrieb.

Interessiert betrachtete er die Stillleben auf dem Kühlschrank. Aus seiner Erfahrung im *La Passony* wusste er nur zu gut, wie unterschiedlich die Gäste waren und was für Sonderwünsche sie manchmal hatten, aber dass ein Gast nur ein Zimmer mietete, um in Ruhe zu arbeiten? Das kam wohl eher selten vor. Immerhin war das Geld gut angelegt und das Zimmermädchen hatte wenig zu tun. Außer den Abdrücken der Flaschen auf dem Schreibtisch und ein paar Krümeln auf dem Boden gab es nichts, das zeigte, dass hier jemand gewohnt hatte.

Zufrieden mit seinem neuen Arbeitsplatz schob Samuel den Stuhl zurück an den Schreibtisch, nahm das Handy und schickte Susan eine Nachricht.

***

Wie gewohnt stellte er seinen Wagen hinter den ihren auf dem Stellplatz ab. Er drehte den Zündschlüssel, der Motor erstarb und eine ungewohnte Stille trat ein. Nur hin und wieder knackte der Motorblock, während er abkühlte. Samuel öffnete die Wagentür, nahm seinen Laptop und stieg aus. Als er an Susans Auto vorbeilief, stockte er verwundert. Ein überraschter Laut rutschte ihm über die Lippen. Vor der Haustür stand sein Koffer. Offenbar mit viel Wut zugedrückt, denn ein Hosenbein hing noch heraus und bot ein Bild des Elends.

Mit weichen Knien, völlig verunsichert, was das bedeuten sollte, ging er weiter. Gerade wollte er klingeln, da wurde die Tür mit ungeahnter Wucht aufgerissen. Samuel verharrte in der Bewegung, unsicher, was ihn erwartete.

„Das du dich noch hierherwagst!" Vor Zorn bebend betonte Susan jede einzelne Silbe. „Dass ich nicht lache, armer, aber fleißiger Hausmeister – Simon Ceo!"

„Aber ..." Der Schreck traf ihn wie ein eiskalter Wasserguss und er schnappte nach Atem. „Was ist ... Was ist passiert?"

Völlig fertig, mit zerzausten Haaren, fleckigem Gesicht und geröteten Augen stand Susan vor ihm. Wie gern würde er sie in die Arme nehmen, sie trösten. Ihr Gesicht mit unzähligen Küssen bedecken und ihr erklären, wie sehr er sie liebte. Nun verstand er, warum sie sich vorhin nicht gemeldet hatte. Sein Herz zerbrach gefühlt in tausende Teile.

„Nichts ist passiert, rein gar nichts, außer dass mein Mann mir die Augen geöffnet hat." Wütend schleuderte Susan ihm die Worte entgegen. „Ich war so dumm! Dabei hätte ich es selbst erkennen können! Welcher Hausmeister trägt schon gebügelte Blaumänner und hochwertige Sportkleidung! Schon damals, als ich dich kennenlernte, hätte ich stutzig werden sollen!"

Wütend schleuderte Susan ihm die Worte entgegen, hob seinen Koffer hoch und warf ihn in seine Richtung. Zum Glück hatte sie nicht gut gezielt. Er landete wenige Meter neben ihm in einem Oleanderbusch. Ein Zweig knickte ab und die Blätter raschelten protestierend.

„Mia cara, bitte hör mir zu!" Langsamen Schrittes ging Samuel auf sie zu, hob die Hände, in der Hoffnung, sie so besänftigen zu können. „Bitte, ich kann dir alles erklären."

Doch sie drehte sich auf dem Absatz um, knallte die Tür mit aller Wucht zu. Erstarrt vor Schrecken stand Samuel da. Sein Herz raste, aus Verzweiflung darüber, dass er die Frau, die er von Herzen liebte, enttäuscht hatte. Langsamen Schrittes ging er zur Haustür und wollte klingeln. Als er die Hand hoch, hörte er ihr verzweifeltes Schluchzen auf der anderen Seite.

„Mia cara! Bitte mach mir auf." Ganz sachte klopfte er an die Tür. In der Hoffnung, dass sie ihm doch noch öffnen würde. Minuten lang stand er da, und versuchte, die Klinke zu hypnotisieren. Es trieb ihn die unsinnige Erwartung, dass Susan ein Einsehen haben würde. „Susan, bitte! Bitte höre mir zu!"

„Nein! Und nun verschwinde und komm nie wieder zurück in mein Leben!“

Der Schmerz saß tief. Samuel umklammerte das Lenkrad fest, als er geradewegs zurück zum Hotel fuhr. Seine Gedanken rasten. Woher wusste Susan, wer er wirklich war? Er hatte doch auf der Homepage des Hotels alle relevanten Sachen gelöscht. Stoßweise atmete er aus, grübelte darüber nach, wie sie hinter sein Geheimnis gekommen war.

Der Besucherparkplatz des Hotels lag verlassen vor ihm und er parkte direkt neben einem hochgewachsenen Feigenbaum. Doch jetzt hatte er keinen Blick für solche Naturschönheiten. Er nahm seinen leicht lädierten Koffer, stieg aus und lief an der Rezeption vorbei. Der Empfangschef nickte ihm zur Begrüßung zu, offenbar erleichtert, dass er nun zumindest ein Gepäckstück dabeihatte.

Unglücklich über diese unerwartete Wendung saß Samuel wenig später auf dem Bett und prüfte seine Nachrichten. Von Susan hatte er keine SMS erhalten. Hastig tippte er eine Entschuldigung in das digitale Gerät und schickte sie auf Reisen. In der stillen Hoffnung, dass Susan sich bei ihm melden würde.

Susan

Alles in ihrem Haus erinnerte Susan an ihn. An Samuel! Unruhig wanderte sie in der Küche hin und her. Sah nach draußen auf die Terrasse, wo die wunderschöne Pergola stand, und sofort kamen die Erinnerung an ihre gemeinsame Arbeit hoch. Die unzähligen Stunden, wo sie dort zusammen gelacht und sich geliebt hatten. Sie ballte die Hände zu Fäusten, drückte die Fingernägel so fest in die Haut, dass es schmerzte. Es gelang ihr nicht, einen klaren Gedanken zu fassen. Jeder Atemzug schmerzte und ihr Herz schien vor Kummer gebrochen zu sein.

Auf dem Wohnzimmerboden entdeckte sie die Post ihres Mannes. Am ganzen Körper zitternd setzte Susan sich auf den Boden und betrachtete noch einmal die Fotos sowie die Zeitungsartikel. Hatte sie sich vielleicht geirrt? Doch der winzige Funken Hoffnung verflog. Diese Bilder waren echt. Ebenso wie die dazugehörigen Zeitungsartikel. Sie nahm die Papiere und zerriss sie in kleine Schnipsel. Eins war ihr nun klar. Nie wieder wollte sie sich verlieben! Wütend warf sie die Fetzen in die Luft und sah zu, wie sie zu Boden segelten.

Saphira sprang von ihrem Platz am Fenster auf und kam mit hoch erhobenem Schwanz auf sie zu. Die Katze schien zu spüren, dass es ihr nicht gut ging und strich ihr maunzend um die Beine. Susan nahm sie auf den Arm und kraulte sie am Kinn.

„Na gut, Saphira. Du bist eine Ausnahme! Aber einem Mann werde ich nie wieder mein Herz schenken!"

Ohne an irgendetwas zu denken, sprang Susan auf, die Erinnerungen an die vielen, wunderschönen Momente überwältigten sie. Susan griff nach dem Wagenschlüssel und verließ das Haus. Mit schräg gelegtem Kopf stand Saphira da und sah ihr nach.

Tränenblind fuhr Susan auf der Straße nach Bussana Vecchia. Wie lange sie schon unterwegs gewesen war, wusste sie nicht. Auch an die vielen Ortschaften, durch die sie schon gefahren war, konnte sie sich nicht mehr erinnern. Das frische Grün der unzähligen Büsche und Bäume vermischte sich mit dem hellen Grau der Felsen, die immer mal wieder hervorlugten. Doch für Susan bestand die Straße nur noch aus einem einzigen grauen Schleier. Verzweifelt ließ sie den Tränen freien Lauf. Wütend und enttäuscht darüber, dass sie sich von einem Mann hatte täuschen lassen. Immer weniger achtete sie auf die Straße, bemerkte nicht, wie sie langsam, aber sicher in den Gegenverkehr geriet.

Ein entgegenkommender LKW hupte laut, ließ sein Fernlicht aufflackern, um sie zu warnen. Kurz schrak Susan aus ihren Gedanken, aus ihrer Traurigkeit. Sie steuerte ihren Wagen zurück auf ihre Seite. Zumindest wollte sie es, doch sie bewegte das Lenkrad viel zu hektisch und berührte mit dem rechten Vorderrad die Böschung. Es rumpelte und ratterte. Sie musste zurück auf die Straße! Doch nun verriss sie das Fahrzeug völlig und raste quer über die Fahrbahn. Ein weiterer, ihr entgegenkommender Wagen hupte und bremste notgedrungen ab, die Reifen quietschten auf dem Asphalt.

Susan bekam von alldem nicht viel mit, sie versuchte verzweifelt die Kontrolle über ihr Fahrzeug zurückzugewinnen. Doch zu spät. Unsanft knallte der Wagen gegen einen morschen Baumstumpf und kam abrupt zum Stehen. Das Motorengeräusch erstarb.

Mehrere Atemzüge lang saß Susan da, ihr Kopf dröhnte von der ungeplanten Bremsung. Hatte sie sich verletzt? Sie bemühte sich vergeblich, einen klaren Gedanken zu fassen. Probeweise drehte sie den Zündschlüssel. Nichts passierte, nur ein leises Röcheln aus dem Motorraum erklang.

Dann eben nicht! Sie stieg aus, ließ alles im Wagen liegen und hastete in die grüne Wildnis. Sie wollte niemanden mehr sehen. Einfach nur noch allein sein mit ihrem Herzschmerz.

***

Wo war sie? Zum dritten Mal war sie auf dem feuchten Boden ausgerutscht und der Länge nach hingefallen. Langsam kam sie wieder zur Besinnung, ihre Wut wich purer Verzweiflung. Ihr Knöchel schmerzte und die aufgeschürften Hände brannten unangenehm. Susan rappelte sich auf und versuchte sich zu orientieren. Inzwischen verfluchte sie ihre unüberlegte Aktion und fühlte sich völlig hilflos und verlassen. Wo war sie nur? Um sie herum wuchsen unzählige Sträucher, vereinzelt Bäume, dazwischen wie hingeschmissen Felsbrocken in aller Größe. Sie ging ein paar Meter, versuchte einen freien Blick zu erhaschen. Vielleicht das Azurblau des Meeres zu erkennen oder die Ruinen von Bussana Vecchia. Doch die hereinbrechende Dämmerung ließ alles in einem unwirklichen Licht erscheinen. So sehr sie sich auch bemühte, es gelang ihr nicht, sich zu orientieren.

Susan schlang die Arme um ihren Körper und fröstelte. Jetzt, da sie zur Ruhe kam, spürte sie, wie klamm ihre Kleidung war. Sie wollte nur noch nach Hause, duschen und in ihr warmes Bett fallen.

Vielleicht kam sie aus dieser Wildnis heraus, wenn sie ihren Fußabdrücken folgte? Prüfend ließ sie ihren Blick über den Boden schweifen, doch der sah überall gleich aus. Nirgendwo fand sie einen Hinweis darauf, von woher sie gekommen war.

***

Diese unerbittliche Kälte. Susan zitterte am ganzen Körper. Auch wenn es tagsüber angenehm warm war, so zeigte sich die sternenklare Nacht von ihrer unangenehm kühlen Seite. Müde und erschöpft lehnte sich Susan an einen Stein, sah in den Himmel und hoffte auf Rettung.

Doch so sehr sie auch lauschte, es gab keine Stimmen oder Rufe, die einen Hinweis darauf lieferten, dass sie jemand suchte. Auch blieb es dunkel, kein Lichtstrahl, der die Finsternis durchschnitt. Erste Tränen kullerten über ihre Wangen. Susan rappelte sich auf und lief weiter, so gut es in der Dunkelheit ging.

Ein Kauz flog über sie hinweg, sein klagender Laut passte so gut zu ihrer Stimmung. Dennoch biss sie die Zähne zusammen und ging weiter, langsam und vorsichtig. Auf keinen Fall wollte sie es riskieren, einen Abhang hinunterzustürzen.

Samuel

Diese Nacht würde er so schnell nicht vergessen! Aufgewühlt drehte sich Samuel um, blinzelte erschöpft und sah, dass der Morgen graute. Er griff nach dem Laken und deckte sich zu. Vielleicht konnte er noch etwas schlafen? Doch er fand keine Ruhe.

Am Abend zuvor hatte er sich vollständig angezogen auf das Bett geschmissen und in die Dunkelheit gestarrt.

Sein schlechtes Gewissen plagte ihn und ließ ihn nicht zur Ruhe kommen. Er schwang die Beine aus dem

Bett, schaltete das Licht ein. Obwohl sein Kopf von den unruhigen Stunden schmerzte, die Beleuchtung im Zimmer viel zu grell war, griff er als Erstes nach seinem Handy. In der irrigen Annahme, dass Susan sich vielleicht gemeldet hatte. Doch nichts, weder eine SMS noch ein Anruf. Ohne große Hoffnung rief er sie an. Nichts, nur das beständige Tuten einer freien Leitung.

Frustriert lege Samuel wieder auf, duschte rasch und ohne Frühstück verließ er das Hotel.

Sein Herz wog schwer, sein schlechtes Gewissen hing wie eine dicke dunkle Wolke über seinem Kopf. Ohne auf die Geschwindigkeitsbegrenzung zu achten, fuhr er nach Poggio zu Susans Haus.

Ihr Wagen stand nicht da, der Kiesplatz war verlassen. Dennoch stieg Samuel aus, klingelte an der Haustür und hoffte, dass Susan ihm öffnen und vergeben würde.

„Ciao, Samuel!" Evelina kam um die Ecke, strich ihr langes Haar aus dem Gesicht. „Susa ist nicht da. Sie ist gestern Nachmittag fortgefahren. Und seitdem habe ich von ihr nichts mehr gehört oder gesehen." Forschend betrachtete sie Samuel, schien bis in den Grund seiner Seele blicken zu können. „Habt ihr euch gestritten?"

„Nein, viel schlimmer. Ich habe sie enttäuscht." So kurz wie möglich fasste er das Geschehen zusammen. Dabei verschwieg er auch sein unrühmliches Verhalten und den wahren Grund nicht.

„Alles klar. Madre dios, das arme Mädchen." Evelina schlug die Hände zusammen und richtete den Blick gen Himmel. Es schien sie wenig zu beeindrucken, dass er ein berühmter Autor war, wie er erleichtert feststellte.

„Ich bin leider mit Aturo verabredet. Doch sollte ich etwas von ihr hören oder sehen, dann melde ich mich bei dir.“

Samuel dankte der Nachbarin und sah ihr zu, wie sie zum Wagen ging und einstieg.

Obwohl es unwahrscheinlich war, dass Susan sich im Haus versteckte, lief Samuel um das Gebäude herum und betrat die Terrasse. Die Terrasse, die inzwischen keinerlei Risse oder lose Platten mehr besaß und auf der er so viele glückliche Stunden mit Susan verbracht hatte.

Sehnsüchtig seufzte er, bereute zutiefst, dass er ihr verschwiegen hatte, wer er wirklich war. Probeweise rüttelte er an der Terrassentür. Doch außer Saphira, die maunzend auf der anderen Seite saß und ihn anblickte, traf er keine Menschenseele. Die Katze kratzte an der Scheibe, zeigte Samuel deutlich, dass sie endlich nach draußen wollte. Und wahrscheinlich ihr Frühstück. Oder vermisste sie Susan?

Samuel wusste es nicht. Dass sie ihre Katze aber über längere Zeit allein ließ, beunruhigte ihn mehr, als ihm lieb war.

„Ja, Saphira, ich suche Susan und bringe sie dir gesund und munter wieder. Versprochen.“

Samuel wollte auf dem Absatz umdrehen und zurück zu seinem Wagen gehen, da läutete sein Handy.

Susan! Sein Herz schlug ein paar Takte schneller, ein Stoß Adrenalin beflügelte ihn. Endlich meldete sie sich bei ihm!

„Ja, Susan.“ Er drückte das Gerät so fest wie möglich ans Ohr, froh über ihr Lebenszeichen.

„So leid es mir tut, dich enttäuschen zu müssen, aber ich bin es, Evelina.“

Samuel schluckte und bemühte sich, die aufkeimende Verzweiflung zu unterdrücken. Er setzte sich auf die Stufen und lauschte Evelinas Erklärungen.

„Ich habe ihren Wagen gefunden.“

***

Samuel parkte an der Straße, unweit von ihrem zerstörten Auto. Sein Herz klopfte ungewohnt schnell, ein brennender Schwall Adrenalin raste durch seine Adern. Was erwartete ihn? Besorgt darüber, was er wohl entdecken würde, stieg er aus.

Er lief zu ihrem Wagen und spähte hinein. Er hoffte auf irgendeinen Hinweis. Vergeblich, Susan musste so verzweifelt gewesen sein, selbst der Schlüssel ihres Wagens steckte noch. Das zu sehen schmerzte ihn bis in den tiefsten Grund seiner Seele. Aber immerhin saß sie nicht verletzt und hilflos in ihrem Wagen.

Wenn er sie nur wohlbehalten wieder fand! Er richtete sich auf, rief ihren Namen und betrachtete die nähere Umgebung. Das unwirtliche Gelände lag still und verlassen vor ihm. Kein bunter Farbkleks von einem Kleid oder einer Jacke, nur das dichte grüne Gestrüpp am Hang. Ein paar Kaninchen hüpften, aufgeschreckt durch seine Anwesenheit, davon.

Nein, bis Evelina mit Aturo und ein paar weiteren Bewohnern aus Bussana Vecchia kam, wollte er nicht warten! Immer wieder nach ihr rufend, lief er den Hang entlang.

Er hatte keine Ahnung, wie lange er die Wildnis absuchte. Hin und wieder entdeckte er Spuren wie einen abgebrochenen Ast, mal einen Fußabdruck. Seine Zuversicht stieg, er war auf dem richtigen Weg. Doch warum antwortete sie ihm nicht? Lag sie bewusstlos hinter einem der Felsen? Die Sorgen um Susan stiegen ins Unermessliche.

Langsam, bei jedem Schritt die Umgebung mit den Augen absuchend, ging er weiter. Die Sonne stand inzwischen hoch am Horizont, als er endlich eine Bewegung wahrnahm. Samuel blieb stehen und sah genauer hin.

Da saß sie! Erleichtert atmete er auf, merkte erst jetzt, dass er vor Anspannung den Atem angehalten hatte. Noch hatte sie ihn nicht bemerkt, hockte völlig verdreckt und mit zerrissener Kleidung und unzähligen Kratzern an den Armen da.

Leise und vorsichtig stieg er weiter den Hang hinab. Hielt sich an den Ästen eines Ginsterbusches fest, um sicher weiter nach unten zu gelangen.

Endlich erreichte er sie. Es genügte, wenn er den Arm nach ihr ausstreckte. Alles in ihm sehnte sich danach, sie zu umarmen und ihr seine Liebe zu zeigen. Doch er beherrschte sich.

„Mia cara", leise sprach er sie an. „Ich bin es!"

Überrascht drehte Susan sich um, ihr Gesicht von Sand und Dreck verschmiert. Samuel sah die Spuren, die die Tränen hinterlassen hatten. Und doch, ihre Augen blitzten vor Wut.

„Geh fort! Verschwinde aus meinem Leben, du Lügner!" Susans Finger krallten sich ins Erdreich und die Schramme auf ihrem Handrücken begann wieder zu bluten. „Verschwinde! Ich möchte dich nie wieder sehen! Eher verhungere ich, als dass ich mir von dir helfen lasse! Du Betrüger, du Heuchler!"

„Mia cara." Samuel setzte sich neben sie auf den feuchten Boden. Demonstrativ rutschte sie ein Stück zu Seite. „Bitte höre mir zu."

Kurz sah er zu Susan hinüber. Wie ein Häufchen Elend saß sie da, Tränen rannen ungehindert über ihr Gesicht. Zu gern würde er sie in den Arm nehmen. Doch noch traute er sich nicht. „Gibst du mir die Chance, dass ich dir alles erklären kann? Bitte."

Ein fast unsichtbares Nicken, aber immerhin. Sie war gewillt, ihm ihre Aufmerksamkeit zu schenken. Samuel verzog die Lippen zu einer verbitterten Grimasse, während seine Gedanken in die Vergangenheit reisten.

„Auch ich wurde betrogen und hintergangen – so wie du. Allerdings von einer Frau, die nur auf Geld und Ruhm aus war. Ich lernte sie kennen, nachdem sich abzeichnete, dass mein zweiter Band zu einem Renner werden würde. Plötzlich war ich interessant für die schönen Frauen dieser Welt. Doch sie interessierte sich nur für die Schecks, die eintrafen. Den Ruhm und das Rampenlicht. Sie interessierte sich nicht für mich, sondern machte auch anderen Männern schöne Augen und genoss das Leben mit ihnen. Es dauerte eine Weile, bis ich es begriff, und die Trennung ein paar Monate später war sehr schmerzhaft für mich."

Er rückte ein Stück näher an seine große Liebe heran und Susan drehte den Kopf, schien darauf zu warten, was er noch sagen wollte.

„Deshalb habe ich nichts erzählt. Weil ich – genau wie du – schlechte Erfahrungen mit dem anderen Geschlecht gemacht habe. Und ich möchte nicht verehrt werden, weil ich ein berühmter Autor bin. Alle Leute lesen meine Bücher, aber für mich als Person interessieren sich nur die wenigsten."

„Und warum hast du als Hausmeister gearbeitet?"

„Wirklich, willst du es wissen?" Samuel lachte und es klang verärgert. „Weil ich Vittore vertraut habe. Als der Ruhm und der Druck zu groß wurden, alle Welt nach Band vier verlangte, bin ich abgetaucht. Ich brauchte Ruhe und wollte unbedingt etwas anderes machen. Deshalb."

„Verstehe."

Schweigend saßen sie da, bange Minuten lang betrachtete Samuel nur ihren Rücken, beobachtete, wie der Wind mit ihren Haarsträhnen spielte. Er wagte es nicht, etwas zu sagen. Diesen intimen Moment zu stören.

„Ich glaube dir." Susan drehte sich zu ihm um, ihr Lächeln glich dem Aufgehen der Sonne. Samuel rutschte dichter an sie heran, nahm sie in die Arme und drückte sie ganz fest an sich. Ob sie nun vor Erschöpfung zitterte oder aus Freude darüber, dass sie nicht mehr allein war, das wusste er nicht.

„Du weißt gar nicht, wie sehr ich dich vergangene Nacht vermisst habe." Er bedeckte ihr Gesicht mit Küssen und schmeckte das Salz ihrer Tränen.

„Komm, lass uns nach oben gehen. Evelina vermisst dich. Genauso wie Saphira."

Zustimmend nickte Susan und ließ sich von ihm aufhelfen. Diesmal legte sie ihren Arm um seinen Nacken, schmiegte sich regelrecht an ihn. Langsam, Schritt für Schritt, stiegen sie den Hang hinauf. Und mit jedem Meter, den sie zurücklegten, sah er, wie die Traurigkeit aus ihrem Gesicht schwand und sie aufrechter lief.

Kapitel 20

Susan

Wochen später

„Und was meinst du?" Samuel stieg von der Leiter, die Susan festhielt. Er ordnete die cremefarbenen Vorhänge im Gästezimmer und trat einen Schritt zurück. „Das sieht doch jetzt richtig gemütlich aus."

„Stimmt." Susan stellte sich neben ihn und hauchte ihm einen sanften Kuss auf die Wange. Kritisch musterte sie den letzten der drei Räume, die sie in den vergangenen Wochen renoviert und neu eingerichtet hatten. Nun erstrahlte das alte Haus von Evelina in frischem Glanz und nicht nur sie war stolz auf das Erreichte. „Du hast es toll gemacht. Wirklich."

Hand in Hand stiegen sie die Treppe hinunter in den lichtdurchfluteten Flur. Aufmerksam blickte sich Susan um. Kontrollierte die Einrichtung, der man es schon auf den ersten Blick ansah, dass alles neu und mit viel Geschmack ausgewählt worden war. Selbst als sie ihre ersten Kunden im *More Honey and Love* begrüßt hatte, war sie nicht so aufgeregt gewesen.

„Morgen früh, bevor die ersten Gäste kommen, gehe ich in den Garten, Blumen schneiden. Damit der Flur einen freundlichen Eindruck macht."

Zustimmend nickte Samuel, seine Hand lag leicht und sicher auf ihrem Rücken und gab ihr das Gefühl, gehalten zu werden.

Noch vor ein paar Wochen hätte Susan sich das nicht zu träumen gewagt: einen Neustart in Ligurien. Dank Samuels Unterstützung gab es nun nicht nur Malkurse, sondern auch für Interessierte Schreiblehrgänge. Nach ein paar intensiveren Gesprächen mit seinem Agenten hatte er sich dazu überreden lassen.

Susan zog Samuel mit sich, hinaus auf die Terrasse, die ein gläsernes Dach erhalten hatte. Dort in der Sitzecke würde Samuel seine Schreibkurse abhalten.

„Freust du dich, mia cara?"

Susan nickte, nahm ihren Partner in die Arme und sie verschmolzen zu einem intensiven Kuss. Eins war sicher, zusammen würden sie jeden Sturm überstehen.

Nachwort

Die meisten Romane werden im stillen Kämmerchen geschrieben. Und dennoch ist jeder Roman ein Werk, bei dem viele zusammengearbeitet haben. Deshalb gilt mein Dank meiner Familie für ihre Unterstützung und Geduld. Ein besonderer Dank geht an meinen Mann für seine wertvollen Tipps und Ratschläge.

Daneben danke ich dem dp Verlag für die tolle Zusammenarbeit und die liebevolle Gestaltung meiner Romane.

Als ich mit den Vorbereitungen für den Roman begonnen habe, gehörte eine intensive Recherche dazu. Fehler lassen sich leider nicht immer vermeiden und ich bitte um Nachsicht, falls ich etwas übersehen habe.

Übrigens, Susan hat einige Bilder von ihrer Mutter geerbt. Bei der Beschreibung der Kunstwerke kam auch ein Bild zum Einsatz, das ich von meinen Großeltern geerbt habe. Auf diesem sieht man – in dick aufgetragenen Ölfarben – die italienische Küste mit ihren bunten Häusern und einer windumtosten See. Es hängt bei uns im Wohnzimmer und hat mich beim Schreiben inspiriert.

Weitere Romane, die an der Küste spielen, sind in Vorbereitung und vielleicht lesen wir uns dann wieder.